U0857824

Staread
星文文化

十四郎 著

【修订珍藏版】

浙江文艺出版社
Zhejiang Literature & Art Publishing House

目录

第一章 初相识

过了五月，辛湄便要满十六岁，她爹最近也越来越忧心。某天晚上吃饭的时候，他突然问："小湄啊，你看大师兄如何？身体壮，人又老实，你嫁给他绝不会被欺负。"

辛湄正在夹肉丸子，一下没夹住丸子又滚了回去。她想了想："……也成。"

门外传来一阵水盆翻倒的声音，辛湄推窗一看，大师兄正掩面狂奔，惊慌失措。

辛雄奇道："你在做什么？"

大师兄泪流满面扑将过来："师父！弟子早已有心上人！求师父不要把师妹塞给我啊！"

辛湄又在夹肉丸子，又没夹住，这次丸子滚到了地上。

辛雄素来是个善心的师父，不好意思强迫自家弟子娶女儿，只得罢了。

眼看五月将至，辛雄越发烦躁。某日吃晚饭，他又问："小湄啊，你看二师兄如何？皮肤白，嘴巴巧，跟着他你每天都开心。"

辛湄想了想：“……也成。”

门外再次传来水盆翻倒的声音，这次是二师兄掩面狂奔。

辛雄只得放弃让兔子来吃窝边草的念头。

从辛湄十五岁开始，辛雄就开始操心她的婚事了。辛邪庄说富也挺富，说有名也确实有那么点名气，一直靠着豢养灵兽，贩卖给各大修仙门派为生。这样的人家，辛雄又不是什么吝啬之辈，想找个女婿其实非常容易。

奈何辛湄刚满月的时候，辛雄鬼使神差请了娑罗山的玉清仙人来批命。玉清仙人凝神算了半日，最终摇头：“令爱命格十分奇特，将来的姻缘嘛……有些古怪，命中红鸾有半实半虚之态，未来夫婿乃半人半鬼，应当是克夫之相。”

这次批命不知怎么的就传了出去，于是城里人人都知道辛邪庄的那个姑娘是克夫相，自此人人警惕，谁也不敢叫辛老爷看上了拉回去做女婿。

眼看着辛湄年年长大，辛老爷也年年忧心，他就这么个女儿，她娘又死得早，他也没续弦的打算，难道就让这独女一辈子不嫁人吗？

这几天他想了又想，几乎没睡好，不知怎么的突然灵光一动，晚上叫了辛湄来，笑道：“小湄，这次崇灵谷要一批灵兽，爹最近身体不大利索，你也大了，商人家的女儿不必搞那些闺秀把式，你带着货去崇灵谷交接，也算见见世面。”

辛湄见他目光闪烁，嘴角含笑，心里有些悟了，想想还是说：“其实吧，我觉着自己还小……”

辛老爷急道：“一点也不小了！你娘十六岁的时候就生了你！十六岁还没嫁出去的姑娘就是老姑娘了！”

辛湄只好说：“那……我多在外面玩两天，结识一些……呃，外地的有为少侠，这样好不好？”

辛雄忙不迭点头：“好极好极！若遇见合眼的，发信给爹爹，不必回来了！就在外地把婚结了再说！”

辛湄琢磨着，这次得多带点钱，去外地买个相公，好教她老爹能安心。城里有很多人家都从外地买媳妇，想来相公也是可以买的。没关系，她别的不多，钱最多。

隔日她便换上便装，招了秋月出来，领着一群灵兽，浩浩荡荡往崇灵谷飞去。

秋月是一只巨大且肥厚的鹈鹕，十岁的时候她爹送她的礼物，长得奇丑无比。当初她看一眼秋月就吓傻了。辛邪庄养那么多灵兽，有体态轻盈的仙鹤，有丰盈华美的鸾鸟，可她爹偏偏送她一只丑疯了的鹈鹕！

不过这些年用下来，辛湄方觉得它好。无论遇到什么场合，秋月都镇定自若，十分有大家风范，没事也不叫，安安静静地团作一团睡觉。比起那些晃晃悠悠的灵鸟，它飞得又稳又快，偶尔遇见不长眼的飞贼，一翅膀扇过去，十个人也要晕。

辛湄从中悟出真理，男人也是一样，长得好看不算什么，好用才是硬道理！呃，当然，她还是希望这次能买个好看又好用的相公。

崇灵谷离辛邪庄足有上千里路，沿途还要横穿连绵万里的挽澜山，纵然秋月飞得快，后面那群灵兽却很娇嫩，吃不得苦，天一黑便呦呦叫唤，要吃饭要睡觉。

辛湄只得在挽澜山内找了块平地，扎营点火烧水。这帮灵兽被娇养惯了，非熟水不喝，非灵谷不吃，好在灵兽有灵性，绝不会私自逃脱，否则她一个人忙翻了也顾不过来。

黑夜的山林分外寂静，秋月的羽毛又分外温暖，辛湄只觉困倦得不行，渐渐便意识蒙眬，靠在秋月身上睡着了。

睡到半夜，辛湄发现靠着的秋月不知去了哪儿，彻骨的寒风吹在她的脸上，冻得一哆嗦，辛湄缓缓睁开了眼。

眼前是空荡荡的平地，灵兽们和秋月像是凭空消失了，只有她一人蜷缩着身体躺在地上。辛湄这一惊实在不小，急忙将手指放在口中吹哨，连吹了十几声，若在平时，秋月早就拍着翅膀飞回来了，这次却一点反应也没有。

“冷静，冷静……”她在心中默念，这种情况不是没遇到过，深山老林多鬼魅，想必是那些寂寞的鬼魂和她开个小玩笑。她从包袱里取出早已备下的纸钱和线香，一面用火折子点了，一面默默念诵。

诵到一半，她诵不下去了，眼前跳跃的火苗——它变成了鬼火般的绿色。

一阵阴风刮过，伸手不见五指的黑暗深处，传来女人幽怨的叹息，似哭似笑。辛湄一脚踩灭了绿火，转过脑袋，只见密林中鬼火星星点点，染了血的红衣忽隐忽现，地上开始长出无数根头发，蠕动着，仿佛有生命一般。

不用说了，她运气不好，这趟遇见了传说中的厉鬼。

地上浓密的头发开始聚集，最后变作一颗女人脑袋，它骨碌碌地转过来，对着辛湄咧嘴一笑，五官俱是血淋淋的黑洞。

辛湄想了想，问：“……好吧，你们要什么？我这边除了纸钱、线香，就只剩下空牌位和香炉了。”

出门在外露宿，这些东西必不可少，这是老爹传授的经验。寻常鬼魅只要数枚纸钱、三根线香便可安然无事。若是厉鬼，那可以供上香炉、牌位，至少可抑制它一夜不伤人。可她这次遇到的不知是什么，连火折子都不能用了，擦出来的都是鬼火。

“咯咯咯……”那颗脑袋开始笑，从地上飘忽而起，脖子下原本是空荡荡的，渐渐却幻化出血衣的模样来，一路摇曳飘零，直直地朝她飘过去。

“等一下！”辛湄大叫一声，厉鬼居然也真停了一下。

“我还有这个。”她微微一笑，从贴身小袋里取出一张金色符纸。好歹也算半个修仙门派的人，身上不装一点驱邪的符纸就太不符合身份了。咬破指尖将血滴在符纸上，辛湄轻轻一抛，那张专门用来驱鬼的符纸仿佛长了眼睛似的，“嗖”的一声贴在厉鬼额头上。

它愣住，她也愣住。

符纸没有……反应。

辛湄愣了很久，感觉背后冷汗涔涔。那只鬼也愣了很久，仿佛有一滴汗从额头上滑下。

驱鬼的符纸都不管用，那、那只能说明一点了……

“你左边脸上，有块皮破了。”辛湄好心地指着它烂糟糟的脸，提醒道。

“哦，谢谢。”厉鬼本能反应，顺手把那块皮抹上去，开口道谢。

尴尬的沉默流窜在两者之间……嗯，会说话，不怕符纸，只能说明这东西不是鬼。

良久，“厉鬼”说：“就这样吧，我走了，祝你做个好梦，再见！”

它转身就跑，冷不防背后一紧，辛湄一把抓住它的后领子，将它整个提起来再翻转过来，它那张十分恐怖的脸就正对上她的脸。眼前这位面如桃花身似杨柳的漂亮小姑娘，严肃且认真地盯着它看了良久，才说：“原来你不是鬼。”

它手忙脚乱地挣扎，奈何这位姑娘看着柔弱，力气却着实不小，居然挣脱不开。

“啪”的一声，一个响亮的耳光打在它的脸上，它被打蒙了。

辛湄一边打一边大叫：“不是鬼就是妖怪！死妖怪！把灵兽还给我！不然我就把你煮了吃掉！”

它被打得“哇”一声哭了，身体突然蜷成一团，一阵烟雾飘过，什么红衣厉鬼满地青丝都消失不见。在她手里提着的是个看上去十一二岁的小少年，背后还生了一双嫩黄的翅膀，想来是个鸟妖。少年圆脸圆眼睛，此刻正哭得鼻涕满脸。

“说不说，说不说？！”辛湄继续抽，突然瞅见他的翅膀，便道：“听说烤鸡翅很好吃。”

少年哭得更凶了，小翅膀扑腾两下，缩不回去，只好瑟瑟发抖。

辛湄打算从翅膀上拔几根毛吓吓他，指尖刚触到柔软的羽尖，只听身后一个冰冷却又十分好听的声音说道：“闭眼。”

她一愣，搞不清楚谁叫谁闭眼，一转头，手上却是一轻，鸟妖少年被人抢走了。

“喂！”辛湄急了，抬手要抢，对方却已飘然退了十几步。

黑暗里看不清他长什么模样，只觉应当是个男人，穿着浅色长衫，乌发垂肩。那只鸟妖被他提在手里，似是晕过去了。他低头看看，停顿了一瞬，方又抬脚欲走，辛湄急道：“等一下！我的灵兽呢？”

他回头，依稀可见清俊的面庞，目光深邃，但相当不善。

“出去。”

他手一挥，一道冷光疾射，正中辛湄肩膀。她浑身一震，猛然惊醒过来，身后的秋月还在打盹，眼前的火光依旧温暖跳跃，灵兽们也还睡在原地，没少一头。

她、她刚才只是做了个噩梦？

辛湄捂住方才被打中的肩膀，并不疼，但被击打的感觉还在。翻翻包袱，少了数枚纸钱、三根线香，贴身小袋里的驱鬼符纸也没了。

不是梦。

其后几天，辛湄夜间在山林露宿，却再也没遇见任何异常状况。

听人说，挽澜山有一个地方建着皇陵，由于连着几代皇帝死后殉葬的人太多，搞得那边成日阴风阵阵，近几年闹鬼的传闻也越来越多。当今圣上又常年不去皇陵献殿祭祀，如今皇陵只怕已经成了妖魔鬼怪的聚集地。那晚的鸟妖和陌生男人，应当都是皇陵里的妖怪吧？

能在茫茫挽澜山中误入皇陵，还遇上那么不同寻常的事，这充分说明了，她的运气不是一般好，这趟出门必有收获，能买个又好看又好用的相公回家让老爹开心。

辛湄一路飞到崇灵谷，已经是四天后的事。崇灵谷的守门弟子乍一见从天而降的巨大鹈鹕，均惊得张大了嘴。

这灵兽……可真拉风，从没人有勇气用这么大又这么丑的灵兽。

待辛湄从秋月背上跳下，守门弟子的嘴张得更大了。

真……真是个漂亮的姑娘啊……虽然为了赶路，辛湄只穿了样式最简单的青衣，却难掩丽色。她笑眯眯地走过来，双颊如细瓷般白皙剔透，笑靥娇痴无邪，无忧无虑的，看到她这样笑，人们便觉得世上根本没什么烦心事。

辛湄走过去，本来打算打招呼，顺便把灵兽交接了好拿钱，可守门的两个弟子看着她只管脸红。呃，仔细看看，这两个弟子长得都挺不错哎！

辛湄左看看右看看，觉得右边那个更有男人味一点，她喜欢真正的男人，对貌美如花什么的一概拒之。摸摸钱袋子，里面装了三千两的银票，算买人的费用，这便随她回家吧！

辛湄咳一声清清嗓子："这位小哥，你愿不愿意……"

"是辛邪庄的辛老板吗？"大门内有人打断了她的话。

"是。"

做生意最重要，相公的事可以慢慢商量。辛湄回答一声，朝那位小帅哥露齿一笑，看看他腰上的名牌："哦，你叫张大虎啊。好，我记得了。待会儿找你，咱俩比试比试。"

光长得好看没用，还得好用，她需要试试他的身手。

他的脸一会儿红一会儿白，想必就是戏里说的又惊又喜吧？

辛湄心情越发好，领着一群灵兽随管事仆妇进了门。

崇灵谷算他们辛邪庄的大客户，几乎每年都要进大批灵兽，往年都是她老爹跑这种远路，她还是头一次来这边。这种仙人居住的洞天福地就是不一样，又干净又宽敞又漂亮，同样是普通的青砖瓦房、碧草红花，人家就能排列别致。路边时常还能看见经过的谷主弟子们，个个都清秀整洁，对她彬彬有礼地点头问好。

及至到了一栋华丽楼阁前，管事仆妇进去通报后又出来，道："辛老板，谷主说今儿心情不错，想见见故人，顺便留你在这里住几天。"

辛湄曾听老爹说过，崇灵谷的谷主是个千年前便得道的狐仙，为人最是和气，就算是小辈也可以放心跟他说笑，他绝不会责怪的。他肯让自己在这边住真是太好了，回头她就去找张大虎，谈谈买相公的事。

抬脚正要进去，辛湄忽听头顶一阵牛叫声，一辆破旧的牛车就这么从天而降，刚好落在她身边。车门一开，一团白影从里面滚将出来，赶命似的往楼里蹿，一面大叫："让开让开！甄洪生！你这死狐狸快给老子滚出来！"

他蹿得飞快，辛湄连他长什么样都没看清，回头瞅瞅管事仆妇，她一脸淡定，显然是早看惯了。

"辛老板，请。"她做出请上楼的手势。

人家都那么淡定了，她也不好意思大惊小怪地询问，随即上楼。

这栋楼外面看着是普通建筑，内里却青天白日，四季分明，一层楼一个季节。饱览了春夏秋三个季节的美景后，辛湄站定在顶楼的台阶前，上面白雪皑皑，寒风凛冽，俨然是严寒彻骨的冬季。

辛湄上台阶，看到顶楼却是一方小小的庭院，有结冰的池塘，有冬天里结满小红果子的树木，还有一座积雪的小亭，以及小亭里滚到一处的两个人。

"给我！"压在上面的男人气势汹汹。

"你求我啊，求我就给你。"被压在下面的男人笑意盈盈。

"你想死？！"上面那个脸黑了。

"我不但想死，还想死在这里。"

"你……"上面的突然一愣，猛然抬头，看见站在门口呆若木鸡的辛湄，他僵住了。

"咦，你就是辛湄？"被压在下面的男人转过头，笑吟吟地看着她，"当年去看你的时候你还只是个襁褓中的小娃儿，如今长这么大了，快过来，让我好好看看你。”

辛湄站了片刻，想想，还是转身下楼：“抱歉，打扰了。我过一会儿再上来。”

“站住！”

有人大吼，辛湄回头，就见方才压在上面的男人如今已站在雪地里，他穿着一袭宽松的半旧大袍子，瘦骨嶙峋，此时面上带着似羞愤似恼怒又似绝望的微妙神色，死死地盯着她，小心翼翼地说：“你误会了！”

多么经典的四个字啊，戏剧里常演的。辛湄很理解这种心情，绝不会做出让他们更加郁闷的反应，当即点头：“哦，我知道了。”

那人却更加抓狂，怒吼：“你知道什么了？不要用那种眼神看我！你根本什么也不知道！”

辛湄苦恼地抓抓脑袋，小亭里另一个男人却哈哈大笑起来，袖子一扬，一本半旧的书便落在那人手中。

“眉山，你这些年性子越来越火暴了，亏你还是个仙人，回去吃点清心丸。东西给你，不过一本酿酒册子，你就疯了。”

眉山将那本半旧小册子宝贝似的妥帖放入怀内，此时再看辛湄，犹有些尴尬，索性拂袖而去，声音从楼下传来：“你这里药草多，且让我住几天采些酿酒食材。”

“小湄，过来这里。”小亭里的男人慢悠悠地招手。

他脖子上围着一只活生生的白狐狸，动也不动，若不是会眨眼睛，辛湄真以为那是条围巾。白狐狸晶莹丰盈的皮毛上方，是一张含笑且温柔的脸，长得……长得真是貌美如花哎！

“呵呵，许久不见，你已长这么大。”他抬手抚摸她细瓷般的脸颊，掌心馥郁温暖，“还这么漂亮了。”

辛湄被他摸得浑身发毛，转而想起老爹交代过的，这位狐仙大人没什么长辈模样，不管男女他都喜欢摸手摸脚表示亲热，到时候随便让他摸两下就行了。可是他……他怎么摸到现在还不放手啊！

他又牵起她的手，翻过来仔细端详掌纹，半晌，又不动声色地翻回去，把她的手当作玩具似的放在掌中轻轻揉捏，一面说：“听说你爹近来很烦心你的婚事，你且在我这里住几天，谷里有许多年少俊俏的弟子，看上了谁便与我说。”

辛湄双眼顿时一亮，感觉被他摸两下也没什么不舒服的了。

“真的？其实我刚才就看上了守门的那个张大虎！”

甄洪生顿了一下，抬眼似笑非笑地看着她，嗯哼一声：“怎么就看上他了？才来没几个月，又没本事，长得也一般。”

“没有啊，我觉得他长得很好。”

他低笑，恶作剧的心情忽起，风流冷冽的眉眼染上一丝魅惑之意，捏住她的下巴轻轻抬起，让她看着自己。

“有我好看吗？你看见我这样的，还会想着要他，你这小姑娘真没眼光。”

辛湄目光清澈地看着他，眼珠子转了两圈，似有些为难：“你……呃，狐仙大人你吧……怎么说呢……”

“只管说。”甄洪生见她欲言又止，急忙示意她放大了胆子实话实说。他素来是最在乎自己容貌的，当下扯直了耳朵看她怎样评价。

辛湄很认真：“你长得像女人，我不喜欢貌美如花类型的。”

“……”

甄洪生的心灵受到重创，顶楼的冬日雪景裂成了渣渣，化作萤火之光消散在空中，楼阁恢复成原本雕栏画柱的模样。

气若游丝的狐仙甄洪生霍然起身，怆然地一步步地走远了。

像女人，像女人，像女人……他心里只剩这三个字在回旋，不停回旋。他活了上千年，只有这句话对他的打击最大，简直是正中要害，爬都爬不起来。

“呃，狐仙大人？”辛湄愕然唤他，“张大虎的事情怎么说呢？”

他突然转过身：“这叫俊美！俊美你懂不懂？！你这什么也不懂的死丫头！我决不会把门下弟子送给你！一个也不送！半个也不送！决不！”

说罢掩面狂奔而去。

“管事大娘，狐仙大人还在生我的气？”

春日午后，辛湄坐在开满香花的紫竹亭里吃米粉，一面问旁边的管事仆妇。

管事十分淡定：“辛老板放心，谷主不是那么小度量的仙人。”

“哦，那他怎么今天穿成那样？还不时回头瞪我？”

辛湄抬头看看坐在对面河边钓鱼的狐仙大人。他穿了一身十分能体现男人气概的盔甲，腰佩长刀，平均一炷香的时间便起身在她面前踱方步走一圈，时不时还拔刀砍砍枯枝划划草皮什么的。只要她望过去，他便用一种恶狠狠又冷冰冰的眼神使劲瞪她一眼，再若无其事地坐回去钓鱼。

说起来，昨天辛湄帮着新晋弟子们调教灵兽的时候，甄洪生也是这么时不时出来晃一下，不过昨天他穿的是侠客大氅，用块黑布遮住一只眼，扮作独眼龙。对了，前天他好像是打扮成天师模样……

“他每个月都有那么特殊的几天，习惯就好。”

天天服侍仙人的就是不同，人家怎么就那么淡定呢？辛湄佩服地点点头，继续吃米粉。

“咦，这小丫头怎么还在？”亭外某人声线拔高，问得特别不客气。

辛湄转身，便见那个叫眉山的仙人怀里捧着大把色泽鲜艳的灵花灵草走过来。眉山神色不善地瞥她一眼，那一眼的情绪真是复杂，包含了尴尬、没面子、恼怒、厌烦、故作高高在上等种种普通人身上很难一起存在的东西。

“灵兽又不是符纸，今天送来明天就能用，总得有人驯它。那些新弟子笨手笨脚，我叫她留下帮个忙。”甄洪生把钓上来的鱼一股脑又丢回河里，解释道。

辛湄见眉山走进紫竹亭，便起身行礼：“见过眉山大人。”

眉山冷淡地“嗯”了一声，他看见她就烦躁，总会想起前几天自己丢面子的事。对仙人来说，面子比天大，他实在是希望她赶紧消失在天涯海角，永远别出现才好。

一阵风吹过，他身上冲天的酒气飘过来，辛湄一边吃米粉一边说：“眉山大人，饮酒过量会伤身，你生得那么瘦弱，跟我家后院晾衣服的细竹竿似的，还是多吃点饭比较好。”

眉山摸摸额头，把鼓出来的青筋用力按回去，他拒绝听任何“瘦”“弱”“纤细”“竹竿”之类的词，可是她一句话就把他的忌讳全说满了。眉山低头看看自己的手，犹豫着要不要把她掐死。

“见……见过谷主大人、眉山大人、辛老板……”

一个怯生生的声音自亭外传来。辛湄抬头一看，乐了，赶紧吃完剩下的米粉，跳出去笑眯眯地唤："大虎哥，有事？"

张大虎脸红且腼腆，声若蚊蚋："只是来请辛老板传授灵兽教导之方……那只灵猴怎么也不肯吃东西，一靠近还抓我……"

"哦，没问题，我去帮你看看。"辛湄说走就走。

甄洪生在后面使劲咳了几声，冷冰冰瞪着她："门下弟子不送。"

辛湄叹了一口气，好吧，不送就不送，可惜了一个不错的相公。

眼瞅着两人去远了，一头雾水的眉山问："送什么？"

甄洪生钓起一条锦鲤，余怒未消："小丫头看上守门弟子张大虎，说他是绝世美男。"

其实他就是对辛湄的眼光十分怨诽，美丑不分，张大虎那门板脸能是绝世美男？他如此这般英俊潇洒，居然被说成像女人。

眉山想起方才来的那守门弟子，方方正正一张脸，如门板般板正挺拔，嗯，绝世美男……

他捧着肚子笑得滚在地上。

辛湄在崇灵谷一连住了半个月，于是意料之中地，某日清晨一只云雀扑簌簌地落在她面前了。

是他们辛邪庄专门用来传递消息的小小灵兽。

云雀腿上绑了张字条，她老爹火急火燎写了一行字——

女婿一事办得如何？还有一月多你便满十六，在此之前，务必嫁出去！

最后五个字是用朱砂写的，鲜红夺目，触目惊心。

辛湄觉着自己最近确实散漫了，被崇灵谷的好饭好菜养着，青山绿水赏着，居然把这件顶顶重要的事情忘在了脑后。她满怀愧疚地回房收拾收拾东西，当日就去跟甄洪生告辞。

这位小肚鸡肠的狐仙好像还在计较半个月之前的事，只道："派人去通知张大虎，今天不许他守门，叫他在屋子里待着，省得总被人惦记。"

辛湄抬头看看他，见他为了突显男人气概，腰上时刻挂着剑，胸口也时刻不忘戴着护心镜，外面罩一条黑绒披风，像马上要去战场似的。

她想了想，说："狐仙大人今日的装扮果然十分有英雄气概。"

甄洪生霎时乐了，眉开眼笑："你如今终于有些眼光了，不错不错！"

她又说："看着像画上的芃容将军，英姿飒爽。"

芃容将军是琼国上古传说里英勇无敌的人物，当然，最关键的——她是个女将军。

甄洪生流着眼泪跑了。

辛湄心情变得很好，提着包袱，带上秋月，一路往回飞。没关系，回去这一路上有许多大大小小的城镇，相公这种东西，果然要去凡人多的地方买，仙人都小肚鸡肠，很不靠谱。

崇灵谷内春光明媚，谷外却是阴雨绵绵，辛湄没带避水符，这种天气骑在秋月背上飞，那是自找罪受。因见前面有大片密林，她急忙示意秋月落在树顶，将它收成符纸装进怀内。

眼看天色将晚，今日只怕到不了城镇，只能露宿野外了。

她从树顶一跃而下，轻盈地落在地上，谁知底下刚好是一摊泥水，"啪"一声溅了她半边身子。

辛湄无所谓地拍拍衣服，她就这点好，没一般女孩子对衣服整洁的苛刻要求。要是庄里的大师姐被溅一身泥，只怕会晕过去，她连衣角上一点小灰都不能容忍，看见了便要大呼小叫。

辛湄脱下外衣，在树下找了块干燥的地方用树枝晾起来，她还想把中衣也脱了晾晾干，突然觉得身后有什么不对劲。

辛湄回头，对面树下正站着一个男人，手里捏着一把木剑、一柄小刀，身下满地木屑。

辛湄僵住了。

这个男人丝毫也不避讳，就这么直直地看着她，像看一个木头人。

然后……

他身上、脸上好像全是方才被她溅到的泥水哎，还顺着鼻梁往下滴呢。

辛湄木然转身，把架子上的衣服拿起来，穿上，再取出手绢，走过去递给他。

“……抱歉，我不是故意的。”

很诚恳的道歉。

男人看看她，再看看手绢，什么也没说，也没有接那块手绢，只用袖子擦了擦脸，继续低头削木剑。

真可怜，难道是个又聋又哑的帅哥?

辛湄看了他几眼，可是，怎么越看越眼熟，她是不是在哪里见过这人？虽然他低着头，但那种独特、立体且柔和的轮廓还是与平常琼国人的不太一样，个子也比普通男人要高一头。

偶尔他会把木剑举在眼前，用手指轻抚，像是度量它合不合用。这时候就能看清他清俊的眉眼，神态里带着一丝凛然的清傲，虽然手里握着的是一把尚未完工的木剑，可他本人更像一截正要出鞘的绝世宝刀，有着冷冽华光般的美。

呃，越看越眼熟。

木剑很快就削好，男人拂去剑身上的水迹，突然开口：“今晚不可在此露宿，有危险。”

那是带着凉意的十分好听的声音。

辛湄张大嘴，这个人……这个人，不就是那天晚上在皇陵把她一掌击醒的男人吗？！

第二章 入皇陵

她倏地合上嘴，左右看看，找了棵比较粗的大树，慢慢地躲在后面，喃喃道：“可是外面还在下雨，要飞一个多时辰才有城镇。”

这个人脾气不好，说不定一言不合就会用掌打她，还是躲在树后比较安全。

他将木剑系在腰带上，一回头，见她整个人都缩在树后，只探出颗脑袋来，倒像一只小兔子。

“不怕死随便你。”

他转身便走，衣袂拂过之处，浓雾开始团团聚集，顷刻间笼罩天地，三步之外便什么也看不清了。

果然是妖怪！辛湄震惊了，会放雾气的妖怪！

她左右看看，决定往相反的方向走，没走几步，忽觉一脚踢中了什么东西。这东西还挺重的，撞疼了辛湄的脚尖。捡起来一看，却是一只藏青色的钱袋，里面塞满了碎银和银票，沉甸甸的。银票中还裹了一块质地并不怎么好的杂色玉牌。古怪的是，玉牌上没有花纹，正面是个“陆”字，反面则是“千乔”二字。

看钱袋上沾染的泥水还很新，只怕是那个妖怪的东西。玉牌上是他的名字？陆千乔，一个妖怪居然有人的名字。

她捏着钱袋想了又想，犹豫着回头看看，最后还是下定决心，毫不犹豫沿着他方才走的方向走去，团团雾气瞬间就将她的身影吞噬了。

下雨的深山老林最让人讨厌，满地泥坑。

辛湄扶住树，使劲从泥泞里往外拔脚，脚上穿的是新做的羊皮小靴，早上还干干净净、漂漂亮亮，现在已经被泥巴糊得看不出颜色了。不知道从什么时候开始，头顶又开始一阵阵打雷，好几次她都觉得那闪电就近在咫尺。

这种天气太不寻常了。

她用力拔出一只脚，往前跨一步，眼前骤然变得清爽，方才那浓得化不开的雾气像是突然消失了，她瞅见前面树下好像有一块白布，不由得大喜，急忙奔过去细细蹭脚上的泥。

旁边突然有人细细哼了一声，她愕然绕过那棵树，只见地上横七竖八躺了十来个人，看情形正处于昏睡状态，而被她拿来擦鞋的那块白布是其中一人的衣衫下摆。

辛湄有点不好意思，赶紧把它叠一下遮住，而衣衫被她拿来擦鞋的那人好像稍稍清醒了些，躺在地上发出细微的呻吟声。

她凑过去问：“你们怎么都躺这里？在泥巴地里露宿吗？”

那人艰难而颤抖地看着她，那表情像是要吐血了：“你……你没看见……对面那个……”

她转身，只见对面一块巨大的青石，石上盘腿坐着一只面容狰狞至极的虎妖。在它头顶雷云密布，不时有雷霆轰然劈下。这居然是一只正在渡天雷劫的妖，若是顺利渡过，它就算成仙了。

“你们来看虎妖成仙？”她好心地问。

那人气得又晕了过去。

彼时随着雷云密布，雨也越下越大，辛湄见他们躺在泥泞地里，满身泥水，不由得弯腰拖起一人的胳膊，打算将他们拖到干爽点的地方。

身后突然传来一阵脚步声，她转头，便见方才那男人挎着木剑走过来。第一眼看见辛湄，陆千乔的脸上终于有了一丝极细微的可以称之为“讶异”的表情。

“你怎么会在这里？”他问，眼神不善。

辛湄左右看看，找了棵比较稳妥的大树，躲在它后面，这才将钱袋掏出来放地上。

“……你钱袋掉了。”

他默然半晌，将钱袋捡起，正要说话，忽听那只虎妖惊天动地地狂吼起来，整座山林都为之震颤。它像是渐渐抵抗不住天雷的劈打，睁开一双血红的眼，一把抓起躺在地上的一人，张嘴便要吞吃。

辛湄恍然大悟，这些人原来都是被它捉来，为了在抵抗天雷时增加功力的！

陆千乔抬脚踢出一块石子，正中虎妖右胳膊，被抓住的那人飞了出去，又摔回泥泞地里。虎妖勃然大怒，血盆大口一张，密密麻麻的黑箭疾射而来。

他只不过将木剑一甩，黑箭像是遇到无形的墙壁，在他身前三尺纷纷坠落。搞不清楚情况的人还以为他手里拿的是什么神兵利器呢，天知道这根木剑是方才辛湄亲眼看着他削成的。

木剑在他掌中凌空飘浮，被他手指轻轻一弹，瞬间化作一道疾光，发出极刺耳的嗡鸣声，如有生命一般绕着那只虎妖上下飞舞，片刻后，骤然停在半空，“砰”一声碎成了粉末。

这是普通的木剑承受不了如此强劲力道的缘故。

太厉害了……辛湄张大嘴，眼睁睁看着那只快要成仙的虎妖瞬间裂成小块的碎肉，哼也没哼一声就死了。

陆千乔踏过满地的血肉，从破碎的虎妖尸体中拾起一颗拳头大小的血红丹丸，那是虎妖的内丹。

他自己也是妖怪，居然还杀同类取内丹！他这么厉害，恐怕秋月站在他面前也能被打成渣渣，万一他要来个杀人灭口，岂不是糟糕至极。

辛湄四处看看，抽个空子走人最是要紧。

冷不防他一闪身，辛湄只觉头顶一暗，他已经站定在面前，一把抓住她的手腕。

“你两次破了云雾阵，不能放你在外面，跟我走。”

什么云雾阵？是指他放出的浓雾？

辛湄另一只手死死抱住树干，恨不得整个人爬上去："只是起雾而已嘛！方向感好的话都能走出来的！"

不巧她的方向感就特别好，从来没迷过路。

"撒谎。"

他手上用力，云雾阵要是那么容易被破，也不会被称为三大阵法之一了。

她的胳膊快被抓脱臼了。

辛湄猛然转头看着他："我只是回来给你送钱袋而已！"

早知道她就私吞了！这世道做个好人怎么就那么难呢？

陆千乔见她眼睛里似有泪花闪烁，又倔强又生气的模样。她方才确实给他送了钱袋，穿过大片泥泞地，脚上的黄泥到现在还没干。

他慢慢放松力道，却依然不放开她，说："无论如何，你跟我走。"

"我为什么要跟你走？"她使劲甩手，奈何他的手指跟铁钳似的，纹丝不动。

"皇陵周围被我布下云雾阵，除我之外无人能出，亦无人能进。你既然能破这阵法，便不能放你在外面，否则会有麻烦。我要把你带回皇陵。"

辛湄震惊了："你……你强抢民女……"

陆千乔不愿再啰嗦，将她拦腰一提，转身大步流星地走了。

辛湄还处于震撼中，抬头看着他的脸，也不知想到了什么，突然有些惊恐："你要抢我做压寨夫人？"

戏里好像都是这样演的，强抢民女，然后放寨子里做压寨夫人，高兴就做夫妻，不高兴就随便打骂。她不会那么悲惨吧？

陆千乔眉毛抖了两下，没说话。

辛湄绞尽脑汁，艰难地说："我、我不会嫁给你的……我不喜欢妖怪，也不喜欢面瘫……"

他停下，低头看看自己的手，开始考虑是一巴掌打晕她呢，还是一巴掌打晕她呢。

头顶突然传来一阵牛叫声，紧跟着一辆破烂的牛车停在树旁，眉山君絮絮叨叨从牛车里出来："不是说这边的虎妖近日要渡雷劫成仙吗，怎么突然死了……"

辛湄如获至宝，大叫："眉山大人！"

他愕然抬头，看看她，再看看陆千乔，脸色顿时变绿了，喃喃道："战鬼……"

他一头钻回牛车，立马走远了。

陆千乔抬头看着消失成小黑点的牛车，突然问："你认识那个仙人？"

辛湄还在震惊眉山君的开溜之快，只茫然点点头。

"方才听你叫他眉山，莫非是眉山居那个成日搜刮别人隐私秘密的眉山君？"

辛湄偏过头去默默流泪，原来眉山大人是这种八卦类型的窝囊仙人，怪不得方才跑得比兔子还快。

"是他吗？"

"……我不告诉你。"

陆千乔没有再说话。

黑暗的森林，惨淡的天空。辛湄在泥泞的道路上不停奔跑，心脏快要从嗓子眼里蹦出来。

突然一只大手抓住了她，某个面瘫君狞笑着捏住她的下巴。

"好漂亮的小姑娘，随我回寨子里做压寨夫人吧！"

辛湄花容失色，在风中凌乱地挣扎着。

"不要！我不嫁！我……"

她从床上摔下去，脑袋磕地发出好大的声响。

…………

呃，原来是个梦。

辛湄在地上躺了半天，没精打采地看着屋顶上掉色的房梁，一些阳光正洒在上面，光线里细尘飞舞。窗外有流水声，还有人说话的声音，她抱着被子软绵绵地坐起来，想想，又躺了回去。

反正她也不能出这间屋子，不如睡觉。

昨天傍晚陆千乔将她带到皇陵里，说真的，她原先一直以为皇陵里必然是荒烟蔓草，鬼怪出没，一派颓败景象的。没想到穿越浓雾，她却见到大片樱花海，神道周围巨大的石人石马都被淹没在淡红中。

青山绿水，白墙绿瓦，这里有的只是宁静祥和。

不过这些和她也没什么关系，一进皇陵，陆千乔就把她丢进这间屋子里了。

“斯兰，看好她，不许她出这间屋子。”

他交代之后就走人，她一个人在床上发了大半夜的呆，本来想找守门的那个叫斯兰的男人说说话，可他是面瘫君第二，不管她说什么，他都恍如聋哑人，只要她开门开窗，他就立即关上。

愤懑之下，辛湄只好睡了。

“斯兰大哥，我听说陆大哥昨晚带了个姑娘来。来者是客，所以我做了些吃食，麻烦你帮我给她，希望合她的口味。”

多么柔美的女声，多么动听的句子啊……辛湄起身趴在窗台往外看，就见斯兰从一位穿粉红罗裙的姑娘手里接过食盒，那姑娘抬头看了她一眼，真是……辛湄搜肠刮肚努力想了半天，也想不出别的词，只好赞叹：真是貌美如花啊！

“多谢映莲姑娘好意。”

原来那个叫斯兰的会说话，还挺和颜悦色的。映莲对着辛湄微微一笑，转身走了。

“……吃东西。”斯兰一转头，又板起面瘫脸，把食盒放在窗台上。

辛湄大喜，赶紧揭开盖子，只见里面并排放了两只大木盒，满满地装了无数精致的点心，用水晶盖子盖着。她饿了一整夜，眼睛都要冒金星了，急忙抓起一块香雪芙蓉糕塞嘴里。

因见斯兰一反常态待在窗台前盯着她看，眼神里有些羡慕的意味，她想想，问：“你要吃吗？”

斯兰木着一张脸不理她。

她叹一口气：“面瘫是病，得治。”

他好像抖了两下，“砰”的一声把窗户关了。

辛湄又捡了一块槐花饼，正塞了一半，大门却开了，一夜不见的陆千乔背着光站在门口看她。

辛湄“咻”的一下丢了槐花饼，左右看看，躲在了大衣橱后面。

她的腮边还沾了点碎屑，睡了一夜头也没梳，头发正细碎地垂在双肩——像只兔子，还是白色的、软绵绵的那种。

陆千乔关上门，走进来。

她吞了口口水，脑海里浮现出戏里常演的场景：密封的小屋里，光线暗淡，坏人磔磔怪笑着对女主角伸出魔爪……

她现在很想钻进衣橱里。

“过来，坐。”陆千乔示意辛湄坐在椅子上。

“……我不过去。”

“……过来。”

“……我不。”

他朝她走两步，她立即闪电般坐在了椅子上。

陆千乔揉了揉额角：“为什么知道云雾阵的破解方法？谁教你的？”

“都说了我不知道什么云雾阵……”

“说实话。”

“实话就是我方向感特别好……”

他不说话了，只是安静地看着她。棱角分明的轮廓，宝石似的眼珠子，明明是玉琢般的容颜，却无一丝玉石的温润，他丝毫不掩饰自己的冷锐，时刻都像一柄刀刃锋利的名刀。

此刻，寒光湛湛的刀锋正指着她。

辛湄毫不畏惧地与他对视，他觉着她的勇气好像都软绵绵的。直至看到她腮边沾的糕饼碎屑，他的眉毛实在忍不住抖了两下。

“那个……”辛湄看着他微微颤抖的眉毛，好心地建议，“面瘫真的是病，要治。绿水镇有个大夫的针法很不错……”

他面无表情地朝她伸出手，她顿时花容失色，四处打量想找地方躲。

胳膊还是被抓住了，辛湄惊慌失措地考虑接下来自己是应当尖叫晕倒还是宁死不屈护卫贞操，冷不防陆千乔将她拽到窗前，打开了木窗。

春日丽景扑面而来，窗外梨花开得正好，雪白如棉，几只玲珑剔透的花妖正在枝头嬉笑打闹。远方山峦青翠如碧，隐有田园人家。

“三百六十二只妖，”陆千乔开口，声音很淡，“皇陵就是他们的家。我不会放他们出去伤人，更不会让外面的人进来伤害他们。”

皇陵毕竟是皇家的地方，闹闹鬼什么的无伤大雅，真要让皇帝知道一群妖怪在这边占山为王住得逍遥快活，只怕第二天就有修仙门派来剿杀了。

辛湄抓抓脑袋，“哦”了一声。

“我不管你是用什么法子破解云雾阵，既然对我有威胁，一日不解决，就一日不会放你走。”

他松开她的胳膊。

辛湄大惊失色：“你……你不讲理……”

他似乎笑了一下：“我这个人从来不讲理。”

辛湄觉得应当严肃表示一下自己的立场：“你就算把我关到老死，我也不会嫁给你做压寨夫人！”

他低头看看自己的手，真想把她那颗不听人话天马行空的脑袋拧下来狠狠地当球踢啊……

他转身拂袖而去，吩咐门外的斯兰：“看着她，除了水不许再给任何吃食，不许其他人靠近。”

斯兰恭敬地抱拳：“遵命，将军。”

将军？他一个妖怪又是什么狗屁将军了？！辛湄憋了一肚子气，搜肠刮肚想追上去骂两句，想半天也没想出什么犀利的骂人话，只好一个人踢枕头玩。

“千乔哥哥……”窗外有个稚嫩的童音唤他，她转头，就见一个圆滚滚的肉球似的小鸟妖飞在半空上下摇摆，比上次在皇陵遇见的那个小许多，仿佛只有三四岁的模样，摇摇晃晃的模样不像鸟，倒像一只肥鸭子。

陆千乔伸手将他抱起来，那一瞬间，阳光落在他的脸上，他那张面瘫脸居然出奇地柔和。

“哥哥说他已经准备好了，问你什么时候把内丹给他。”

小鸟妖奶声奶气地说。

“马上去。”陆千乔动作生硬地拍拍他的小脑袋。

食盒被斯兰收走了，辛湄捧着饿扁的肚皮坐在窗边发呆，不知怎么的就睡着了，梦里她对着大盆的红烧蹄髈大快朵颐，口水流了一袖子。

及至天黑，斯兰见她那呆头呆脑忍耐饥饿的模样，终于忍不住开口："你说实话就不用饿肚子了。"

辛湄傲然地别过脑袋哼一声。

"和将军作对的人都没什么好下场。"

"他一个妖怪又是什么将军了？"辛湄很不屑。

斯兰怒了："谁跟你说他是妖怪？！他是琼国堂堂正正的骠骑将军！十五岁开始便立下赫赫战功！"

"……嫖妓将军？"她愕然。

"骠、骑、将、军！"斯兰要抓狂了。

"是将军怎么不去打仗，在皇陵里窝着？"

斯兰有些黯然："皇帝有眼无珠，听信谗言，将将军贬来看守皇陵……"

辛湄恍然大悟："是个一直打败仗的将军，所以皇帝一怒之下把他赶到皇陵了！"

斯兰气得又把窗户摔上。

直到深夜，屋子里再也没传出一点声音。他又有些担心，毕竟是个普通小姑娘，一整天除了两块糕点就没吃点别的东西，只怕要饿出病来。他看看手边的食盒，犹豫着要不要偷偷塞给她一块充饥。

屋内突然传出翻箱倒柜的声音，斯兰急忙拉开窗户。谁知一道劲风从窗内袭来，他毫无防备被打个正着，倒飞出去晕了。

辛湄坐在秋月背上，摸摸它的脑袋，称赞："好样的！"

还好有秋月这个撒手锏，第一夜没用它就是为了等斯兰放松警惕的这一刻。

"秋月，赶紧悄悄地飞走。"

她抱紧秋月的脖子，吩咐。

"这位公子，你如此这般花容月貌，可有兴趣做我的相公？"

某位美貌少女笑得十分纯洁。

“这……这个嘛……”

某小帅哥脸红羞涩中。

“做我的相公，这些钱就是你的。”她拍拍圆鼓鼓的钱袋。

“且、且容在下考虑……”

某小帅哥的眼睛被金钱点亮了。

“虽然有仙人说我是克夫相，但其实我很能干，会赚钱，力气大，能干活，娶了我你一辈子不用烦恼。”

她是个老实的好孩子，从不隐瞒批命说法，省得买了相公人家说她欺诈。

克夫啊……某小帅哥的脸垮了：“姑娘，在下家中已有妻妾……在下现在有急事，告辞。”

啊，又跑了一个……

辛湄怅然地望着小帅哥落荒而逃的背影，一整个早上，这是第十个听见“克夫”就脸色大变的人了。她相信老爹肯定一直在抓心挠肺地后悔，当初就不该请那什么玉清仙人来批命，“克夫”两个字杀伤力实在太大。

算了，吃碗米粉弥补一下她受创的心灵。

昨天晚上从皇陵一路飞出来，辛湄不敢在最近的城镇逗留，足足赶了快三个时辰的路，天亮时分才找到这座小城。好在客栈开门挺早，她要了房间，又连吃三碗饭才缓过劲来。

骠骑将军太小气，就冲着他不让自己吃饭，也不能嫁他！

拐过街角，辛湄忽见迎面驶来一辆破烂得快散架的牛车，车轱辘在石子地上痛苦地呻吟着，拉车的老牛也是遍体鳞伤、没精打采。

好熟悉的牛车，只是它怎么比两天前看着还要破烂了？

辛湄过去揭开窗帘，正对上车厢里一双黑白分明的眼，之所以那么黑白分明，是因为这个人……他是不是被雷劈过啊？全身上下黑透了。她看了半天，突然吃惊地张大嘴：“眉山大人！你被雷劈了？”

眉山君羞愧难当，使劲拽上窗帘，假装不认识她。

冷不防辛湄的脑袋又从窗口钻进来，神情严肃且认真地把他上上下下看一遍，她说：“这就是见死不救的现世报。”

眉山君满含热泪把那颗脑袋推出去，他现在唯一的愿望就是时光倒流，再也不要跟这死丫头牵扯上半点关系。

牛车一路歪歪斜斜地驶向城内最大最豪华的酒楼，眉山君低头看看自己满身狼狈的模样，犹豫再犹豫，实在不想下车丢这个人。若是用障眼法吧……他现在浑身发疼，根本没力气使仙法。

正左右为难时，车门突然开了，辛湄姑娘歪着脑袋站在车外看他。

“你是要去这家酒楼？”她问，然后伸出手，“过来，我扶你。”

眉山君捂住脸：“不要，不要，不要！”

“你放心，我力气很大，不会让你摔下去的。”她张开铺在他腿上的薄毯，将他整个人一裹，轻轻背在了背上。

酒楼三层的雅间早早被他预订下来，辛湄背着他上台阶，步伐轻快，因见眉山君出人意料地一言不发，她又说：“眉山大人你放心，你跟我家晾衣服的竹竿一样细，一点都不重。我从小力气就特别大，十岁就能背着大师兄满街跑了，他比狗熊还壮。”

他含含糊糊地“唔”了一声，像是突然被掐住喉咙，发不出声音。

好在三楼雅间用竹帘隔开，外面的人看不到里面。辛湄叫人送了一盆热水，把手绢打湿了替他擦拭脸上的焦煳痕迹。

“眉山大人你不是仙人吗？怎么会被雷劈成这样？”

眉山君红着脸流泪：“仙人……也分很多种类的……我就是、就是不擅长这类体力活！”

“在哪儿被劈的？”

她用手绢轻轻按住他脸上的一块疤，疼得他直吸气。

“……这些天挽澜山地脉灵气异常变动，山里许多妖都要渡雷劫成仙，昨晚观摩一只犬妖渡劫，不小心靠得太近，被天雷劈了……”

辛湄理解地点点头：“当个八卦仙人也不容易。”

眉山君耳朵里像是有一万只蝴蝶在飞，闹得他心慌意乱。辛湄正给他的伤口涂金疮药，据说是他们庄子特制的，效果绝佳，如黄连加上苦胆慢慢熬了三天三夜的那种味道。

可他觉着这味道像是方才靠近的时候，她衣领里的幽香。

看样子连鼻子也被雷劈坏了，他欲哭无泪地想。

“好了，我留一瓶金疮药给你，记得每天涂。眉山大人是仙人，没几天应当就好了。”辛湄提着包袱起身，就欲下楼。

眉山君情不自禁问：“你……呃，你这就走啦？”

“嗯，我还要去买相公，不能陪你了。保重。”

“……买相公？”眉山君愕然，“相公是用来买的吗？”

辛湄露齿一笑：“有钱能使鬼推磨。”

眉山君不知道为什么又想哭，可恶！好像眼睛也被劈坏了！

辛湄拉开竹帘，刚好对面有人正要进来，险些撞在他身上。那人扶了她一把，声音醇厚温柔：“姑娘，小心了。”

她抬头，看见一张貌美如花的脸，眼睛底下生着一颗泪痣，显得略有些忧郁。见她看着自己，男人微微一笑，如暖风扑面……一看就不像个好人哎。

她转身下楼，隐约听见雅间里眉山君在破口大骂：“傅九云！你每次都来迟……”

后面的话再也听不见，她出了酒楼，见满大街的人，不由得满心喜悦。她的相公，一定就在这人群里藏着！她要把他找出来。

前面那个穿黄衫子的小帅哥就不错，面如满月，身材高大，一看就是个能吃苦的。

对面巷子里那穿青袍子的也不错，头发黑，肩膀宽，走路虎虎生风，绝对好用。

还有……还有……她双眼突然一亮。

拐角那棵歪脖子树下站着的男人，背影真是美啊。一身很普通的淡青长衫也能被他穿得鹤立鸡群，黑亮黑亮的头发，一看就知道元气充沛。那窄腰，那宽肩，充分显示此人肌体有力，绝不是好吃懒做的米虫。

满大街那么多人，她一看到他，就觉得所有人都变成了浮云。

辛湄理理头发，顺顺衣服，摸摸钱袋。很好，外表没有问题，钱袋也没问题。

她走过去，用最温柔的声音说：“这位公子，本人是辛邪庄的辛湄，身份来历清白，性格外貌良好，有空和我聊聊人生理想和婚姻大事吗？”

这位美男没有回头，隔了一会儿，他说：“我是很想和你聊聊打晕斯兰，私自逃走的大事。”

呃？

辛湄瞠目结舌地看着他转身，这把绝世名刀的刀锋又一次对准了她。她慌了，倒退三步，四处张望试图找条秘密小路逃亡。

他一挥手，一张符纸堪堪落在她额头上，霎时化作一条流光溢彩的带子，往她腰间一拴，带子的另一头握在了他手里，瞬间又化作虚无。辛湄只觉整个人不由自主停住了，无论如何也退不了一步。

陆千乔走到她面前，脸上居然极其少有地浮现出一丝笑意，只是……只是笑得她好心惊胆战啊！

“抓到你了。”他说。

“你、你、你要怎么样？”辛湄惊骇之下开始结巴。

他轻轻一扯，她身不由己被一股无形的力道拖着往前挪两步。

“这叫捆妖索，往常都是用来擒拿穷凶极恶的凶妖。”不知道怎么回事，他今天连声音里都有笑意，不过绝不是那种和煦温柔的笑，倒像是冷笑，带着赤裸裸的嘲讽，“如今套在你身上，休想再逃走。”

辛湄铆足了劲挣扎，奈何背后仿佛放了一座铜墙铁壁，挣得她都累了，索性放弃。

“你、你、你怎么找到我的？”要想在多如繁星的城镇里找一个人，不亚于从沙滩里寻一粒沙。

陆千乔转身迈步，她也不由自主在他身后三步远的地方随之行动。

“自你打晕斯兰那一刻，我便知道了。”他淡然道，“我一直跟在你身后，想看你跟什么人接触。如今知道你的身份了，辛邪庄的大小姐。”

辛湄只觉一颗心陡然沉了下去：“不许你找我爹的麻烦！”

他没有说话，只是信步往前走，看方向，似乎是她刚才出来的那个酒楼。

辛湄有点心慌：“你要去哪里？”

“那个叫眉山的窝囊仙人在酒楼里吧？”

她大惊失色，赶紧抱住他的胳膊使劲拦住："你、你、你要去杀仙人？！我根本没和他说云雾阵的事！"

陆千乔低头看看她的手，再看看她的脸，她立即闪电般放开他，把两只手规规矩矩放在背后。

"我找他有事。"

面瘫君拽着惊慌失措的小白兔进了酒楼。

第三章 欲出逃

酒楼三层雅座，竹帘青碧，酒香四溢，陆千乔揭开竹帘，不由得一愣——眉山君不见了，只剩一个陌生男子，斜斜倚在矮桌前斟酒，见他二人突然闯入，不惊不怒，不过浅浅一笑。

"啊……"辛湄也不知道是该欣慰还是什么别的，眉山大人不在，留下来的这个男人，是叫……傅九云吧？

"眉山已经溜了。"他像看好戏似的，慢悠悠吐出几个字，"你们来迟片刻。"

陆千乔从不废话，转身便走，不防傅九云在后面又道："等一下，找他何事？"

"与你无关。"

竹帘一晃，人已在外。

"我知道他住在什么地方。"

一句轻描淡写的话，让竹帘外那个满身冰霜的男人停下了脚步。傅九云从竹帘里探出一颗脑袋，满不在乎地笑："答应我一个条件，就告诉你他住哪里。"

……春风卷着花儿飘进窗户，辛湄忍不住打个哈欠，对面响起傅九云温柔的声音："别动，还没画好。"

她只好浑身僵硬地重新摆好姿势——站在窗前，拈一枝桃花笑得脸颊酸疼。

刚才他们明明说好了谈条件，她都做好两人一打起来自己就找个机会开溜的准备了。谁知道傅九云指着她说："把这小姑娘拿来，我替她作个小像，然后就告诉你眉山住哪里。"

辛湄无语。

陆千乔坐在傅九云对面，端着酒杯，静静望着窗外的春景，也不知想些什么，几片花瓣落在酒液中，他却一无所觉，一口饮了下去。

"我听闻……"沉寂中，傅九云突然开口，"极西之地有上古战鬼血统一族，皆为红眸重瞳，轮廓较常人立体分明，性格高傲，轻易不与人亲近。族人无论男女，到了二十五岁，都要过一道极危险的坎，超过半数的族人都会死在二十五岁。不知是否属实？"

陆千乔没有说话。

"战鬼一族在上古神魔大战中出力不少，故而得到天神的恩赐，赋予他们惊天动地的能力。可惜如今已是神隐时代，没有天神庇护，战鬼一族也逐渐凋零，二十五岁那道坎又成了致命伤。想来战鬼一族也在忧心这个局面吧？"

陆千乔终于动了，他放下酒杯，声音平静："你与我说这些，是什么意思？"

傅九云笑了笑："没有别的意思，只是我不像眉山，对这些隐秘的事情不了解。对混了普通人血统的战鬼如何度过那道坎，更是一点也不清楚。这些事，你也只有找他问。"

说罢他忽然拍了拍手："琴娘何在？酒来，曲来。"

竹帘后果然进来一美貌少妇，替三人斟满酒又退回去，片刻后，便有铮铮琴声如泉水般流淌开，稍稍冲淡了雅间里凝滞的气氛。

老爹说过，这种会花钱在外面找女人花天酒地的男人都不是好东西，此人两样都占全了。辛湄鄙夷地翻个白眼。

傅九云敲着矮桌："那边的小姑娘，眼皮不要抽筋，很难看。"

啊啊啊！好想从窗口跳下去啊！

眼看着日薄西山，傅九云终于把那幅小像给画完了，自己好像也很满意，笑吟吟看了半日，才招手唤辛湄：“你自己过来看看。”

她拖着酸疼的腿过去瞥一眼，不由得震撼了。

画上那个昂首挺胸、充满自信的大美人儿是谁？！

傅九云得意地笑：“你现在还嫩得很，毫无风情可言。画上是大人我好心替你加了两岁的小像，要以这个为目标，努力长大，知道吗？”

辛湄感动得两眼含泪：“你虽然一肚子坏水，没想到这么会画画！好厉害！”

他准备把画送出去的动作停下了，和蔼地笑着问：“……你方才说什么？”

“好厉害！”

“前面一句。”

“没想到这么会画画！”

“再前。”

“你一肚子坏水。”

他利落地把画纸一折，收进自己袖子里，意兴阑珊地送客：“今天就到这里吧。眉山住在南边白头山的眉山居，自己去找。”

他这是怎么了？突然不舒服吗？辛湄苦恼地抓抓脑袋，紧接着就被陆千乔扯下楼了。

傅九云回头问琴娘：“有镜子吗？”

琴娘红着脸递给他一面小铜镜，他正着照，侧着照，反过来照，倒过去照。

他到底哪里一肚子坏水呢？

真是让人郁闷的问题啊……

陆千乔走得极快，出了酒楼便一路往南疾行，辛湄不得不随着他一路小跑，一边跑一边摸肚皮，她饿了……可是这没良心的骠骑将军肯定不会好心让她吃东西。

这种时候，果然要靠自力更生。

她眼尖，瞅着路边有个烧饼摊子，老板刚把出炉的烧饼一块块码放整齐，还热腾腾地冒着热气。辛湄抬手就抓了四块，另一手丢下数枚铜板，一路被拖着向前，还努力回头叫：“我付过钱了！”

低头咬一口烧饼，还是纯正鸭油的，这老板真厚道。她一口气吃了三个，满手油腻腻的，一时找不到手绢擦，忽见走在前面的陆千乔衣袂飘飘，好像……好像布料蛮软的哎……

辛湄偷偷抓起他一截青衫，使劲擦手，低头正要擦嘴，冷不防他突然停下了。辛湄刹不住，狠狠撞在他背上，又被撞得狠狠倒退数步，再被他手里的什么捆妖索狠狠地拉回来，最后还是他把她给拉住了。

辛湄抬头看看，面前正是一座客栈。辛湄捂住脸震惊了，他、他、他……莫非马上就要上演孤男寡女夜间同住一间房之暧昧缠绵心跳一千下的老梗了吗？！

不好，这小子来硬的不行，开始来有情调的了！要警惕，警惕……

陆千乔瞥她一眼，见她脸上神情千变万化，便道："我知道你在想什么。"

耶？她一颗可怜的芳心开始乱跳了……

他笑了笑，有些讥诮："可惜要让你失望。"

他拽着她继续走，走啊走……然后就走出城了。

…………

这么冷硬死板，难怪会被皇帝贬去看守皇陵啊……辛湄含着热泪蹲在某郊外深山老林中搭火堆，捆妖索被他系在了一株十人合抱的老树上，除非她有力拔山兮气盖世的神功，否则还是乖乖搭火堆吧。

陆千乔提了一皮囊清水回来的时候，火堆烧得正旺，他取下腰间毫不起眼的小皮囊，从里面取出一个铁架子，一只铁皮小锅，一袋面粉，几块肉干，并碗筷调料之类杂物，辛湄眼睛都看直了。

听闻世间有种宝贝叫乾坤袋，是数百年前周越国某成仙的工匠造的，外表毫不起眼，像个半旧的钱袋，里面却几可容纳天地。那仙人总共就做了不到十个乾坤袋，除了琼国皇宫里保存了一只，剩下的都不知所终，想不到这位面瘫君居然有这等宝贝。

陆千乔倒水进锅，放在火上烧，揉面，揪成一颗颗小疙瘩丢水里，再放些野菜和肉干。他做这些的时候，很自然，很利索，好像早已做过千百次这样平常的小事。众人口中那个厉害的骠骑将军也好，混着普通人血统的战鬼也好，试图对纯洁少女伸出狼爪的土匪也好，好像变得有点遥远。

调料放进锅里，熬制片刻，香气四溢。辛湄霎时馋得两眼离不开锅子，不过仔细想想，此人肯定不会给自己吃东西，她只好摸出怀里仅剩的一只鸭油烧饼，犹豫着要不要吃掉。

“吃饭。”他盛了一碗煮好的疙瘩汤，放在她脚边。

辛湄愣了好久才反应过来：“呃，谢……谢谢。”

辛湄小心喝一口面汤，鲜香的味道中还带着些许的辣，她虽然有点不适应这种口味，但饭是出乎意料地好吃。辛湄一边喝面汤，一边偷偷看火光在他脸上跳跃。

他好像有很多心事哎……

她清清嗓子：“世上没什么过不去的难事啦……”

所以，你快点放了我啊啊啊啊！她在心里狂吼。

陆千乔有些意外地看着她，见她两眼亮闪闪，满是期盼的光芒。他又别过头，声音冷静：“吃完就睡觉。”

小样！就不信你没破绽！

辛湄移开火堆，把毯子铺在上面，和衣蜷缩着假装睡觉，只把眼睛撑开一眯眯的缝，偷看他的背影。他一动不动背对着她坐在树下，深夜的山林寂静无比，只闻火堆的噼啪声。不知过了多久，辛湄觉得他可能睡着了，便悄悄伸手入怀，打算把秋月放出来敲晕他。

刚一动，他像背后有眼睛似的，转过头讥诮地看着她。

“你要做什么？”他的心情似乎变好了一些，这一句居然问得好整以暇。

辛湄讪讪地笑：“没、没什么……好像被虫子咬了一口……”

“我知道你有一只厉害的灵兽。”陆千乔微微一笑，笑得杀气腾腾，“不想明天吃烤鹈鹕，就安静睡觉。”

烤鹈鹕，他的意思是要把秋月烤来吃？！化作符纸的秋月也在怀里抖了三抖，使劲往里面缩缩。

辛湄含着热泪翻身睡觉，算他厉害。

“我有一件十分正经的事情要和你商量。”

天快亮的时候，辛湄蹲在陆千乔身边，把他推醒了。彼时他似乎还带着睡意，头发沾了一绺在唇上，眼珠子乌溜溜的，看着有些无辜，还有些迷茫。

“你是个男人，而我，是个女人，对吧？”

鉴于辛湄表情难得如此严肃，陆千乔觉着自己好像得给她一点面子，于是用手遮住光，木然点点头。

“很多据说特别有学问的老头儿都写书，说男女授受不亲，又说什么非礼勿视。男人要是不小心看到一个女人的肌肤，就要娶她做老婆，对吧？”

陆千乔在她柔软的声线起伏里昏昏欲睡，又点点头。

“那……我是绝对不会嫁给你的！你也知道吧？”

他快睡着了，随着本能点头。

辛湄使劲一拍手：“所以我只是想告诉你，我要解手！”

她腰上拴着的那根捆妖索被他攥在手里，实在走不远，解手又是要露出肌肤的。好吧，露的又何止是“肌肤”……

陆千乔放下手，面无表情地与她对看，半点反应也没有。

辛湄重复：“我要解手。”

他依然没反应，只是眨了眨眼睛，茫茫然一般。

她泪流满面起身了，找棵还算粗壮的大树，猫腰躲在后面，一边还哽咽：“你……你不许偷看！”

装模作样躲了半日，对面依然没声音，辛湄急了，探头出去大叫：“你怎么能真的没反应？偷看别人解手是很恶劣的趣味！”

陆千乔愣愣地眨眨眼睛，然后……然后他打个哈欠，翻身立即又睡着了。

原来居然是个会赖床的！

辛湄扑上去使劲抽他脸：“起来起来起来！”

手腕被人抓住了，终于被抽醒的陆千乔面带寒霜，头发凌乱，仰面躺在地上瞪她：“你胆子真不小！”

她大怒：“我要解手！”

解手，这个词有点陌生，还有点熟悉。陆千乔刚睡醒的脑袋不太灵光，思忖半晌，突然悟了，霎时间脸上表情从震惊发展到愧疚再发展到恼怒，最后变成了羞赧。

他飞快松手，像被烫到似的，眼睁睁看着辛湄奔向密林深处。

陆千乔此时已全无睡意，起身扒扒头发，身上却掉下一张符纸，符纸相当眼生，应当不是自己的。符纸是用千年梧桐的树皮炼制而成，适合鸟类灵兽栖身，想来应当是辛湄方才动作剧烈不小心掉下来的。

是她的坐骑，那只鹈鹕吧？

他端详片刻，将符纸折了一道，放进自己怀内。

这个……他在这方面没经验，那个……女人……需要多长时间？一炷香？两炷香？好吧，给她一顿饭工夫，如果不回来，他就……就再等一顿饭工夫……

看看天色，现在过去多久了？她还没回来，要不要追上去看看？不，还是等一下……万一那什么……还是再等一会儿好了……

陆千乔生平第一次艰难地纠结了。

三顿饭的时间过去，他霍然起身，正要去寻找，却听身后传来脚踏枝叶的细微声响，回头，便见一脸不爽的辛湄怀抱一捧新鲜菌菇，满身露水地回来了。

“你……”他有些尴尬，不知道说什么好。

辛湄板着脸把菌菇丢在地上，刚才是多好的逃脱机会啊！可翻遍全身上下硬是没找到秋月栖身的那张符纸，估计是刚才抽他的时候不小心掉出来了。可恶！失去坐骑，在这种一望无际的深山老林，根本是寸步难行！更不要说逃走了。

“……秋月在你那里？”她问。

陆千乔想了想，点头。

“不许你伤害它！”想起陆千乔昨晚说烤鹈鹕，她就慌神，“秋月很老了，肉很粗糙，一点都不好吃！”（秋月在陆千乔怀里哭：人家才六岁不到，哪里老了？）

陆千乔默然片刻，道：“那要看你听不听话。”

辛湄抱住胳膊倒退一步，视死如归：“哼！你得到我的人也得不到我的心！”

……他觉得跟她正经说话，绝对是个错误选择。

陆千乔把她刚摘来的新鲜菌菇粗略挑选清洗一番，放进昨晚剩下的面汤里，烧滚就能吃了。和昨晚一样，他盛了一碗放在她脚边，辛湄别过头作傲骨状：“我不吃！除非你把秋月还我！”

哦，不吃就不吃吧。陆千乔很淡定地自己吃起来，面汤里的肉干因为泡了一夜，香味都已经漫延开，看形状似乎也酥软了不少。

他肯定是故意的，因为他那碗里盛了好多肉，大快朵颐时，香气四溢。

辛湄偷偷瞥了他好几眼，见他埋头只管吃，也不看自己这边，便悄悄伸手去拿碗。指尖刚触到边缘，便听他动了一下，她闪电般缩回手，继续作傲骨状。

他似乎无奈地笑了一声，隔一会儿，他说："别闹，吃饭。"

声音平静，不是恶意讥诮。

辛湄泪流满面端起碗来：秋月啊！我不是个好主人！且等我吃完饭再考虑怎么从魔王手上救你呀！

辛湄本来以为他会拽着自己去白头山找眉山君，谁知一路穿山越岭，几天后，两人又回到了皇陵。

第二次走在开满樱花的神道上，她觉得自己已经十分淡定了。好在这次陆千乔没把她丢屋子里关着，而是全程一直拴在身边，直到进了一个叫归花厅的小厅里。

"将军，您回来了。"

斯兰端茶上来，恶狠狠地剜了辛湄一眼，他还记着那一夜她把自己打晕的事情，这绝对是他斯兰一辈子的耻辱！

辛湄装作没看见，抬头四处看归花厅的装饰，一边拉长耳朵听斯兰汇报这些天皇陵大小妖怪的事。

"自从将军您替桃果果从虎妖那里夺回内丹后，他这些天一直闭关潜修，昨天刚大愈，容貌已经恢复如常……赵官人说他最近呕心沥血写了一部新的戏折子，这次绝对配得上将军雕的十二人偶……西北边的熊妖第五十三次来向映莲姑娘提亲，用白色莲花铺了一路，被映莲姑娘一把火烧了……"

她听得无聊，忍不住要打哈欠。好容易等斯兰说完，陆千乔又出了归花厅，沿着斜斜的小山坡上去，山坡上开满了雪白莹润的梨花，林中有两人在说话，因听见脚步声，一齐转身，见是陆千乔，不由得大喜。

"千乔大哥！"

一个十七八岁的高个子少年有些腼腆地唤了一声，他面容尚算俊俏，只是圆圆眼圆圆脸，还有些稚气。背后张开一双嫩黄色的大翅膀，似乎是因为激动，翅膀在沙沙舞动着。

陆千乔点头："都好了？"

少年有些脸红："是啊，已经痊愈了。千乔大哥，总是给你添麻烦……要不是你阻止我，差点就犯下夺取凡人魂魄的大错了……我下次再也不贪玩乱跑。"

后面传来动听的女子笑声，一个穿粉红罗裙的美貌少女走到少年身边，含笑道："果果好了之后就一直念叨这些。我倒觉得你没了内丹那段时间，十一二岁的模样比现在可爱些。"

桃果果脸更红："映莲姐，你就会笑话我……"

桃果果说罢忽然看见陆千乔身边站着个面如桃花身似杨柳的姑娘，两眼呆呆地望着天空，不知想着什么虚无缥缈的心事，他不由得一抖，跳起来指着她大叫："是你？！你怎么会在这里？！"

辛湄愕然收回视线看他，上上下下打量两遍，她突然一拍手，恍然大悟："咦？你不是那个扮厉鬼的小鸟妖吗？"

桃果果对她又惧又恨，手指头一个劲抖："你你你……你这个坏女人……"

辛湄认真地看着他："嗯，你长大了，背后的也不是鸡翅……变成正宗鸟人了。"

桃果果脸色一绿，颤巍巍地收了翅膀，最后嘴巴一瘪，"哇"一下哭了，掉头就跑。

映莲笑了起来，看看她，再看看陆千乔，声音温和："陆大哥素日不与女子亲近，真想不到竟会和辛姑娘投缘。想来小妹可以喝到陆大哥一杯喜酒了。"

斯兰在后面忍不住插嘴："映莲姑娘，你搞错了。她是将军的阶下囚！这种丫头，将军怎么可能……哼！"

映莲显得十分惊讶："怎会如此？"

陆千乔没有说话，只是拽着捆妖索，辛湄不由自主随着他往前走，一边说："我要沐浴。"

他的手又抖了一下，回头面无表情看她。

她板着脸："男女授受不亲，你赶紧放开我，不然就是想偷看。"

"今早你沐浴过一次。"

他说出事实。

"我又想沐浴了。"

她十分蛮横。

陆千乔不回答，拽着她继续往前走。

辛湄急了："你、你要偷看？！"

他好像笑了，是带着讥诮和一点点戏弄的笑："想来和看门板也差不多。"

"你……"她大怒。

映莲看着他二人旁若无人边走边说地去远了，半晌无话。

斯兰有些不忍，低声道："映莲姑娘，真的只是阶下囚。那丫头会破解云雾阵，将军怕她泄露出去，所以才用捆妖索拴在身边。"

映莲微微一笑，转身便走："斯兰大哥，你多想了。我不过好奇而已。"

那天辛湄还是没能沐浴成，陆千乔把她关在归花厅，两人大眼瞪小眼瞪了一下午。

"你到底要怎么样？"辛湄托着下巴，有些无力，"拴着我，一直到死？"

陆千乔摩挲着一块质地很次的杂色玉，沉默良久，方道："还有三个月，这三个月我须得确保皇陵无恙。到时候如果……我还在，自然放你走。"

辛湄大惊："那你要是不在了呢？"她就被拴在皇陵，直到饿死？

他没有回答，只是心事重重地看着手上那块杂色玉，目光深沉。

她突然想起那天在酒楼，傅九云说战鬼一族半数都死在二十五岁那道坎上，到底是怎么回事她不知道。眉山大人说他是战鬼，所以……再过三个月他就满二十五岁，要死了？

辛湄抓抓脑袋，绞尽脑汁："那、那个，天无绝人之路……你也别太难过，须知死是不同的，有的人死如轻尘，有的人就重如山峦，你要努力让自己变重一点……"

陆千乔的手指僵住，抬头看着她，询问："……你是在安慰我？"

"是啊是啊！"陆千乔能看出她的苦心，真不简单，"说不定你二十五岁那天睡一觉就什么事都没了！别想太多啦！"

这两句还像点样子。

他起身走到窗边，推开，外面热闹的锣鼓丝竹声倾泻而入，水池上搭了个戏台子，看样子赵官人的新戏是在今晚上演，群妖们坐在池边叽里呱啦地闲唠，有的嗑瓜子儿，有的指指点点，开心得没心没肺。

“人偶戏？”辛湄凑过去看，眼睛顿时亮了，“是我没看过的！”

赵官人的戏素来煽情，戏未过半，台下早已哭声一片。

桃果果躲在归花厅窗台下跟斯兰打赌：“狗血赵这次还是用老梗，死主角死爹娘死好友。我赢了，斯兰大哥你得给我钱。”

斯兰黑着脸赔了一串钱，赵官人先前拍着胸脯打包票说这次的新剧和以前的绝对不同，谁知还玩老一套，下次再也不能听他的鬼话。

对了，这次他用的人偶是将军闲来无事做的那十二只，这天雷滚滚的剧情，不会让将军勃然大怒吧？

斯兰偷偷转身，只见将军站在窗前，神色平静里带着一丝无奈，无奈里还带着那么点儿无措，低头看着身旁痛哭流涕的辛湄。

“噢……太感人……太经典了。”

辛湄用手绢捂着脸，那手绢已经湿透了，还在往下滴水。陆千乔左右看看，犹豫半天，还是从自己的袖子里取出帕子递给她。

“……真那么好看？”他不确定地问。

她接过来擤鼻涕：“太棒了！我从来没看过这么动人的戏！特别是那些人偶，做得真棒，和活的一样。”

那十二只人偶是将军做的哎……这孩子有眼光。

“是吗？”陆千乔神色瞬间缓和了，说，“明晚还有人偶戏，还是这些人偶。”

斯兰僵硬地缩回去，使劲扇了自己一巴掌，刚才的一定是幻觉吧？嗯，没错，幻觉幻觉……

辛湄一双眼哭得和兔子眼一般红，殷切地看着陆千乔：“我能找赵官人要签名吗？还有那个做人偶的师傅。”

陆千乔觉着她的兔子眼从没这么可爱亲切过，暗咳一声，捆妖索情不自禁就放松了几寸，牵着她去外面找赵官人要签名。

桃果果在窗台下勃然大怒：“坏女人居然勾引千乔大哥！斯兰大哥，你怎么不赶走她？”

斯兰唯有无语凝噎。

其时赵官人正指挥小妖们整理道具，忙得满头大汗，一根老鼠尾巴从衣服下摆伸出来透气。皇陵有数不清的殉葬珍宝，他戏里用的道具都是真货，万一不小心弄坏了，将军必然会把他的尾巴拔下来塞鼻孔里。

“小心点！那个同心镜很脆弱的！”

因见某小妖被石子绊得踉跄，赵官人不由急得大吼。小妖被吼声吓得一哆嗦，同心镜就这么滴溜溜地滚到了地上，一路滚到辛湄脚边，把她脚踝撞得剧痛无比。

“……铜镜？”

辛湄弯腰捧起这面一尺长宽的铜镜，镜面居然粗糙暗淡，根本照不出半个人影。

“是不是摔坏了？”她反手递给陆千乔。

他还未来得及接，只见暗淡的镜面上白光骤然一闪，瞬间又化作点点萤火四下散开，方才粗糙的镜面此刻居然变作深夜般的黑，里面倒映出一对深情相拥的男女。

萤火在两人的发梢上盈盈欲滴，光华似水……那场景，怎么看怎么缠绵动人。

可是……可是，抱在一起的两个人，好像是她和陆千乔哎！

辛湄看呆了。

赵官人在狂吼：“同心镜同心镜！这么多年居然显灵了！老天开眼！将军的真命天女就在这里呀！”

妖群“嗡”的一声炸开锅了，斯兰受不住打击晕了过去。

镜面上相拥的二人很快就消失不见，辛湄捏着同心镜犹豫着要不要再看一遍。赵官人早已含泪冲过来抓住她的袖子一顿摇：“姑娘，你要好好待我们将军……”

同心镜被丢在他的脸上，陆千乔拽着一头雾水的辛湄转身便走。

“是怎么回事？”她小心翼翼地问。

他面无表情：“回去，睡觉！”

他的心情好像又不好了……辛湄闭紧嘴巴，这次很识趣，一直没说话。

从那晚开始，陆千乔的心情似乎就没再好起来，往常还会和她说几句话，现在直接把她当作空气。有事没事他就叫几个人去归花厅不知密谋什么，把她拴在外面的树上。

这天太阳很好，辛湄坐在院子里晒太阳，抓了小石子儿丢在归花厅的窗户上玩。

窗户突然被人打开了，陆千乔远远地、居高临下地、隐忍地——看了她一眼。

辛湄急忙挥手："你谈完了？"

她要吃饭喝水解手沐浴……

"……安静。"他摔上窗户。

她又丢了一颗石子，"咚"的一声砸在窗户上，里面再也没声音。

"呵呵，陆大哥最近几天好像在生辛姑娘的气？"

身后传来一阵轻笑，辛湄回头，只见一个穿着粉红罗裙的美貌姑娘站在树下捂着嘴看她。

"这样拴在树上，倒像一只狗。"她笑得真是恰到好处。

辛湄努力思索半晌，终于想起她的名字："红莲姐姐，你穿这一身往树下一站，看着真像我大姑，亲切得很。"

"是映莲！"

映莲深深吸了一口气，咬牙切齿拼凑笑容，一面不忘摸摸脸，自己……应当还年轻吧？怎么就像她大姑了呢？

也可能是眼前的小丫头太过鲜嫩，雪白饱满的脸颊，纯善灵秀的眉眼，带着十几岁凡人少女才有的那种独特天真娇憨，女妖再也不会有这种无邪。映莲不免黯然。

何况，同心镜居然可以映出她和陆千乔的身影……

映莲叹一口气，又羡慕，又愤怒，还有点儿怜悯。

"看你被拴着，怪可怜的，想不想离开？"她笑着问。

"想！"辛湄使劲点头。

"那，姐姐偷偷把你放了，好不好？"

"好！"辛湄感动得满含热泪。

映莲垂下长袖，盖在树干上，抬眼对她微微一笑，笑容里有得意，也有幸灾乐祸。

"你顺着我幻化出的虚空红莲一直走，皇陵西北边就住着我的朋友熊妖，你就暂时住在他那边。等一切平息了，姐姐再偷偷送你离开。"

辛湄捏着手里的莲花瓣，走了老远不忘回头看看，好心的映莲姐姐还在原地冲她挥手告别。

事实是，据说皇陵西北方向住着一只相当有名的熊妖，附近的女妖，从一岁到一百岁，提起他便要花容失色。

——当然，以上这些辛湄完全不知道，她正蹲在路旁，摘了一朵野花揪花瓣。

"回去……不回……回去……不回……"

最后一片揪完，上天给她的旨意是：不回去。

辛湄揉揉眼睛，起身继续走。

秋月，对不起，我真不是个好主人……你要撑住，在我找人救你之前，千万不要被烤成鹈鹕干哪！

辛湄现在很伤感，一边抹眼泪一边顺着虚空红莲往前走。

迎面忽然出现一个穿黑衣的高胖男人，腾云驾雾一般飘过来，与她擦肩而过，低头看看她，突然停下了。

"小姑娘，是迷路了吗？"高胖的怪叔叔露出慈祥的笑容。

辛湄头也不抬："走开！老娘心情不好！"

"这么凶！"怪叔叔愕然，随即继续慈祥地笑，"叔叔就喜欢泼辣的小姑娘。要不要去叔叔家里玩？叔叔给你买糖葫芦吃。"

辛湄含泪抬头："真的？"

怪叔叔使劲点头："十足真金的真！"

"……我要吃烤肉，还有米粉。"

"都有都有！"怪叔叔喜滋滋地搀着小姑娘，把她领回家了……

——听说那只熊妖最喜欢美貌女子，动辄以美食糖葫芦这种低劣的手段诱拐纯真少女。

那小丫头眼下已经被诱拐走了吧？

映莲一次性处理完情敌和讨厌的追求者，浑身上下都轻了十几斤，哼着小曲回池塘睡午觉。冷不防桃果果突然从树顶跳下来，皱着眉头看她。

“映莲姐，你怎么能让一个凡人去熊妖那边送死？”

他偷听了好久，对这种行为十二分地不认同。熊妖那家伙又好色又粗鲁，力气大得吓死人，偏偏还喜欢装风雅，皇陵附近的女妖见到他都是避之不及的，她居然把辛湄往那边送。

映莲并不惊慌，只笑了笑：“你忘了她把你打得晕过去？”

桃果果脸一红：“那是另外一回事，她打我，也是……也是我有错在先，想抢她的魂魄增加功力。可是把她推到熊妖那边就不一样了，那是陷害她！”

映莲不在乎地笑：“被人骗只能说明被骗的人太蠢，她居然还可以让同心镜显灵……笑话，我会输给她？”

“映莲姐！”桃果果急了。

她拍拍他还有些稚嫩的脸颊，跳入池中化作一朵盛放的红莲。

“果果还太嫩，女人遇到情敌，什么恶毒的法子都能想出来。你长大后千万不要找女人，和你弟弟过一辈子好了。”

哎呀，睡觉睡觉……心头一个重担放下的感觉真好。

第四章 同心镜

熊叔叔的家在遥远的另一座山顶，那里开满了鲜花，金碧辉煌如同仙宫。有清澈见底的池塘，有丈余长短的红头鲤鱼。有美女，有……糖葫芦。

就是没有烤肉和米粉。

辛湄咬着一颗山楂，酸得直皱眉头。

熊叔叔坐在对面，拿着一把扇子作风雅状，时不时深情地凝望她，柔声细语：“小湄，你的眼睛像天上的星星一样璀璨明亮。”

她咽下山楂，看着他的脸，人家都这样夸她了，她得想几句好听的话报答回去。

“你……呃，你也很好看，就是胖了点，不过很亲切。看到你就想到我家后院里的大花。”

她有点想家了。

熊叔叔惊讶：“大花是谁？”

“一只英俊潇洒玉树临风的猪。”

“啪”的一声，他手里的扇子掉在了地上。熊叔叔抱着头悲恸欲绝地跳起来。

他最恨别人说他胖！

低头看看自己的熊爪，他想在那张如花似玉的小脸上抓几道印子。可是……可是她那么无辜地看着自己，雪白的脸蛋，乌溜溜的眼珠子……怜香惜玉真的是一种罪过啊啊啊！

“熊大叔，糖葫芦很好吃，不过我更爱烤肉和米粉。”

辛湄吃完两根糖葫芦，觉得更饿了。

熊叔叔思忖片刻，忽然露出个邪佞魅惑的笑，温文尔雅地将扇子一收：“小湄可有雅兴与我共饮一杯佳酿？”

喝酒啊？辛湄难得露出犹豫的神情，不过最后还是点头了。

熊叔叔心中越发狂喜，俗话说，酒乃色媒人，醉酒的女人无论你对她怎样，她都只会神魂颠倒。

他回头吩咐女妖们：“去准备烤肉和米粉，再上一坛十年佳酿。”

陆千乔纵身一跃，如大鸟一般掠过茫茫树海。

午后桃果果来归花厅找他，满脸欲言又止，最后只朝院子里指了一下——原本应当拴在树上的辛湄消失了。

“是谁做的？”他问。

桃果果死活不肯说，只道：“千乔大哥，那姑娘是被西北边的熊妖抓走了，你还是赶紧去救她吧。”

西北边那只熊妖早已臭名昭著，被他抓到手的女妖兴许还能苟延残喘，若是凡人……只怕不能活命。

陆千乔的眉毛拧了起来。

他竟有些焦灼，不能压抑。

再一个纵身，他落在熊妖的府邸前。

金碧辉煌的宫殿，他倒是会享受。一脚踹倒两道宫门，灰尘瞬间扬起，里面安静了一刹那，待尘埃落定，陆千乔取出新做的木剑，正打算大开杀戒，却见宫殿里那些漂亮的被掳来做仆人的女妖个个鼻青脸肿、双眼含泪。

一见陆千乔，她们像见到了救星似的，连滚带爬过来抱陆千乔的大腿，放声大哭：“是皇陵的将军大人！我们终于有救了！求求你……求求你把那个煞星赶走吧！”

陆千乔只得退了两步：“那只熊妖在哪里？”

女妖们哭得更伤心了：“大王在后殿！将军您再不快去救他，他就要被那个煞星打死了！”

他有些摸不着头脑，提着木剑往后殿闯，入目处一片狼藉，花瓶碎成渣渣，池里的红头鲤鱼翻了白肚，帐子被扯得乱七八糟，更有几个满脸是血的女妖在号哭。

他站定在后殿门前，突然有些犹豫，不知道门后会出现什么怪物。

陆千乔轻轻推开沉重的宫门，“吱呀”一声，光线倾泻进阴暗的内室，他一眼就看到了辛湄，她正规规矩矩坐在椅子上，垂着头，手里捏着一只偌大的青铜酒爵。

传说中的采花贼熊妖好似一摊死肉般躺在她脚边，一只爪子搭在桌子上，早已口吐白沫不省熊事。

辛湄一只脚踩在他软绵绵的肚皮上，突然笑眯眯地给自己倒满一酒爵的酒，细声细气地说：“熊大叔，再来猜拳。”

她捏着他的爪子使劲甩，一时又大笑：“你又出五！我又赢了！”

说罢一巴掌拍在他脸上，笨重的身体就斜斜飞了出去，撞歪一片桌椅，堪堪落在陆千乔脚边。

他沉默了。

辛湄端着酒爵娉娉婷婷走过来，她醉酒的时候反倒比平日显得淑女，雪白的脸上染了红晕，眼神又亮又迷惘，唇角挂着标准闺秀的笑容。

一见陆千乔，她愣了好久，突然把酒爵一丢，朝他恭恭敬敬行个万福，声音温柔又甜蜜：“这位公子，面瘫是病，要早点治。我认识一个绿水镇的大夫，针法极好，帮你介绍一下吧？不用太感谢我。”

陆千乔被气得差点笑了，上前打算制住双手将她拖走。谁知她醉酒后力气居然奇大无比，抓起一个一人多高的青铜烛台就丢过来，嘴里还特别好心地提醒：“小心啊，要扔了。”

他只好退几步。

几个鼻青脸肿的女妖拽着他的袖子流泪："刚来的时候还好好的，后来大王吩咐我们备好佳酿，只说借个酒兴会更有意境。谁知……谁知她喝醉就开始发疯，拉着大王玩什么行酒令，一巴掌下去，大王的牙就全被打掉了……可怜的大王！他会不会死掉？"

陆千乔看着后殿里乱七八糟的景象，忍不住叹气，抬手敲敲殿门，说："想吃烤肉和米粉，就到我这里来。"

辛湄从桌子下面探出脑袋，像一只充满警觉的野生小兔子，揣摩他话里有几分真意。

他作势要走："不想吃我走了。"

阴影里那个姑娘立即蹦了出来，陆千乔就势擒住她两只手腕，反手轻轻在她颈侧一劈，她就软软地落在怀里了。

女妖们一股脑冲进后殿，呼天抢地地扶起熊妖，大声叫着他的名字，奈何他一点反应也没有。

真是人间惨剧啊……

陆千乔抱着辛湄，无声无息离开了熊妖的府邸。

到外面山风一吹，酒气冲天。他皱了皱眉头，嫌弃地单手把她拿开，四处找水源，打算把她丢水里清醒一下。

她却像只酒气冲天的小兔子，哧溜一下钻进他怀里，搅着脖子不放手，隔一会儿就说句梦话："爹……相公……我买的……"

他忍不住低头看看她的脸，满面晕红，嘴角带着甜蜜的笑，多么无忧无虑的小姑娘。

前面就有一湾清泉，陆千乔大可以将她丢下去洗洗酒气，顺便叫她清醒一下，可他不知为什么又不太愿意。她的胳膊软软地钩在脖子上，五根手指软腻得像白云，发烫的脸颊贴在颈部肌肤上，吐息温热酥痒。

他舍不得把睡得这样香甜的她弄醒。

终于还是把她的脑袋扶扶正，陆千乔重新用两手抱着，一步步慢慢走回皇陵。

"知道错了吗？"

斯兰坐在椅子上，面似寒冰，语调阴冷，审问半躺在床上的辛湄。

她整个人都缩在被子里，只露出颗脑袋，脸色有点发青，还在不停打喷嚏——每次喝完酒都会这样。

揉揉酸疼发涨的脑袋，她喃喃：“错什么？”

斯兰恨不得掀了床：“你把熊妖打残了！人家管咱们要医药费！这也算了，你居然还敢劳烦将军把你一路抱回来！胆子真不小！”

辛湄一点记忆也没有，只是茫然地看着他。

“说！是谁把你放走的？”

呃，这个嘛……她想了想：“我不说。”

映莲姐姐偷偷放走她，她绝对不会把映莲姐姐供出来的！这才叫义气！

斯兰气得眼前金星乱蹦。

门突然开了，陆千乔走进来，示意他：“斯兰，你出去。”

斯兰含恨拂袖而去，老天爷怎么这么不开眼？居然让这丫头和将军令同心镜显灵！

陆千乔走到床边，伸出手，辛湄下意识地想躲，下一刻他温热的掌心却轻轻落在了额头上，贴住片刻，又缓缓撤离。

“你的体质不适合喝酒，喝完必发烧。”他扯了一把椅子坐在床边，“待会儿记得喝药，早些退烧。”

辛湄愕然地看了他一会儿，突然想起刚才斯兰说自己喝醉了，是他一路把自己给抱回来的，便低声道：“那个……谢、谢谢你。”

他没有回答，半晌，方道：“至于是谁放走的你……”

不等他说完，她立即打断：“我就不说。”

他顿了顿：“不说也罢，下不为例。等你病好了，随我离开皇陵。”

反正还是囚禁她，去哪里不是一样？辛湄嘟着嘴不说话。

陆千乔缓缓从怀中抽出秋月栖身的那张符纸，晃了晃，她的心也跟着抖了抖。

“我不会再用捆妖索锁你。”他说，面无表情，“你的灵兽暂时放在我这里。你逃一次，我烤它一条腿，逃四次，它的翅膀和腿就都没了。你自己斟酌。”

太……太狠毒了！辛湄目瞪口呆。刚才她做什么要跟这个蛇蝎心肠的男人道谢？！

他似乎笑了一下，走出房间，房门轻轻合上了。

据说发烧的人要多晒晒太阳，第二天低烧还未退，辛湄便裹着棉被在院子里晒太阳。

陆千乔还在归花厅，这次没关窗户，他低头不知在写什么，一边写一边说，周围那些人便连连点头，神情认真。

好像确实有点将军的架势。

她揉揉烧得发疼的眼睛，打算眯一小觉，忽然感觉树后盘着团人影，看上去鬼鬼祟祟的。她好奇地伸长脖子，就见映莲缩在树后，两眼放光地望着归花厅内，一会儿对花流泪，一会儿又迎风叹息。

“映莲姐姐……”她这是做什么？

映莲大吃一惊，待回头发现是她，脸顿时黑了，转身欲走。

辛湄冲她小小挥手：“你放心，我绝对不会把你供出来。”

一席话说得义薄云天。

映莲摔了一跤。

辛湄蹭过去，顺着她方才望着的方向看过去，发现这角度真不错，刚好能看清归花厅里的景象，还不易被人发现。看看窗口，眼下站着的人是斯兰。

她恍然大悟：“你暗恋斯兰哪？”

映莲脸上一阵红一阵绿，又怕她嚷嚷出去丢脸，只好忍无可忍捂住耳朵。

辛湄理解地点头：“我懂我懂，戏里说过，暗恋才是最美的。每天躲在树后偷看他，也是一种爱。”

那叫偷窥狂……映莲含着泪想，其实自己这些年暗恋陆千乔，不叫他发觉一星半点，有空就躲在暗处偷看，确实也和偷窥狂没啥两样。

“这种事还是需要有个人来牵红线的。”辛湄握住她的手，十分诚挚，“我来帮你吧？你好心偷偷放了我，我总得报答你。”

映莲被她满脸亮晶晶闪烁的霸王之气与圣女之光晃得花容失色。

世上再也没有什么比你陷害情敌，情敌却反过来道谢，顺便替你和别人拉红线更恶心的事了。她被恶心得泪流满面。

“映莲姐姐？”辛湄不解。

映莲回过头，似是想说什么，话到嘴边却变成“哇”的哭声，使劲一跺脚，转身跑了。

因饮酒过量而引发的低烧没两天就好了，辛湄又开始活蹦乱跳，陆千乔那边似乎也把该交代的事情交代完了，这日便领着她启程离开皇陵。

来送行的妖排了一长串，趁着斯兰满脸不舍地跟陆千乔表达忠诚，顺便赌咒发誓替他守好皇陵时，辛湄忽略过桃果果的白眼，再对着躲在树后偷窥的映莲姐姐比了个大拇指，这才偷偷溜到后面去找赵官人要签名。

赵官人感动得老泪纵横，在辛湄递上来的手帕上签了十几个名，一面感慨：“不愧是将军大人的真命天女，果然有眼光！有品位！”

辛湄愕然：“什么真命天女？”

赵官人比她更愕然：“你还不知道？天神遗宝同心镜都能把你俩映出来啦！那面镜子诡异得很，只能照有姻缘的男女，其他人一概照不出。那天你俩不是被映在镜子上了吗？不信的话下次回来再照照！”

辛湄张大嘴，老半天才合上，十分怀疑：“那镜子一定是假的吧？”

“皇、皇陵里的宝贝怎、怎么会是假、假的……”赵官人急得结巴了。

“准备走了。”

陆千乔终于摆脱一群缠绵深情妖怪的依依不舍，回头望向这边。

辛湄悄悄地拉着赵官人的袖子：“对了，做人偶的师傅是谁？大叔你帮我找他要几个签名，等我回来找你拿。”

赵官人露出个猥琐的笑：“那个嘛……远在天边，近在眼前。姑娘只要细心些，定然能发觉的。”

……这不是说了等于没说嘛。

辛湄走到陆千乔身边，看着他给烈云骅上辔头。

烈云骅是他自己的灵兽，或者说，坐骑。辛邪庄也养过各类马驹，最高贵的要数通体雪白如银的龙马，日行万里，乘云御风也不在话下。然而和眼前的烈云骅相比，却又差了许多灵气与桀骜。

最好的灵兽总是最桀骜任性的。

辛湄看着烈云骅冷淡高傲的姿态，觉着它跟它的主人真像一个模子里出来的。听说像他这样被贬来看守皇陵的官员，都等于变相监禁，皇帝不下旨就一辈子不能出去。可是他好像自由得很，来去自如，谁也不能拿他怎么样。从某方面来说，陆千乔也是个相当彪悍任性的人。

她凑过去，把脑袋伸到他面前，问："赵官人说同心镜能映出我们的样子，所以我俩有天定的姻缘，是真的吗？"

陆千乔手一抖，没拴好的辔头摔在了地上。

"是真的？"她神情严肃。

他刻意别过头，不去看她直率的眼神，一面飞快捡起辔头继续扣，一边的耳根却慢慢红了。

"……假的。"好冷淡的回答。

辛湄蹭过去研究他的眉眼，揣摩他的话到底是不是真的。他背过身，给烈云骅上马鞍。

她松了一口气："就说是假的……我才不会嫁给你。"

陆千乔翻身跳上马背，一言不发，突然伸手抓住她的后领口把她丢在身前，她的膝盖撞在辔头的铁环上，疼得眼泪汪汪："你……你肯定是故意的……"

"闭嘴。"他一扯缰绳，烈云骅长嘶一声，蹄下生火，一跃而上云端，乘风而飞。

辛湄揉着膝盖，抬头看他面无表情的脸，今天他好像面瘫得尤其厉害，眼珠子都一动不动盯着前方，是不是在生气？

她想了想："陆千乔，你心情不好吗？"

没回答。

"是气我刚才说绝对不嫁给你？"

依旧没回答。

"还是担心找不到眉山大人，问不到战鬼一族的事情？"

他就是不说话，板着脸装哑巴。

“其实这种事真的不要想太多，俗话说祸害遗千年，你囚禁我，抢走我的秋月，还动不动就欺负我，做了那么多坏事，你肯定能活一千年的。”

他的眉毛终于抖了一下。

“我爹说过，天下没有什么事是绝对不可逆转的，所以就算我被批命说是克夫，他也始终相信我肯定能嫁出去。而且，虽然你做了那么多坏事，我也不希望你死掉，皇陵里大家肯定也希望你能一直活着，你说对不对？过日子还是要乐观点。”

陆千乔啼笑皆非，看看她的脸，那么认真，绞尽脑汁在想语言来安慰他。可说出的话总是上一刻让人恨得牙痒痒，下一刻又温柔地宽慰一下，叫人不知怎么办才好。

“对了，赵官人说，做木偶的那个师傅远在天边近在眼前，你知道是谁吗？”

她的思路总是转变得特别快，一下子就跳到人偶身上了。

陆千乔暗咳一声，故作自然地别过脑袋眺望远方飘渺的云雾，声音十分淡定：“嗯，是我闲来无事做的。”

辛湄差点从马背上翻下去，他飞快揽住她的腰身，冷不防她死死抱住他的胳膊，眼神从惊骇发展到惊喜，再发展成狂喜，最后变成了热辣辣的崇拜。

“真的？”她问得特小声。

他继续淡定地眺望云雾，“嗯”了一声。

辛湄哆哆嗦嗦地打开包袱开始折腾，掏了半天终于掏出一沓崭新且整洁的手绢，两眼放光捧到他面前：“那……帮、帮我签个名……”

他耳根发热，将她一把拽得坐正了：“坐好了，不要掉下去。”

“签名……”

“闭嘴。”

“那我们聊聊你创作人偶时候的心情和经验吧。”

“……”

大风把她叽里呱啦说话的声音吹散开，陆千乔扒扒被风吹乱的头发，避开她崇拜的眼神，不知道为什么，他有一种久违的轻松感，心情真的变好了。

四月十八，白头山下了一场雨，眉山君闷在眉山居里很是无聊。虽说前几日傅九云不知从什么地方搞来一套水桶大小的琉璃酒具，大方地送给了他，但傅九云人不来，甄洪生那只狐狸又不常出门，捧着水桶大小的酒杯只能自斟自饮，那滋味实在不太痛快。

听灵鬼们说，池塘里养的一条鲫鱼这几天可能要成精，闲极无聊，他就捧着宝贝的纯蓝琉璃水桶酒杯，去池塘边观摩。

没喝几口酒，守门的灵鬼却惊慌失措地朝他奔来，大叫："不好了！外面来了两个找碴儿的！不肯沐浴更衣，正堵在门口呢！"

眉山君勃然大怒，放下酒杯就走。

他的眉山居是白头山灵气最浓的清洁之地，外界有人要拜访，天王老子也得先在前面温泉里沐浴更衣了才可进入正门。是哪个问天借了狗胆的人居然不守规矩？

灵鬼跟在他身后断断续续地说："是一男一女，女的年纪不大，叫什么辛湄……"

眉山君猛然停住了。

"辛湄"这两个字好像撞在他心里最酸最柔软的地方，溅起一片涟漪，不知怎么的就开始小鹿乱撞，嘴角咧开。

"浑蛋！怎么不赶紧迎她进来？沐什么浴更什么衣？！"他急得破口大骂。

灵鬼接下去说："男的看上去二十多岁，凶神恶煞，自称陆千乔。"

他顿时一哆嗦。

眉山君有点忐忑，惴惴不安地行到大门处，门外木桥上红红白白的花开得正艳，辛湄穿着合身的淡蓝色罗裙，正扶着桥边栏杆看水里的鱼吐泡泡。

多养眼的一张画，眉山君的心瞬间软了。

一转头，望见陆千乔牵着一匹通体火红的马，正面无表情地看着自己，他脆弱的小心脏又掉下去了。

"来眉山居的人都要沐浴更衣，这是老规矩……"他没什么底气，声音软绵绵的。

陆千乔微微一皱眉，正打算将就一下遵从他家的规矩，他却立即退了一步，声音更小："当然……不守规矩也没什么大不了……"

好窝囊。守门的灵鬼不忍直视地转过头。

眉山君垂头丧气地领着他们进门，不防袖子忽然被人拽了一下，辛湄笑眯眯地凑过来端详他："眉山大人，几天不见你又瘦了，有没有好好吃饭？"

他咳了一声，也不知该不该告诉她仙人是很难吃饭吃胖的，忽听她又道："你天天喝酒对身体不好的，要不晚上我下厨，做顿好吃的吧？"

他眼睛登时亮了："你、你会做饭？"

她点头："第一次来你家玩，没带礼物，就做顿饭好了。"

多么贤惠温婉的姑娘，眉山君痴痴地看着她，一路脚不沾地飘回了正厅。

第五章 郦朝央

眉山居小巧玲珑，景致绝佳，辛湄在正厅里喝了一杯茶便坐不住，自己出去闲逛了，只留下两个男人，一个默然冷凝，一个惴惴不安。

“将军，请、请喝茶……”眉山君颤巍巍地亲手倒茶，结果茶水大半洒在桌上。

“将军，请用……用点茶果子……”眉山君端了一碟松子糖，半碟糖都抖在了地上。

陆千乔呷了一口茶，不动声色：“你好像很怕我？”

“没、没有啦……”眉山君羞愧地垂下头，他只是对这个单挑与群架都擅长、打架无比彪悍的族群感到没辙而已。万一把他得罪了，人家一巴掌好像就可以把自己拍成渣渣。

“听说你天上地下无所不知，这次来……”

“我知道我知道！”眉山君忙不迭点头，“将军要问的事，我可以猜到。关于混了普通人血统的战鬼后裔要怎么渡过二十五岁的变身之劫，我可以叫小乌鸦去查，你只管放心。”

小乌鸦素来有第三只眼的美称，这种事看起来难度不大，交给它应当没问题。

“这个……事情难倒是不难，不过……那个……我这边的规矩是不收金银宝物，将军如能在酒量上赢了我，这个嘛，自然……”

关于报酬，他说得结结巴巴，时不时还要抬头偷看陆千乔的脸色。因见他眉头皱了起来，抬手往怀里探，他惊得一个激灵，连连摆手：“这点小事哪里要报酬！不要了不要了！”

陆千乔看了他一眼，将手放下了：“我并不善饮，听说你嗜酒如命，故而这次以我族上古时期酬神敬天用酒的配料权作报酬。不过……”

他看着眉山君缩头缩脑的小样儿，笑了笑：“你既然不要，那就多谢了。”

……报应啊！这就是胆小如鼠的报应！

眉山君流着眼泪离开了正厅，他要找个安静的地方把碎裂的心补一下，正巧路过厨房，见一群白衣红裙的灵鬼正围在门前拍手叫好。他好奇之下凑过去看，便见辛湄站在案板前切菜，巨大而厚实的菜刀被她使得好像柳叶小刀，寒光乱闪，不过眨眼工夫，该切丝的切丝，该切片的切片，整整齐齐码了好几个盘子。

神乎其技！

眉山君激动得浑身发抖，冲到最前使劲拍手。辛湄一边擦手一边问他：“眉山大人，听说仙人是不吃肉的，所以我准备的都是素菜。你爱吃什么？”

眉山君颤声道：“吃……吃豆腐……”

她点点头，从水盆里捞起一块豆腐，拿菜刀比了比，像是觉得不合适，旁边早有人递给她一把薄如蝉翼的小刀。她回头一笑：“那我雕个豆腐眉山大人。咱们蒸着吃。”

眉山君泪流满面。

于是那天的晚饭就是这样的情景，豆腐眉山被蒸熟了端上桌，辛湄心狠手辣地一筷子夹掉了它的脑袋，放进眉山君的碗里，一面说：“眉山大人，这是你的头，你先吃。”

他从未吃过这么销魂的一顿饭，一个没注意就吃撑了，只好捧着皮球似的肚皮直哼哼。

辛湄很有些担心："眉山大人，你的肚子里像装了颗球，还是快去躺一会儿吧！"

他舍不得离开，趁着陆千乔低头喝汤，他本想大着胆子握住辛湄雪白的小手，搜肠刮肚说一些温柔话，先称赞一下她精湛高超的厨艺，再说说上次她背他上楼，体贴地照顾他，他还未来得及感谢她。

可是刚伸出手，陆千乔便放下碗，看了他一眼。

他立即把手缩回去，垂头丧气地低头玩袖子。

白衣红裙的灵鬼们进来收拾残羹，因见眉山君抱着滚圆的肚皮发呆，都忍不住窃笑。眉山君红着脸瞪他们："没一点样子！收拾了就赶紧下去！"

灵鬼们冲他做鬼脸，端起碗筷盘子便利索地往外走，突然有一人被门槛绊了一下，一滴汤汁落在红裙上，这人唰一下就变成了一张白纸小人，轻飘飘地落在地上，白纸上还留着一滴汤汁痕迹。

辛湄看呆了。

眉山君急忙冲她摆手："不要紧，这些灵鬼都是用白纸通灵术变出来的。"

他抱着肚皮无比痛苦地蹭过去，捡起白纸小人随手一抛，那白纸落在地上又变成了白衣红裙的活泼灵鬼，回头对目瞪口呆的辛湄嘻嘻一笑，继续端着盘子跑了。

辛湄怜悯地看着他满头大汗的模样："眉山大人，你还是去躺一躺吧，小心伤了肠胃。八卦仙人的肠胃肯定都不怎么好吧？"

多么温柔体贴啊……眉山君感动得点点头："那、那我先去屋子里躺会儿，外面有温泉，还有可以换的衣裳，你随便洗随便穿，千万不要客气。"

他一路捧着肚子，被两只灵鬼架着胳膊，慢吞吞地回屋了。

辛湄被灵鬼们领去温泉沐浴，池边就放着一套干净的白衫子，料子柔软如丝，轻薄得好似没有重量，穿上之后顿时感觉身轻如燕。

灵鬼们笑着解释："这才是主子叫每个拜访的人都要先沐浴更衣才进门的原因。"

她换上木屐，一路走到后面客房，便见陆千乔也换上了白衫子，正靠在一株海棠树下低头不知摆弄什么，见她来了，也不过淡淡瞥一眼，并不理会。

"陆千乔，你心情又不好了？"

她突然凑过来，盯着他的脸。

凑得太近，她吞吐的呼吸仿佛都要喷在面上，他茫然中觉得有些心慌，别过头，隔了一会儿才道："怎么会做饭的？"

她笑了："我爹不爱吃请来的厨师做的饭菜，只有我来做了。你觉得好吃吗？"

他未置可否，她便蹙眉："难道不好吃？"

"……好吃。"

"那我下次再做给你吃。"

他的神色渐渐缓和了，眉眼舒展开，看着手里还是雏形的竹根，低声道："那你呢？喜欢什么样的人偶？"

辛湄眼睛一下亮了："你要做人偶送我？我喜欢那天在戏台子上的天女大人，唰一下就把人的脑袋都砍掉了！"

"……"谁把这孩子教得这么暴力？

他摇摇头，开始用小刀削去竹根的棱角，感觉她整个身体都靠过来，还带着湿意的头发落了一绺在手背上，凉凉的，有点痒，有点……香。

不知怎么回事，他今晚的心情变得特别好，前所未有地好。

忽然觉得前面有人影在晃动，他抬头一看，却是满脸悲怆的眉山君，大概是吃太多了，他扶着墙，好像马上就要摔下去。他凝神看了一会儿，又低头继续削竹根，只留下满肚子苦水和豆腐的眉山君在后面抓头发。

将军刚才是看了他一眼吧？是吧是吧？是警告，是威胁，是居高临下，还是得意炫耀？

眉山君纠结于他方才那个意味不明的眼神，不可自拔。

今日这般花好月圆，小小微风吹得风情万种，太适合幽会了。他好不容易把皮球似的肚皮遮住，来找辛湄谈谈人生理想什么的，谁知道就撞上她跟别人在花前月下幽会。

可爱又温柔的小湄，他一不留神就错过了……

他含泪回房，一整夜都没睡好，噩梦里全是陆千乔那个眼神，纠结得胃疼。

隔日他睡到午后方起，一时想起辛湄还在自己家里，又兴奋又心酸，当即偷偷溜到客房附近去看她。沿路遇到扫地的灵鬼，见他窝囊的样子便道："主子，辛姑娘和将军在凤凰林呢，你就别去打扰了吧。”

眉山君不由得大怒：“我好像才是你们的主子吧？才一天怎么就向着外人了！”

灵鬼抠了抠鼻子：“反正你去了也只有泪奔回来的可能，好好的和战鬼抢什么女人，你打得过他吗？”

……他现在就想泪奔。

然而到底不甘心，眉山君一路遮遮掩掩走向凤凰林，林子里凤凰花都已经开了，火锦赤缎般一直铺开很远。辛湄就坐在树下，手里拿着针线缝缝补补，艳红的色彩映在面上，竟有种宁静的柔美，一看就是个未来的贤妻良母。

四处看看，没见着陆千乔，眉山君心里狂喜，整整衣服，正打算用最英俊潇洒的姿态走过去，忽见辛湄把手里的衣服举起来，问：“你看，这件衣服成吗？”

被她捏在手里的是一件五彩斑斓的……破布，布团子，还是被剪下来揉烂的袖子？

对面突然响起陆千乔的声音：“这个看上去不像衣服。”

眉山君浑身寒毛都竖了起来，这才发觉陆千乔就背对着自己坐在凤凰树下，和辛湄不同，他手里捏着的是一截初现人偶形状的竹根。

辛湄捏着那块布左右看，很认真地说：“仔细看看还是挺像衣服的，这种颜色配天女大人，最显眼最潇洒了。”

“……那只是块衣服形状的破布。”陆千乔终于说了实话。

辛湄讪讪地收起彩布，想了想，还是为自己辩解一下：“我……除了做衣服做鞋子，其他事情都挺擅长的。”

陆千乔似乎轻轻笑了一下：“回去让赵官人做，人偶的衣服和头发素来都是他做。”

像是有些累了，他将竹根放在地上，站起来打算走一会儿，一转身就看到了躲在树后流泪的眉山君。

凤凰花开得太鲜艳刺目，他眯眼凝神看了一会儿才确定那是眉山君，正要说话，眉山君却已经转身掩面飞奔了。

将军刚才又给他眼神了吧？是吧是吧？这次他绝对没看错！陆千乔绝对是在警告他，用情敌的身份！

他一路狂奔回房，扫地的灵鬼看一眼，继续抠鼻子：“早说了你肯定会泪奔回来的……”

在眉山居一连过了十天，出去探查陆千乔所需情报的小乌鸦依然没有飞回来的动静，这种情况十分少见，连成日纠结于陆千乔警告眼神不可自拔的眉山君终于也觉着不能这么等下去了。

刚巧这天雨后初晴，他便带着青木哨子站在大门口对着天空一阵阵吹。青木哨子与小乌鸦的元神相连，往日里只要他吹一声，无论它飞多远都会立即感应，今日不知怎么了，吹了大半个时辰，连只鸟也没飞过来。

辛湄站在他身边帮忙仰头看天空，因见眉山君急得脸都绿了，便好心安慰：“眉山大人，它可能是在外面贪吃，也可能是被漂亮的女乌鸦缠上了。你别急，最后它玩够了肯定会回来的。”

眉山君吸了吸鼻子，感动地看着她，虽然这安慰话说了比没说还难过，但这一定也是小湄的温柔!

他举起哨子又吹了一声，忽然觉得不对，仰头往天空望去，只见一辆小巧精致的马车正从云端降落，刚巧落在门口。车门轻轻开了，一颗千娇百媚的脑袋从里面伸出来，笑吟吟地往门口三人脸上看上一圈，方道：“眉山，你这个主人好不负责，怎么将小乌鸦丢在外面不管？”

说罢这人跳下车来，长袍宽袖，金冠闪烁，却是好久不见的狐仙甄洪生。

他手里捧着一只伤痕累累的小黑团，正是遍寻不着的小乌鸦。

眉山君当场泪如泉涌，抢过来便抱在怀里哭：“小乌鸦！是哪个混账把你打伤了？！”

甄洪生说道：“我这几日怪无聊的，想着九云那家伙给你送了一套新酒具，便过来找你讨杯酒喝。谁知驾车飞到挽澜山附近，却见着你的宝贝乌鸦落在树顶，伤得不轻，就好心替你带回来了。”

眉山君哪里听得进去，灵鬼们早已捧上瓶瓶罐罐的药膏、药丸、药粉，他一股脑全倒在小乌鸦身上，把乌鸦变成了白鸦，这才宝贝地放在怀里用自身仙气养着。

甄洪生懒得理会他那个神经兮兮的样子，转过头来看辛湄，再看看陆千乔，若有所思地上下把他看个遍，最后用眼神狠狠剜他一下，才不甘不愿地说：“你这个小丫头，一段时间不见，已经找着如意郎君了？嗯，长得还不错，还……挺有男子气概的……”

辛湄乖乖问好：“狐仙大人，他不是我相公。对了，说到男子气概，你今天打扮得……”

“停！”甄洪生立即变色挥手阻止她再说下去，心有余悸地擦了擦汗，才问，“你怎么会来眉山居？”

这个这个……说起来就话长了。辛湄正考虑怎么解释自己跟陆千乔的一段孽缘，陆千乔却突然开口了：“挽澜山附近可有异象？”

甄洪生一见他那器宇轩昂的模样就烦恼。人家好像就穿一件普通的淡青衫子，怎么就那么有男人味呢？他摸摸身上宽大的袖子，再摸摸头顶闪烁的金冠，只怕辛湄说出“今天你打扮得像画上的天女”之类的话，趁她不注意赶紧使个障眼法，换成一身飘飘白衣，甄洪生手里捏着把扇子，倜傥地摇了两下，才硬着头皮迎向陆千乔嫌弃的目光。

“挽澜山附近我没注意，你要是担心，可以回去看看。”

陆千乔沉吟片刻，一时未置可否。眉山君便吸着鼻子哽咽道：“小乌鸦伤重，不知什么时候能醒。你问的事只有等它痊愈了再说，若是有急事，就先走吧。得到消息我会通知你的。”

陆千乔点了点头：“也好，麻烦你了。”

一旁乖觉的灵鬼替他将烈云骅牵出来，他纵身跳上马背，朝辛湄伸出手：“上来。”

甄洪生突然柔声道：“小湄可以不必走吧？留下来玩几天不好吗？”

眉山君本来正抱着小乌鸦掉眼泪，一听这话顿时精神了，猛地把脸抬了起来。

辛湄犹豫了一下，回头看看满脸殷切中夹杂着后怕的眉山君，再抬头看看面无表情的陆千乔。他什么也没说，只是从怀里取出一张符纸放在指间摆弄。

是秋月！

她立即乖乖跳上马背，朝眉山君和甄洪生歉意地笑：“呃……还是下次吧……”

甄洪生若有所思地看着烈云骅御风而去，忽听眉山君开口：“你这只狐狸，好好的叫她留下来做什么？平白叫那只战鬼来找我麻烦？”

甄洪生笑着转头上下打量他：“我是觉得吧……她跟你在一起会比较安全些。和战鬼将军混在一起，怪危险的。”

眉山君愕然：“什么危险？”

甄洪生翻个白眼：“我乱猜的！啰唆，还喝不喝酒？”

和来时不同，这次陆千乔似乎有些焦急，烈云骅感觉到了主人的情绪，撒开四蹄狂奔，快若流星。辛湄有些好奇：“陆千乔，你在担心什么？小乌鸦虽然在皇陵附近被打伤了，但你不是说云雾阵很厉害的吗？”

他摇了摇头，没有回答。

或许他也不能解释内心隐约的焦灼，小乌鸦的伤口不是普通刀枪所致，那种伤口，很熟悉……但是，那又怎么可能呢？是她？会是她？已经那么多年了……

“陆千乔，今天好像是四月二十八，再过两天就五月了。”

她好像叹了一口气。

陆千乔低声道：“五月又如何？”

“五月初三我就十六岁了，爹说无论如何我得在十六岁之前嫁出去。可是我到现在还没买到相公。”

没能买到相公大半要怪他，她怨怼地抬头看着他。

这种时候，他……他要说什么呢？陆千乔默然了。安慰她以后肯定能找到合心的夫君，还是告诉她相公这种东西不是买的？他有点纠结，努力斟酌着怎么开口。

“看你一直逼着我跟你飞来飞去，要不我干脆省省事，就嫁给你吧？你看多少钱合适？”

这晴天霹雳的一句话炸得他把缰绳给丢了。

烈云骅蹿得飞快，唰的一声两人就被甩脱马背，自万丈高空直直落下。辛湄的尖叫只有短促而细微的一声，下一刻他便张开手将她用力搂在怀内。急速下坠中，他奋力吹响口哨。

烈云骅极有灵性，一发觉背上两个人脱离，立即踏云奔了回来，被陆千乔一把扯住缰绳，腰身一转，终于再次安全跨了上去。

他擦了擦满头冷汗，心有余悸地低头看那个总是语出惊人的捣蛋鬼，她正张大了嘴，还对方才的刺激意犹未尽。隔了半天，她才慢慢合上嘴，喃喃：“我……其实我只是开个玩笑而已……”

他低头看看自己的手，好想把她捏死了再捏活再捏死，这样反反复复地捏啊……

辛湄嘻嘻一笑：“你当真了？”

陆千乔冷着脸，从怀里取出秋月栖身的那张符纸，晃了晃。

她立即垂下头：“我错了，抱歉。”

经过这次教训，烈云骅再也不敢飞那么高那么快，慢慢降下云头，贴着苍翠如海的树顶悠闲地前行。

和暖的春风贴着后脑勺吹，辛湄不适地摇摇头，这才发觉因为刚才那一下摔落马背，再被拉上来，她就变成了和陆千乔面对面坐着，他的一只胳膊还搂在腰上，她的整张脸……呃，原来她的整张脸一直贴在人家的胸口上。

“陆千乔……陆千乔。”她抬头叫他。

他又开始面瘫了，装作没听见。

辛湄朝后仰了仰：“你勒得我腰很痛。”

面瘫君猛然一愣，好像直到现在才发觉两人坐姿之暧昧，他僵硬地把手缩回去，脸唰一下就红透了，连着两只耳朵也变得通红。他猛然把脑袋转过去。

辛湄终于感到一丝窘迫：“你、你脸红什么……”

害得她也有点不好意思了。

太尴尬了，一般戏里有类似情节的时候都会有人来打个岔什么的……好吧，不管是谁，赶紧来打个岔啊！

老天爷好像真听见了她的心声，因为陆千乔的晚霞红的脸瞬间又变成了苍白的，轻轻把缰绳一收，烈云骅便乖觉地停在了树顶。

“怎么了？”辛湄愕然。

陆千乔没有回答，他只是静静望着前面数丈远的地方——蓝天，碧树，雪白的马车，还有站在马车旁的两个人。微风吹拂着他们干净洁白的衣摆，他们的站姿如千年古树，挺拔而傲然，冷玉般的额头下，一双鲜红欲滴的眼眸令人不寒而栗。

红眼重瞳，是战鬼起了杀意的模样。

陆千乔浑身的肌肉都瞬间绷紧，如一张拉扯到极致的长弓。

辛湄的眼珠子滴溜溜地在两个战鬼和那辆雪白的马车上转悠，待看到他们血红的眼睛，不由得吃了一惊："那么红的眼珠，像……"像草莓似的。

后面的话被陆千乔的手轻轻盖住了。他捂着她的嘴，犹有些心悸："……你最好不要说话。"

红眼战鬼的杀气，是针对任何挑衅的，无论那是善意、无心，还是恶意。

他将秋月栖身的那张符纸放在她手里。这一路过来，他用来欺负她、软禁她、逼迫她的秋月，他就这么轻易地还给她了。

"回去，回辛邪庄。"他吩咐。

辛湄怔了一会儿，想了想："你要打架？怕我拖后腿？"

"……快走。"他简直无奈，轻轻地在她脑袋上推了一把。

她唤出秋月，利索地跳到它背上，回头认真地看着他："那我走了，你要小心，不要被打死。"

她好像总也说不出什么动听的温柔的话。

陆千乔看着秋月飞远了，这才驱使烈云骅跃下树顶，轻轻落在马车对面。

雪白的马车，纤尘不染；漆黑的啸风骊，蹄下带着雷电。

真的是她，隔了那么多年，却是在这种地方再次见到她。

陆千乔翻身下马，大步走过去跪在马车前，声音平静："母亲。"

对面的马车雪白且纤尘不染，啸风骊傲然又沉默地注视着他。

十年了，一切如旧。

郦朝央的声音在车里响起，空洞而冰冷，还有一丝心不在焉："琼国皇帝给你发了三道圣旨，召你还朝，为什么抗旨不遵？"

陆千乔淡淡地说道："如今已无战事，何必呼之即来挥之即去，在朝堂上与人钩心斗角。"

"叛军暴动，琼国内乱不断，何来无战事？还有三个月就是你的变身之劫，你宁愿像个乌龟一样缩着脑袋死在皇陵里，死后还是个被贬将军的名号？你以为我会怜悯你，容许你的任性？你没有为我族带来任何荣耀，你也不许为我族蒙上任何耻辱。"

他浅浅笑了一下，略带讥诮："死在叛军刀下就不是耻辱？"

车里寂静了片刻，随后细密青翠的竹帘缓缓卷起，郦朝央如冰似雪的容颜寸寸映在他的眼中。

两张几乎一模一样的脸，立体而柔和的轮廓。只是他的鼻梁生得太过倔强挺直，听说是像父亲的，那个曾经在琼国权倾朝野，又一朝树倒猢狲散的风云人物。

郦朝央的眼睛看着他，又好像穿透他看着不知名的什么地方。从以前开始便是这样，她待他永远是心不在焉且冷漠的，和她对待其他所有人一样。

"这么说来，你的选择就是和一群臭虫一样的小仙人小妖怪苟且偷欢，度过最后的三个月？那个放出乌鸦的是何方小仙？居然胆敢窥视我族机密，你成日就与这种人混在一处？"

他没有回答。

十年了，他终于也学会面对她的时候不露出任何感情，不说任何无用的话语。

她还是那么淡淡地，只说："这些也罢了，我素日里对你也不曾期待过什么。你既不愿死前立下战功，那便随我回去，至少不要死在外面丢人。"

陆千乔依旧没有回答。

郦朝央散漫的目光终于凝聚了一些在他脸上："你要违抗我？"

他点头，从容起身，掸了掸衣角上的泥。

红眼重瞳精准地对上他淡漠的眼睛，她动怒了。竹帘缓缓放下，她的身影隐没在阴影中。

"你越发大胆了。"

对面两个战鬼迎面向他走来，双手合在一处，冷冷行礼："请出招。"

该来的总还是要来。

他闭上眼，片刻后再睁开，深邃漆黑的瞳孔变成两只，重叠在一处——不是纯血战鬼，他的眼睛不是红色的，只有这狰狞可怕的重瞳可以证明他体内躁动不安的战鬼之血。

将双手合在一处，他回礼："……请。"

虽然只有短短一个月没见到秋月，辛湄还是觉得如隔三十个春秋，她抱着它的脖子一顿蹭，秋月一边拍动着翅膀，一边偶尔回头用大嘴轻轻啄一下她的脑袋表示亲热。

“秋月，陆千乔好像被仇家找上了，还是红眼珠子的。两个打一个，加上马车里的，他是被群殴吧？你说他会不会死掉？”

辛湄想起方才那两人的眼睛，就觉得不舒服。

你被他软禁这么久，终于自由了，还管他那么多做甚？秋月不以为然地摇摇头。

“你是说他不会死？”辛湄摸着下巴努力思考，“上次他杀那个虎妖，确实挺厉害的，不过这次好像有点不一样。他杀虎妖的时候是个面瘫，可刚才他居然没面瘫！”

这种稀奇古怪的理由也只有你能想出来吧！秋月长长地“呱”了一声。

“是吧，你也同意我的话。”辛湄神情严肃地点点头，“而且，他说要做个天女大人送我，还没做完呢！”

你……你想干吗？秋月警惕地瞪着她。

辛湄嘻嘻一笑：“你是说我们就在这边停一下？也好，我们就等一个时辰后再飞回去看看。一个时辰，他们应该能打完了吧？”

不是啊！秋月泪流满面，这种牛头不对马嘴的交流是怎么回事？谁来救救它？！

血顺着脸庞缓缓滑落，视野的一切好像都变成了红色。

陆千乔凭着一腔傲气，硬生生地站立着，身如磐石，丝毫不动。身旁两个战鬼，雪白的衣裳已经被血染红了。

眼前寒光一闪，还要再来吗？他挥动长鞭，毫不示弱地迎上那道凛冽寒光。

隔着青翠的竹帘，郦朝央看着他满脸满身的鲜血，隐没在鲜血后的一双眼却从未这么锐利地亮过，这双眼就像在告诉所有人，哪怕被打到地狱最底层，他也不会退缩，可以战，他还可以再战。

十年前那个还留着些许秀丽与稚气的少年，已经被时光淬炼成了一把名刀。他长得更像他的父亲了：紧紧抿起的嘴角，还有无论什么时候都坚定、不肯暴露一丝怯弱的眼神。

她忽然觉得有些怀念，自己曾经是为了拥有这种眼神的男人思慕若狂的。只可惜，他是个普通人。只可惜，那个时候她还不像现在这样对战鬼一族的凋零而痛心疾首。

尖锐呼啸的风声扑面而来，长鞭撕开了竹帘一角，郦朝央感觉到利风擦破肌肤的疼痛，她伸手轻轻摸了一下，挥舞着长鞭的陆千乔正目光灼灼地盯着她。

他在挑衅，他居然敢在还剩一口气的时候向她挑衅。

她忽然开口：“好了。”

满身鲜血的两个战鬼立即停下，转身走至马车旁侍立，仿佛那些正在流血的伤口是别人的，红瞳依旧冰冷，只是如今看向陆千乔，却多了一丝敬畏。

“你的脾气倒是与我很像，很令我赏识。但你虽有我族的傲骨，却终究有一半是普通人，二十五岁变身之劫于你来说和死期无异……可惜，可惜。”

她连说两声可惜，声音终于渐渐柔软下来，隔了一会儿，忽然问：“……小时候给你的玉牌，还带着吗？”

陆千乔垂头，从钱袋里取出那枚杂色玉牌，它被血浸透了，玉牌上他的名字血淋淋的。

杂色的、质地不好的玉牌，这是对战鬼一族身份的最简单也最残忍的鉴定。他是个混血，甚至是混血里的下等，因为他连红瞳都不曾继承。他有的那些本事，在普通人里或许惊世骇俗，在战鬼一族里却实在不算什么。

现在他长大了，似乎变强了不少，可以与两个战鬼打得不分伯仲。然而那到底是凭借真本领，还是仅仅凭借着一股傲气，或许也只有他自己才知道。

郦朝央从竹帘后伸出一只手，形状优美，然而掌心与五指上满是厚厚的老茧。真正的战鬼是经过千锤百炼的，无论男女，绝不以柔弱无能为美。

“给我。”

他将玉牌放在她手里。

“今天你令我刮目相看，这块玉牌就不需要了。”

漂亮的手指合拢，再张开，玉牌已经碎成齑粉。

“方才那个小姑娘，是什么人？”

郦朝央平淡的一句话，却如巨石投入他心里。陆千乔猛然抬头，定定看着帘后的她。

“她长得不错，你喜欢她？”她问得很平淡。

“……不是。”

她仿佛没有听见他虚弱的否定，啸风骊轻轻嘶叫一声，雪白的马车渐行渐远，她说：“现在想来，我并未替你做过什么母亲应当做的事。你最后这三个月，我叫她陪着你，你死了，我也叫她永远陪着你。”

陆千乔大吃一惊，眼见啸风骊无声无息跃上云端，他一手按住剧痛的胸口，一手牵过烈云骅的缰绳，试图去追。可是眼前一阵阵发黑，身体也越来越沉重，他好像快要撑不住了。

烈云骅依偎在他身旁，依恋地用脑袋托着他颤抖的上身，他身上的血扑簌簌地流了下来，染红了整片草地，力气好像也随着血液一起流失了，陆千乔居然无法顺利跨上马背。

“现在应该有一个时辰了吧？”辛湄收拾一下面前乱糟糟的零食，把桂花糖松子糖的碎屑从衣服上掸掉，顺便伸个懒腰。

秋月蹲在树顶，把身体团成一团，假装没听见。它不要回去啊啊！

辛湄爬上它的背，正要说话，却见方才那辆雪白而又精致的马车缓缓驶过来，在自己面前似乎停了一瞬，转而又飞远了。

他们好像是陆千乔的仇家吧？辛湄转着眼珠子打量面前的马车，马车旁还侍立两匹十分骏伟的灵马，方才那两个眼珠发红的人就坐在马上，白色衣服上沾满了血迹。

察觉到身下的秋月在微微发抖，辛湄摸了摸它的背，很不解：“他们长得和斗败的公鸡似的，你怕什么？”

……你说的话能别那么时时刻刻都彪悍吗？秋月用翅膀擦了擦辛酸的眼泪，这才真是无知者无畏啊……

“看他们身上全是血，估计陆千乔也够呛。咱们赶紧回去看看。”

辛湄拍拍它的背，它只好不甘不愿地张开了翅膀。

陆千乔正牵着烈云骅一步一步慢慢往前走，他只是觉得自己不能停下，如果停下，可能就再也走不动了。

“陆千乔！”

好像有人在远处喊他，像是……辛湄的声音。

他费尽所有气力，转过身，血红的视野里，看见辛湄从秋月背上跳下，飞快跑到自己面前，惊愕地上下打量，最后，小心翼翼地伸手戳了他几下，问：“你、你死了吗？”

没死，不过你再戳下去就很难说了。

她扭头看看被削空一大块的密林，感叹：“你刚才是和一群大象打架吗？”

他想笑。整个世界都缓缓松弛了。

“谁叫你回来……”他的声音很低，有些沙哑，真的在笑，“不怕我做烤鹈鹕给你吃？”

秋月报复地一翅膀拍在他背上，这位平日里威风凛凛的将军大人就这么软软瘫下去，竟是一点力气也没了。

这么弱！她嘟着嘴：“你还逞强，你烤秋月，我就把你的马烤了！”

烈云骅喷了喷鼻子，不屑一顾。陆千乔仰面瘫在地上，视野里最后一个画面是她弯腰凑近的脸，随后就陷入无边无际的黑暗里。

第六章 买相公

“居然有人能把将军伤得这么厉害！你说，到底是谁做的？！”

“是几个红眼睛的人群殴他，另外这个问题你四天来已经问了第三百八十七遍……”

“千乔大哥！我不要你死！”

“你要是再用鸡翅膀拍他，他可能就会死了……”

…………

嘈杂声如流水般袭来，可是渐渐又退去了，最后屋子里变得很安静。

帐子被人轻轻打开，一股苦涩难闻至极的却又夹杂着香甜的味道扑鼻而来。感觉到一只柔软的手在替自己抹药，陆千乔到底忍不住面红耳赤地把眼睛睁开了。

视野里是辛湄的侧脸，她扭头不知在看什么，一边替他上一种味道极其苦涩难闻的药，另一只手里还捏了一串丸子，时不时咬一口——真是高难度的动作。眼看她的手顺着胸膛往下，快要摸到腹部，他觉着不能再这样下去，于是拦住了。

“你……”他试图说话，才发现声音干涩沙哑。

“嗯？”她愕然转头，见他醒了，不由得一乐，“醒了？你睡了四天，现在感觉怎么样呀？”

陆千乔眨了眨眼睛，手指微微一动：“酱汁……”

虽然没指望她会流着眼泪扑上来大叫“你终于醒了，我好担心”，但是吧，她一边吃丸子一边还把酱汁滴在他手上，好像更让他不爽。

“不好意思，我替你擦擦。”

她用手绢仔细把他手指上的酱汁擦干净，又取了一只细嘴小壶，将他的脑袋半抱起来，小心喂了他几口水。

“你醒了，我去叫斯兰他们，都在门口等着呢。”

辛湄把他的脑袋放回去，起身正要走，手腕却被他握住了。

“坐着。”虽然重伤，说话虚弱无力，这两个字依然说得不容抗拒，“暂时不要叫他们。”

辛湄趴在床边，嘻嘻一笑：“咦？你是要和我独处，倾诉衷肠？”

戏里都是这么演的吧？英雄救美人或者美人救英雄之后，受伤的那个醒了，便必然有一段情意绵绵的感情戏。

陆千乔未置可否，一只手轻轻握住她的手腕，始终没有放开。

“叫你跑，跑了怎么又回来了？”

他的声音很低，有点温柔，再也没有初见时的冷傲。

她咬着丸子喃喃：“我要真跑，你就死掉了。现在你欠我一份人情，记得要还给我。”

陆千乔笑了笑：“不怕跑回来再被欺负？”

辛湄哼一声：“我爹说，我不欺负别人就谢天谢地了，世上没人能欺负我。”

……不愧是辛老板，太有见解了。陆千乔回想她诸般彪悍事迹，以及诸多被她气哭气跑气晕的可怜人，不由得同情地叹了一口气。

“陆千乔，你现在没事就好，我得回家了，明天是我十六岁生辰。”

她把最后一颗丸子吃掉，油手在他衣服上擦了两下，辛湄想要把手腕从他手中抽出，可他却合拢五指，握得更紧了。

她疑惑地看着他，他却还是什么都不说，双眼紧紧闭着，睫毛微颤，过一会儿，像蝴蝶振翅般再轻轻张开，深黑的眼珠定定对着她，像是有许多话要说，却犹豫着该不该说出来。

辛湄俯下身体："你还想说什么吗？害怕云雾阵的事？你放心，我谁也不说。"

他默然片刻，手指紧了紧："你……稍等一下。把包袱里的人偶和小刀拿来。"

她赶紧摆手："还是算了吧，你伤还没好呢！"

"手指没有受伤。"

"……那好吧。"

她起身，试着动了动被握住的手腕，他的手指依然扣着，没有松开的意思。

呃？她茫然了。

"辛湄。"他笑了笑，不知为什么叫了一声她的名字。

她的指尖微微颤抖起来，觉得又陌生又迷惘。因为受伤，他的手指有点凉，慢慢舒展开，轻轻握住她的一根手指。上面还沾了一些气味苦涩的金疮药，黏腻油滑的触感。他用袖子仔细替她把这只手擦干净。

"去拿。"他慢慢松开手。

天女大人的人偶雏形已经出来了，这次并不需要人偶能活动关节，所以步骤没有那么复杂。他靠在床上，用小刀一点一点雕琢人偶的五官。

像那天在眉山居，她又把整个身体靠过来，捧着下巴专心致志看着他刻每一刀。阳光照在她脑袋上，碎发显得毛茸茸的。他可以闻到她头发上淡淡的香气，还有手指上酱汁的咸辣气、金疮药的苦涩气。

阳光的热度让这些零零碎碎的气息散发出来，居然是芬芳的，他觉得有点喜欢。

窗台下躲了一群妖，斯兰持续着流泪冲上前欲破窗而入的动作，一遍又一遍被人挡回去；桃果果面红耳赤试图从墙上找个缝往里面看；映莲躲在阴影处，用莲叶扎了个小人，上书"辛湄"二字，在用钉子使劲扎。

大家都很不淡定，唯有赵官人捋着细细的胡须，笑得猥琐："听见了没？谁还敢说将军是个不懂女人的童男子？人家重伤在身，不能身体力行，人家还有手指在啊！你们这帮小鬼多学着点！"

天快黑的时候，辛湄醒了过来。

她一整个下午都趴在床前看陆千乔雕琢人偶，看着看着就睡着了。这些天她确实有点累，皇陵里的妖没几个会照顾病人的，到最后除了擦洗之类的隐私事，换药喂水照看的活都交给她了。

她打了个哈欠，趴着睡觉的姿势并不舒服，现在浑身酸疼。正试图扭一扭脖子，忽然觉得脑袋上有点沉，陆千乔的一只手正放在她头发上，轻轻摩挲。

辛湄转过头，肩膀上一直盖着的薄毯滑了下去。

她没有动，只是趴在床上笑眯眯地歪着脑袋看他。

案上有人送了烛火，那一点光亮在他眼底跳跃，他就这么轻轻地摸着她的脑袋，表情温和。

“陆千乔，”她突然开口，笑吟吟地，“你是不是喜欢我？”

他的手停顿了一下，却没有缩回去，也没有说话。片刻，他从床头拿起一只小巧玲珑却又五彩斑斓的人偶，放在她面前。

“礼物。”他说。

已经做完的天女大人娉娉婷婷地站在她面前，长发如云，彩衣斑斓，威风又漂亮。辛湄惊喜地拿起来，舍不得用力，只用指尖轻轻摸它的头发和衣服，喃喃：“这么快就做好了？头发和衣服也有了……”

“是赵官人送来的。”

辛湄凝神看了好久，才抬眼看着他：“嗯，谢谢你，我好喜欢。”

陆千乔生硬地缩回手，把脸别过去：“喜欢就好。天色暗了，我吩咐斯兰把你送回去。快走吧。”

辛湄摸着天女大人的头发发了一会儿呆，突然起身把人偶放进包袱里，笑了笑：“陆千乔，这个人偶才不算礼物，你早答应送我的。生辰的礼物，你得再送我一个。”

他愣住。

“我还喜欢上次戏里的将军大人，虽然坏得要命，但有时候也挺讨人喜欢的。你再帮我做一个将军吧，过几天我来拿。”

她嘻嘻一笑，转身走了。

剩下陆千乔痴痴地坐在床上，忽然摸摸自己的脸：坏得要命，可有时候还讨人喜欢？对了，镜子呢？镜子在哪里？这到底是种什么复杂纠结的感觉，他得仔细看看再说。

斯兰红着眼睛一直蹲在门外，看到辛湄出来了，像只没精神的老狗，只瞥了她一眼。

辛湄盯着他看了半天，看得他浑身发毛，怒道："你看什么？！你、你这个不知羞的丫头……居然、居然勾引将军……"

她叹了一口气："你的面瘫更严重了，现在变成了旷夫脸，还是去看看大夫吧。"

斯兰浑身发抖地去牵灵兽，恨不得仰天长啸，将军为什么要看上这种丫头啊？！

这次没有大批灵兽做累赘，回去的路就显得特别短，正午前一刻，辛湄就已经来到了辛邪庄上空。

斯兰板着脸，根本懒得搭理她，牵着灵兽掉头便走。

辛湄在后面挥手道别："谢谢你送我回来，记得要早点去看大夫啊。"

他好像快从灵兽背上摔下去了。

辛湄笑眯眯地指挥秋月落在辛邪庄大院里，早就听见动静的辛雄充满期待地奔出来，见她只一人回家，身边连个男人的影子也没有，登时气得张牙舞爪。

"你这一个多月都在外面乱玩什么了？！姑爷呢？叫你找的姑爷呢？！"

辛湄淡定地收了秋月，冲他摇摇手，笑得充满了霸王之气："我看上了一个，住在挽澜山附近。过几天我就去搞定他。"

男人这种东西，辛湄十六年来虽然见过、接触过，却从未试着了解过。兵书上说了，知己知彼，百战百胜。想要搞定一个男人，叫他心甘情愿做自己的相公，那首先就要了解男人对女人是怎么个看法。

辛湄拿了一沓纸，捏着毛笔去找大师兄。

大师兄正在替马厩里的灵马刷毛，听见她的问题，红着脸思索良久，方小声道："美丽，大方，凡事都以我为中心，在她眼里，我永远是世上最英俊的男人——我就喜欢这样的女人。"

辛湄认真记在纸上，转身欲走，想了想，还是忍不住好心劝他："大师兄，只有眼睛坏了的女人才会把你看成第一帅哥，你还是换个标准吧？”

大师兄手里的铁刷子失魂落魄地砸在了脚面上。

她再去找二师兄，他正在后院练剑，雪白俊俏的脸上满是汗珠。

因见辛湄问他喜欢什么样的女人，他难得皱眉凝神想了半天，道：“要听话，要温顺，要单纯不解世事。我说是就是，不是也是。我说不是就不是，是也不是。”

辛湄愕然：“你……你喜欢白痴？”

二师兄中暑晕了过去。

两位师兄的回答都让她摸不着头脑，想想辛邪庄里的年轻男人，要么就没娶老婆，要么就万花丛中过，他们的回答肯定无法作为参考。这种事，果然还是要找有经验的老人问才行。

晚饭后，她虔诚地敲响了辛雄的房门，进行了如下对话。

“爹，身为一个过来人，你觉得什么样的女人最讨喜？”

“天哪！祖宗保佑！老天保佑！孩她娘啊，你在天上看见了吗？！小湄她、她居然问我关于男人的问题！她终于开窍了！”

“你一边讲话一边神游天外的本领越来越强了，爹。”

“来来来，小湄，爹爹告诉你，世上最完美的女人就是你娘。她……（以下省略一千八百三十九字溢美之词）她就是坠入凡间的天女！”

“不，其实我只是想问……”

“唉，天晚了，你早点回房休息吧。我要去你娘牌位前陪她说说话……”

辛雄流着老泪关上房门，辛湄只好灰溜溜地回屋了。

第二日，她收拾了一个小包袱，骑着秋月跨越莽莽密林，飞向暌违数日的皇陵。她想起一个可以询问这方面经验的最佳人选——赵官人。他写了那么多缠绵悱恻的戏，对男女之间的感情必然看得十分透彻，问他准没错。

皇陵里因为陆千乔伤势仍未痊愈，妖怪们也没什么精神嬉闹。五月的阳光已经很有些热辣，小妖们都躲在树荫下睡午觉，四下里静悄悄的。

辛湄没有惊动任何人，一路轻飘飘地走到赵官人的住处——一个不怎么大的山洞前。

赵官人是老鼠精，成精了也还有打洞的习惯，始终住不惯雕梁画栋的房屋，就爱窝在山洞里。

她拨开覆盖在洞前的大叶子，猫腰钻进去，轻轻叫唤："赵官人，赵官人……你在不在？"

没人回答，洞里只隐隐约约传出大哭的声音。辛湄只好一路往前走，走到底，只见赵官人头上绑着一块白布，正伏身案前奋笔疾书，一边写一边念着戏文里半文半白的词："……吾心碎为齑粉矣！随风去！随落花去！随逝水去！"

念到动情的地方，他便扔了笔埋头大哭，用头上的白布擤鼻涕。

辛湄觉得有点不好意思打扰他，转身正要走，赵官人却已经发现了她，急忙招手："辛姑娘，我刚写了一段新戏，你来帮我看看如何。"

她心里有事，没心思看戏文，随便看几张就放下了，清清嗓子一本正经地问："赵官人，你说，男人一般会喜欢什么样的女人？"

赵官人捋了捋细胡须，察言观色一番，心里已经明白了九分，不由得咧嘴一笑："辛姑娘，这个问题你问得就笨了。天底下有多少男人？个个男人都喜欢一样的女人吗？"

辛湄想了想，改口："那——什么样的女人才会让陆千乔神魂颠倒，马上就想娶回家？"

赵官人连连摇头："没有没有，不会有这种女人。辛姑娘，来来，我跟你说。男女之间首先要相互了解对方，从性子、爱好这些方面下手……"

滔滔不绝，他说了一下午，辛湄也认真听了一下午，还时不时埋头做小抄，写了厚厚一沓子。眼看天色暗下来，口干舌燥的赵官人终于收场："总之，先一步步来。本来你跟将军就是能被同心镜照出的佳偶，成婚嘛只是时间问题，眼下先让将军那点还没明确的心思变得明确才是最重要的。"

哦哦！辛湄两眼放光，果然来问赵官人是问对了！

她跟赵官人借了同心镜，用布包好捆在背后，一路再遮遮掩掩地走小路，终于绕到陆千乔房前。月洞窗没有关严，还留了一道缝，辛湄偷偷趴在窗台往里看，陆千乔正披衣靠在床头吃饭，他的脸色比前几天好了许多，绷带下的伤口也不再渗出血水，战鬼的恢复力真是惊人，看样子再过几天他就能痊愈了。

正看得入神，忽见陆千乔放下筷子，一转头，目光精准地透过缝隙对上她的眼珠子。

“是谁？出来。”

这一声冰冷刺骨，饱含杀意。

辛湄想了想，还是起身拉开窗户，一步跨上月洞窗，靠在窗棂上朝愕然的他招手：“陆千乔，我来看你了。”

他愣了半天，最后只淡淡点头，说了一句：“进来，下次不要躲在窗后。”

耶？他怎么不像赵官人说的见到她之后会激动得不能自已，对月长叹，迎风感慨，顺便洒点感动的泪水？

辛湄哧溜一下从窗台跳进来，反手合上窗户，踌躇片刻，还是走过去坐在了床边。

“陆千乔，你见到我不高兴吗？”她有点担忧。

他继续拿起筷子吃饭，隔了很久才开口，却没有回答这个问题：“天黑了，怎么会来这里？”

她越发担忧，凑过去仔细看他的脸：“真的不高兴？”

他面上终于渐渐红了，无奈地又放下筷子：“别闹，吃饭。”

她笑起来：“明明是在高兴，你的面瘫真要治治了。”

陆千乔强压下澎湃的心情，抽出另一双干净的筷子递给她：“听话，过来吃饭。”

她哪有吃饭的心思，一把扯下背上的同心镜，把脸凑到他面前，镜面霎时荡漾过一串流光，她和他深情相拥在镜面中。

“啊，又映出来了。”辛湄自己也蛮惊奇的，“陆千乔你看，我们两人能映在同心镜里呀。”

他已经被搅得没心思吃饭，只能放下碗，耳根发热又故作自然地说：“……你到底有什么事？”

辛湄依依不舍收了同心镜，认真想了一会儿，赵官人说先要了解一下自己在将军眼里是个什么样的人，所以她清清嗓子，问：“陆千乔，你觉得……嗯，觉得我怎么样？”

陆千乔撑着下巴倚在床头看着她，神色里有无奈，也有隐忍，藏在浓密睫毛下的眼眸又黑又亮，可她看不懂里面到底有没有所谓的感情，从未有人用这样的眼神凝视过她。

“什么怎么样？”他声音变低了。

“就是、就是你觉得我是个什么样的人哪？”

他偏头想了想：“……像是活在书里的人。”

一举一动都好像跟旁人处于不同的世界，天马行空，神游天外。她像是生活在自己制定规则的另一个世界，又快活又恣意。

他说她像活在书里？是那个“书中自有颜如玉”的书中人呢，还是书里才会出现的那种绝世美人？

辛湄乐了，握住他的手摇了摇：“你、你真有眼光！”

哪里哪里，但好像刚才不是夸你……

陆千乔愕然看着她又把同心镜背在背上，一把拉开窗户，跳了出去，只丢下一句话：“明天我再来看你！”

她……今晚跑来，到底为了什么事？

一头雾水的陆千乔干坐片刻，只好拿起筷子继续吃饭。

赵官人说，男女相处的时候，气氛很重要。自古以来，就有花前月下一说，能营造甜蜜的气氛，男人很容易就会对女人许下山盟海誓。

辛湄回辛邪庄采了两筐鲜花，再换上自己最漂亮的衣服，隔日又兴冲冲地骑着秋月往皇陵飞。谁知陆千乔却不在房里，斯兰板着脸不理她，辛湄只好捧着两筐鲜花在皇陵里四处乱逛。

皇陵东南角有一方残破的祭祀高台，听说不远处有个巨大的殉葬坑，最多一次活埋四千多人殉葬，附近始终怨气不散。皇陵里的妖怪们在坑上种了杏花林，这里的杏花开得就比别处好，还从来没谢过，虽然鬼气森森，但此时初临黄昏，夕阳熔金，望不到尽头似雪海一般的杏花林还是很美的。

陆千乔就站在高台上挥舞长鞭。重伤初愈，他的动作还有些不流畅，长鞭时不时拍在青砖上，发出锐利的啪啪声。

是在活动筋骨？

辛湄站在台下仰头看他，不知为什么，觉得他在夕阳下挥舞长鞭的模样很动人。风从他腋下穿过，将披在肩上的青衫拂起，还有那一头黑亮的头发飘啊飘，怎么看怎么耀眼，比台下无边无际的杏花海还要耀眼。

她第一次觉得这样默默看着不说话，比做什么都要喜悦。

正在舒展筋骨的陆千乔总感觉背后有一道怪异的视线盯着自己，一回头，就见辛湄抱着两大筐蔫了的鲜花站在台下，笑得好像……见到什么好吃的东西一般。他撑不住手一震，长鞭脱手而出，丢了老远。

辛湄“噌噌”上高台，笑吟吟地走到他面前：“陆千乔，你鞭子舞得真好看。”

他看着她手里两筐鲜花，有些纳闷：“这是什么？”

“哦，”她把两筐鲜花一股脑塞给他，“送你的，我家新开的花。”

……送他两筐蔫了的鲜花到底是什么意思？可是不接好像也不太好，他慢慢接过来，冷不防她还追问一句：“你喜欢吗？”

他觉着自己实在不能昧着良心说喜欢这两筐没精打采的花，只好暗咳一声换话题：“吃过了吗？”

“没，我去外面镇子上吃。”辛湄笑眯眯地转身要走，“晚上月亮升起来的时候我再来看你！陆千乔，花不要扔掉哦。”

他扯住她的袖子，抬手在她头发上轻轻拂了一把，上面沾染了山林间的湿气，凉浸浸的。

“下次不要这样跑来跑去。”他不由分说握住她的手，拉着她下了高台，“留下来吃饭，今晚不许赶夜路。”

辛湄眼睛一亮：“好啊。陆千乔，要不要喝点酒？”

有花有酒有月亮，这才叫气氛。

他想了想上次熊妖被打得口吐白沫的模样，坚定地摇头：“不准喝酒。”

“一点点也不行吗？”她蹙眉，有些失望。

他犹豫了一下，终于点头：“不许喝多。”

她笑得眉眼开花，抱住他的胳膊：“陆千乔，你真是个好人。”

好人哪……陆千乔怅然地望着天边刚刚升起的一轮小月亮，这种时候，他该说什么呢？

回到屋里的时候，月亮越发明亮了，她搬过来的两筐花就放在窗台下，映着银白的幽幽月光，从那没精打采耷拉着的花瓣里到底也还能看出点花前月下的味道来。

辛湄倒了一杯酒，搜肠刮肚地考虑要怎么营造所谓的气氛。这个赵官人没教她，所以她想得抓耳挠腮，还是什么也没想出来。

陆千乔夹了一块糖醋排骨放在她碗里："吃肉。"

辛湄这时才觉得饥肠辘辘，这两天光顾着搞定他了，连饭也没心思吃，当即放下酒杯，夹了一筷子茄子给他："吃菜。"

一看就知道她是出身富贵，从没吃过苦。小桌上四道菜，她只拣排骨和竹笋，茄子萝卜一概不沾。他默不作声将两样她不喜欢吃的菜拨到自己碗里，忽然听她问："陆千乔，你平常最喜欢做什么？"

他不动声色："问这个做什么？"

"你就说嘛。"

他就是不回答，辛湄从怀里取出一沓纸，上面满满的写的都是问题，从"你最喜欢什么颜色"到"你最喜欢吃什么"，问得五花八门。

他啼笑皆非："幼稚。"

辛湄嘟起嘴："我想了解你呀！"

陆千乔低头喝汤，面上似乎掠过一丝笑意，轻声道："赵官人又和你胡说什么了？"

"呃？你怎么知道是他教的？"

"这么无聊的事情只有他能想得出来。"

辛湄只好埋头喝酒，不防他将那一沓纸拿过去，一张张翻，一面翻一面好像还在隐忍地笑，翻完了又放在一旁，问她："你了解了之后，要做什么？"

"知己知彼，百战百胜。"她回答得特别顺溜。

"你要打仗吗？"

"了解之后的事……"她顿了顿，再喝一杯酒，"之后的事之后再说，我们要一步步来。"

陆千乔见她脸上红通通的，说话时酒气外溢，便不动声色地提起那壶酒，轻轻一晃，居然已经空了。他正暗自心惊，不防辛湄一把抓住他的袖子，凑到身边来，一面指着外面被乌云遮去大半的细细的小月亮，一面说："那个……对了，陆千乔，月亮代表我的心。”

他一手按住她发烫的额头，声音很淡定：“你醉了。”

她一个劲去挠他那只碍事的手，却怎么也挠不下来，只好继续指着月亮：“你看哪，我的心在天上挂着呢。”

他继续淡定：“太小了，我看不见。”

辛湄急了，挣扎着要起身走到窗边指个清楚，他怕她醉后脚步不稳摔下去，只好再扣住她的腰，按坐在自己身边。她的胳膊像柔软的藤蔓，钩住他的脖子，严肃地盯着他，动也不动。

“陆千乔，你会娶什么样的女人？”她问得特认真。

陆千乔一手扣住她，省得她滑下去，听见这个问题不过一笑：“你以为我会告诉你？”

“不要这么小气嘛，大不了我们交换。我告诉你，我喜欢好看又好用的。”

这个……好看他可以理解，好用嘛……什么好用？指哪方面好用？他有点纠结，耳根微微红了。

“我觉得你就挺好看又好用的。”

又是晴天霹雳似的一句话，炸得他差点把她给丢出去。好吧，这个“好用”，一定不是他以为的那个意思，是吧？

“这次不是开玩笑——嗯，做我相公吧？你开个价，千万不要客气。”

他什么也没回答，只摸了摸她的额头：“你醉了，我送你去客房睡觉。”

其实她醉得不是很厉害，比起上次在熊妖那里真是好太多了。只是他自己不知道怎样回答这个问题，想逃避而已。

“你不回答，我就当你默认了。”

辛湄死死抱住他，这是她好不容易相中的宝贝相公，可不能让他跑掉。眼前这张脸真是怎么看怎么让人喜欢，虽然还是有点面瘫后遗症，时不时就发作一次，但相公这种东西还是自己的好，她不在乎。

“过来。”她冲他勾勾手指，泛着醉意的双眼比天顶那轮小月亮还要亮。

他逃避似的转过脸，不去看那双眼。

他知道她想要什么，她明亮而闪烁的眼睛在看着什么，软绵绵的“陆千乔”三字里蕴含着什么。

他早已知道了。

怀里的姑娘咕哝声渐渐小下去，臂上一重，是她睡着了，把整个身体都瘫在他的一双胳膊上。就像上次在熊妖的府邸，她睡得那么香甜，腮边嘴角看不到一丝一毫的烦恼。

多么让人羡慕的小姑娘。

陆千乔拨开床上的矮桌，轻缓地将她放在自己床上。外面起风了，烛影只晃了一瞬便立即熄灭，小月亮却从乌云后探出了脑袋。他就坐在床边，一时看着她的睡颜出神，一时又静静想着自己的事情。

辛湄喝醉后睡觉很不老实，记得她是喝一点酒便会发烧的体质，眼下她就发着热，在被褥上滚来滚去，脸颊烧得通红，神情很是不适。

“……跑……嗯，你别跑……”她含糊不清地说着梦话，“乖乖的……我买你……相公……三千两够不够……”

……她对买相公的事情到底有多大的执念？怎么次次梦话都是说这个？一口气憋在胸口，陆千乔慢慢地把它给吐出来，带着一丝犹豫不决，他伸出手，将她眉尖一滴汗珠抹去。

放在窗口的两筐蔫了的鲜花挣扎着吐出最后一丝香气，陆千乔闭上眼，轻轻扯了一片花瓣，柔嫩的触感，像是她的肌肤。他觉得又喜悦，又有一种灼烧似的痛。将花瓣贴在唇边，印下一吻，没有人看见，不会有人看见，他不想让任何人知道这些脆弱的感情。

“你……”叹息似的声音从他唇间逸出。

他知道她想要什么。

可他……也只有装作什么都不知道。

第七章 新嫁娘

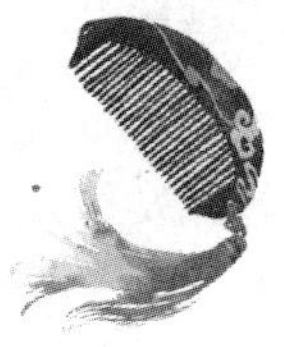

六月初，几场雨过后，天气便渐渐炎热起来，辛雄闷在心头的那团火气也越来越旺盛。

他成日瞅着自家女儿早出晚归、披星戴月的，忙活一个月，硬是什么结果也没忙出来。她嘴里那位挽澜山的“佳婿”躲得那叫一个严实，至今连头发丝儿也没见半根，自家女儿倒是每天开开心心，一点压力都没有，当初姑娘充满霸王之气说很快搞定相公仿佛只是他的一个幻觉。

那天辛雄想了一夜心事，第二天起个大早，本打算摆出和颜悦色的样子先从女儿那里试探一番，偏巧路过后花园就见辛湄提着两只大筐健步如飞地狂采鲜花，连他放在墙角避阳的心爱的君子兰也没能幸免。

“小湄！”

辛雄肉痛并且心痛，欲哭无泪地奔过去，此时此刻方赫然发觉后花园里的遍地鲜花已经被摘得寥寥无几了，都蔫蔫地耷拉在那两只大筐里，默默流着眼泪。

“爹，你今天起得好早。”辛湄满脸放光跟他打招呼，“园子里花没了，你今天记得让大师兄他们再从外面多弄点回来，我急着用。”

说罢她转身就走，辛雄赶紧拦住。

“小湄啊……喀喀……”他对着筐里的君子兰擦了擦心疼的眼泪，颤颤巍巍，“你、你还要多久才能搞定那个、那个相公？”

辛湄想了想：“快了吧。”

“有多快？”

“不知道。”

辛雄长长吐出一口气，定定神：“小湄，天涯何处无芳草？这个不成，咱们就赶紧换一个，别在他身上浪费那么久……”

换一个？

“不要啊，我就看上他了。”辛湄好快的回绝。

这、这可怎么是好？辛雄那颗恨嫁的心被左揉右捏，简直无所适从。

“那你说说他是做什么的，多大了。爹今天跟你一起去看他。”

女儿年纪小，看人的眼光自然不如他老到，谨防玩弄姑娘感情的骗子，还得他老人家出马才靠谱。

辛湄捧着鲜花笑得合不拢嘴：“他是做将军的，叫什么……嫖妓将军，马上就要二十五岁。至于他住的地方，爹你去不了，那地方只有我能进。”

将军倒也罢了，为什么是“嫖妓将军”？这称号……这称号……充分证明了此人绝对是个心术不正行为不端的登徒子！辛雄有点脆弱的心脏又被吊起了，摇摇欲坠。

“什么地方我进不去？你等一下，我今天一定要和你一起！”

辛雄抖擞精神，他怎么说也算是半个修仙门派的老大，和那些真正的仙人不能比，但保护女儿、教训一下心怀叵测的坏男人还是绰绰有余的。

“他住坟墓里，外面还有阵法什么的，你真的进不去啦！”

眼看日头往高了爬，只怕赶不及在午时到达皇陵，辛湄急急叫出秋月，扬长而去，只留下一句话：“我一定尽早逼婚！”

辛雄追赶不及，只得连连跺脚。嫖妓将军？还住在坟墓里？听起来简直半点靠谱的地方也没有啊！早知如此，当初真该逼着大徒弟或者二徒弟娶了她才对！省得生出这么多麻烦事!

他愤懑地扭过身子，便瞅见两个徒弟缩着肩膀从后面悄悄溜走，他急叫：“老二！你过来！”

二师兄瞬间跑得没影了，大师兄见势不好，立即苦着脸捂住肚子：“师父！我急着去茅房！有事下次说！”

庄子里每一个年轻未婚的男人都惴惴不安着，唯恐辛雄把辛湄塞给自己。其实吧，辛湄长得漂亮是公认的，但娶来做老婆实在消受不起。要命的不是那个所谓的克夫命，而是谁也不想娶个日后会让自己每天吐血的老婆。

没错，最要命的就是因为她是辛湄，魔星一般的存在。

眼看两个徒弟溜得没影，辛雄不由得仰天长叹，泪流满面地去祠堂和老婆大人诉苦了。

…………

午后的皇陵炎热而安静，辛湄这一个月早已熟门熟路了，抱着两筐鲜花直奔陆千乔的卧房——没人在。她毫不气馁又朝杏花林方向狂奔——祭台上依然没有熟悉的人影。

说起来，这些天都是这样，陆千乔时常不见人影，她往往要在皇陵等上大半天，待到傍晚时分才能见到他不知从哪个角落里冒出来，说不到几句话就催她回家。

这不对劲啊，很不对劲……赵官人说，男女双方经过互相了解、互相表达好感之后，就像戏里的换场，立马和以前截然不同。眼下不同是不同了，陆千乔怎么是变得越来越冷漠？他们已经互相了解，她还每天送花表示好感呢。

难道有某个环节出错?

辛湄抱着鲜花在树荫下漫步沉思，冷不防赵官人在后面叫她：“姑娘，你怎么一个人发呆？”

她像遇到了救星似的，急忙寻求帮助：“赵官人！你来得正好！”

……

“也就是说——你们在深入了解对方的灵魂、彼此间再也没有秘密、绝对坦诚绝对有好感之后，将军反而疏远你了？”

辛湄使劲点头。

赵官人煞有介事地用树枝在地上比画，沉思半晌，忽地一拍手："姑娘！你漏了最关键的一步啊！"

"什么什么？"她赶紧洗耳恭听。

赵官人露出个猥琐的笑："姑娘你看，男人呢，都是口是心非的矫情小东西，心里越想要，嘴上就越说不要。你止步于每天香花赠美人，还不够啊！还得再给点刺激，戳破这帮矫情男人的铁罩门！"

"那要怎么做……"

"耳朵凑过来，你如此这般，这般如此……"

漫长的下午就这么静悄悄度过了，眼看天色将黑，辛湄怀揣一沓厚厚的笔记心得，容光焕发地告别了赵官人，往厨房狂奔而去。

据说想要做一个让男人迷恋的好女人，光是大胆勇敢表达好感还不够，她还得温柔体贴，还得精通十八般武艺，让男人充分感受到什么叫雪中送炭的温暖、美人救英雄的威猛可靠。看准时机，待对方芳心蠢动、摇摇欲坠的时候，给予强有力的一击，无论多么矫情的男人都会拜倒在她的魅力之下。

辛湄决定今晚亲自下厨，为陆千乔做一顿美味佳肴，点上几根蜡烛，借着烛火的暧昧、佳肴的美味、鲜花的香味，搞定他。

厨房离陆千乔的卧房并不远，本来皇陵里需要吃饭的也只有他一人而已，一般吃食这类都是斯兰来做的。辛湄暗中潜行到厨房时，刚巧看见斯兰提着菜篮子要开门，估计是打算做饭，也就是说，陆千乔那家伙已经回来了。

辛湄搓了搓手，忽地纵身而起，猛虎下山一般扑将过去，不明就里的可怜斯兰只觉脑后一痛，下一刻就摔在地上人事不省了。将他五花大绑捆在树上，辛湄接过菜篮子，左右看看，确定没人，这才溜进厨房，为保险起见，再把门给反锁上。

……今天，她好像没有来。

陆千乔解下腰间长鞭，四周环顾，以往熟悉的那个忙碌而娇俏的小姑娘不见人影，屋里残留着一些鲜花的香气，或许她来过，等不到人，又走了。

这样……才是最好的吧？

他换了轻薄的纱衣，坐在窗前出神。窗台上铺了一层干枯的花瓣，都是她这一个月来送的鲜花掉落的。拈起一瓣捏在指间把玩，他觉着心底并不如自己想的那么平静，此时此刻的感觉分不清到底是失落还是焦躁，抑或是欣慰。

天顶的小月亮渐渐开始变圆，满月即将开始，剩下的时间，只有两个月。

或许是因为那一刻逐渐逼近，这些天他觉得身体里也开始有了极其微妙的变化，随着月圆的到来，那种生来即存在却一直被压抑在血液中的狂暴像是要苏醒，他觉得自己可能会控制不住。

她不来，这最好。

“陆千乔，陆千乔……”

熟悉而甜蜜的声音在窗外轻快地叫他，他微微一惊，花瓣从指间滑下，刚好落在她的额发上。

辛湄正蹲在窗下笑眯眯地冲他招手，一如既往的笑容，一如既往的天真。

陆千乔觉得心脏像是被人揪了一下，整个身体都因此而战栗。他急急伸手，一把将她拽进屋：“……怎么还没走？”

她怀里抱着一堆东西，先将两筐蔫了的鲜花放在他脚边：“陆千乔，给你，香花送美人！”

他顿时哭笑不得。

剩下一件却是厨房里的食盒，斯兰每日都是用这盒子给他装饭菜的，今日不知怎的跑到她手上了。眼看她从里面利落地掏出碗筷，他有些傻眼。

“这是我亲手做的豆腐将军。”

辛湄殷勤地揭开一只汤碗盖，里面赫然出现一只白嫩柔软的豆腐将军，将军既没拿刀，也没戴头盔，它腰上佩的是长鞭，面容清俊，栩栩如生。

“……”他、他简直不知道要说什么。

辛湄心狠手辣眼明手快，不等他做什么反应，一筷子夹掉了它的脑袋，殷勤地送到他碗里：“来！脑袋给你吃！”

……如果他没记错，这个场景似乎在什么地方发生过。

“辛湄……”他清清嗓子，努力把清楚的思路给找回来，“斯兰他……”

吃食都是斯兰负责的，以他对斯兰的了解，他绝不会乖乖听从这丫头，让她进厨房。事实上，他知道斯兰恨不得世上根本没辛湄这个人。

对面的小姑娘眼珠子骨碌碌转了两圈，笑得天真无邪：“斯兰？没看见呀。来来，先吃饭！你有没有想念我的手艺？”

他无奈地看着她。

“不吃吗？”她漂亮的眉毛担忧地蹙起来。

暗叹一声，陆千乔端起碗，将那颗豆腐脑袋夹起来塞嘴里。

她盯着他的动作，眼睛一眨不眨，殷切地询问吃后感：“好吃吗？”

他只是抿唇一笑，没有回答，反倒夹了几块爆炒小牛肉送到她碗里：“先吃饭，后说话。”

会笑，就证明他喜欢，对不对？辛湄心花怒放，筷子如飞一般夹了满满一碗菜，丢给他：“多吃点！”

她又在打着什么甜蜜又天马行空的鬼主意，今天不但多点了一根蜡烛，还装了一瓶蔫掉的鲜花放在桌上，目光闪烁，嘴角含笑——他喜欢她这种稚嫩的莽撞大胆，是的，喜欢，不得不承认，他喜欢得不行。

一颗汗珠顺着额角往下流，痒痒的，六月的天已经热起来了，辛湄随手抹了一把，正要往衣服上擦，忽觉手腕被他捉住。

“汗水洇在衣料上会有痕迹。”他用自己的袖子裹住她的手指细细擦拭，她身上分明是蚕丝料子的衣裳，一尺蚕丝抵得上百尺粗布，这孩子也太奢侈了。

“天热，以后不要每天来。”

他犹豫了一下，终于袖子还是轻轻按在她额头上，吸干汗水。

辛湄抬眼看着他，他那双藏在浓密睫毛下的眼珠比常人都要来得黑。像是对她的视线感到无措，他踌躇着，先将目光移开，片刻后，却又受不住诱惑似的移回来。

他静静看着她。

她还是看不懂那种眼神，从来没有人用他这样的目光凝视过自己，和爹爹的慈爱不一样，跟师兄他们的亲情也不一样，和路边偶尔遇见的登徒子更是完全不同。他把很多东西都藏得很深，叫人琢磨不透。

“陆千乔，”她清清嗓子，花也送了，饭也吃了，他看上去也比之前放松多了，是时候了吧？“那什么，三千两，合不合适？”

他不由得一愣，什么三千两？

辛湄用热情的目光牢牢锁住他："三千两啊，买你做相公，价钱合适吗？"

"喀喀……"饭粒不小心卡在喉咙里，他呛得差点把碗摔了。

……结果，他还是没给任何答案。

辛湄百无聊赖地玩着腰带上的彩绳，跟在陆千乔身后慢吞吞地走，他无奈地频频回头，终于还是忍不住开口："辛湄，他人在哪儿？"

她"哦"了一声，弯腰拨开一丛茂密的草，再将堆放在树下的一捆柴挪开，可怜的斯兰便出现在两人眼前，不单整个人被捆得好似毛毛虫，连嘴里也被塞了一坨山芋。见到陆千乔，他不由得流下两行眼泪，在地上使劲滚来滚去。

"啊，你已经醒啦？"

辛湄有点惊讶，被她结结实实劈上一掌的人，最少也得昏睡一整天。不愧是彪形妖怪大汉，不过一顿饭工夫又生龙活虎。

"将军！我我我……她她她……"

终于重获自由的斯兰口齿不清地抱住主子的大腿哽咽，虎目中滚滚的英雄泪倾泻而下。

陆千乔把他拽起来，回头再看一眼辛湄，她正抱着胳膊仰头望天，满脸无辜呆滞，魂游天外去也。他啼笑皆非地暗暗摇头，一把将口齿不清的斯兰拽起。

"先回去。"他拍了拍斯兰的肩膀，给他一点鼓励。

这个梁子结大了！斯兰揉着眼睛，恶狠狠瞪了辛湄一眼，万般不舍地慢吞吞挪走了。

"辛湄。"陆千乔没有回头，低低唤了她一声。

坏了，是要骂她，还是怪她？辛湄有点慌神，冷不防他又开口："你也回去。"

她一愣："可是……还早……"

"早点回家。"他的声音干脆利落。

她苦恼地抓抓头发，低头想了一会儿："陆千乔……你不想给我答案吗？"

他还是什么都不回答。

辛湄绕到他面前，抬头盯着他的脸："是不是要给你一个晚上的时间想想？那我明天再来……"

他叹一口气："明天不许来了。以后也不要来。"

她大吃一惊："你这是为斯兰报仇？！"

……所以说，和她正正经经交谈绝对是世上最累的事。

低下头，两双同样漆黑的眼珠对视在一起，他看了片刻，低声道："是我自己的意思，你不要再来了。"

她拧着眉头又想了想："为什么？"

"总之——不要再来了。"他别开双眼，伸手在她肩上轻轻一推，将满怀馨香推到三尺之外的距离。

可是这小姑娘永远比自己想象的还要固执，挣脱不开，她索性一把抱住他的胳膊。

他喉咙里流窜着一种烧灼似的痛，试图将手收回，可她抱得太紧。

"陆千乔。"

她蹙起眉头，既不温柔，也没有哀求，就这么直接而坦率地看着他，得不到答案决不退缩。

他听见血液里陌生又狂野的噪音，那个瞬间，眼前的一切景色仿佛都被蒙上层层叠叠的轻纱，朦胧而暧昧。她的脸在月光下看起来竟充满了危险的诱惑，喉咙里的干渴催促着他，多么想用指尖触摸她的肌肤，想要吻她，呼吸停止也没有关系。

"陆千乔？"辛湄抬手在他眼前晃了晃，他是装傻还是发呆？

他的手指陡然像钳子一般钳住她的手腕，她痛得"哎哟"一声，下一刻她整个人就被大力推出去，险些一屁股摔地上。

"回去！"异常沙哑低沉的轻吼。

她好容易扶住树干稳住身体，定睛再看时，陆千乔已经不见了。

这可真叫人摸不着头脑，辛湄苦恼地扒扒头发，将手拢在嘴边大叫："陆千乔——！我明天还会来看你的——！"

没有人回答，晚风簌簌拂过野草与枝叶，四下里安静得叫人不舒服，她一个人站了一会儿，终于还是转身走了。

……眼前的景物好像渐渐变得模糊，陆千乔紧紧闭着眼，只觉胸膛里一颗心脏跳得激烈，额头像要裂开似的剧痛，身体甚至在微微发抖，仿佛有什么东西要在今晚破开身躯呼啸而出。

他粗暴地拨开挡路的小树，脚下有些不稳，一路跌跌撞撞，天旋地转。

“将军？”

有人在叫他……是她？她还没走？他用力推开前来搀扶的手。

“将军，你没事吧？”

……似乎，是斯兰的声音，不是她。

陆千乔渐渐平静下来，闭一下眼睛，再睁开，天上的小月亮仿佛变成了千万个。

他感到一阵从未有过的眩晕。

“你脸色很不好！我去叫赵官人……”

斯兰焦急地将他扶进卧房坐下，拔腿便跑，待不明就里的赵官人匆匆跟来察看情况时，二人方愕然发觉，原本点在屋中照明的烛台尽数被人打碎在地上，昏暗的光线中，看见一双暗红的眼睛，熠熠发光，野兽一般。

照目前的情况来看，辛湄想要买陆千乔做相公，并没想象中那么容易。

辛湄一路顶着大风往辛邪庄赶，想起临走时陆千乔的态度，便觉得希望小一分。男人心，海底针，前一刻还温柔款款送她人偶，后一刻就摆出面瘫脸赶人了。

难不成，她真要听老爹的话，换个人？她对相公的要求一点也不高，好用就成，当然，如果好看的话就更好了。天底下那么多男人，不信找不出比陆千乔好看还好用的。

可她舍不得，就算有更好的，天底下陆千乔却只有他一个。只有他即使带伤也要替她雕好天女大人，只有他会无奈地低头笑，说，别闹，来吃饭。也只有他，会用她看不懂的眼神那样凝望她。

她不讨厌那种目光，一点儿都不讨厌。

辛湄有生以来难得怅然了一次，怪不得从古到今有那么多文人骚客都为相思之苦而吟诗作赋，她现在就挺相思的，好像也是有那么点儿苦。

“衣带渐宽终不悔，为伊消得人憔悴……”

大风中，荒腔走板的歌声一会儿高一会儿低，秋月只恨没有手可以捂住耳朵，一路忍着魔音穿脑，绝望得只想流眼泪。

几道闪电划破云层，瓢泼大雨终于倾泻而下，辛湄被淋了个透心凉，开心得沿途大喊大叫：“明天再加把劲——！陆千乔你等着——！”

这个相公还差一点就能手到擒来，她才不会半途而废。

不过她没想到，他会这么快落入自己的网中……呃，实在是太快了点。

那天是六月十三，琼国荣正帝一道圣旨送往辛邪庄，将辛湄赐婚于骠骑将军陆千乔，两个月之内完婚。

七月初五，黄道吉日，宜嫁娶。

辛湄在喧天的锣鼓声和鞭炮声中，穿上嫁衣，上了花车。

陆千乔没有来，来迎亲的是皇帝派出的几位官员。据说是因为被贬去看守皇陵的将军未曾奉旨，所以不能离开皇陵一步，迎亲的事只有交给其他人。

这种令人略有不快的小细节并未影响辛邪庄诸人的好心情，无论如何，困扰他们十六年之久的小魔星终于嫁出去了，这种狂喜是外人绝对不能理解的。

辛雄甚至哭成了泪人，见一个人便拉着人家的手絮叨：“老天保佑，孩子她娘保佑，小湄终于有人接手了……”

而且接手的还不是普通人，就算被贬去看守皇陵，他也是个将军！辛雄自豪得简直不知怎么办才好，先前还担心女儿被不良登徒子欺骗，结果圣旨一到，他那颗恨嫁的心就飞起来了。

原来不是“嫖妓将军”，是“骠骑将军”，住的地方不是“坟墓”，而是“皇陵”——仅仅几个字之差，那效果就是截然不同的！

辛雄一夜之间翻身了，对着前来道贺的绿水镇民众，也难得露出自得的表情。这帮混账，之前一提到辛湄的克夫命就像兔子似的逃跑，还是自家女儿有本事，出门一趟就勾搭上相公了，还是将军！

先不管皇帝无缘无故为啥突然赐婚，总之，辛湄有人要了才是第一要紧事！

辛湄在花轿里冲他挥手：“爹，过几天我就归宁，别哭了，鼻涕都流出来了。”

辛雄使劲擤鼻涕，怒吼：“过一个月再说归宁！那么早回来，小心人家不要你！”

……她爹大约疯魔了。

辛湄摇着头放下车帘，前方领头的灵兽长嘶一声，拍着翅膀飞上云端，长长的迎亲队伍红云一般冉冉升起，渐渐消失在众人的视野中。

陆千乔现在在做什么呢？辛湄把盖头掀起一小块，趴在窗边看外面的白云。

不知为什么，想到那天他在高台上挥舞长鞭，背影挺拔而卓绝，那是与让众人羡慕的名利和地位之类完全无关的东西。她很想再看着他，不说话也没关系。

最后一天见他，发生的那些怪异又令人不大愉快的事情，她也已经全部忘掉。

她的良人，在千山万水之外等着她。

陆千乔，你现在是不是已经穿好傻兮兮的新郎红衣，挂着红花在等我？

你现在，是高兴，还是不屑一顾地撇着嘴角？

她有点喜欢这种猜测，预想他的表情、他将要说的话——这一刻，她终于有了一点自己已经是新娘子的体会。

不过这个体会在到达皇陵的时候就荡然无存了。

曾经围绕在皇陵外的云雾阵早已消失无影，残花与泥土乱糟糟地覆盖着神道的表面，显然是很久未曾有人清理过。

迎亲的官员们下车商量片刻，到底还是派了个人犹犹豫豫地过来向她汇报："夫……姑娘，前方不见将军的迎亲车辇，这……十分罕见。"

辛湄想了想："那要不再往里面走一段？"

也只能这样了。

迎亲队伍浩浩荡荡进了皇陵深处，路边时见残旧坍塌的献殿，青山绿水依旧，却死气沉沉，遍地凌乱，唯有路边林子里的花默默无声地绽放着，曾经喧嚣的小妖怪们，此刻半个也不在。

队伍停在陆千乔屋前，早有人过去敲门，等候半晌没有反应，便破门而入，片刻后那人又惊慌失措地奔出来："屋里没人！乱糟糟的！将军不见了！"

辛湄顿时有一种大冬天被人泼一桶冷水的感觉，情不自禁一哆嗦。

众官员像没头苍蝇似的胡乱商量一阵，只得再派人过来跟她汇报："那……只好请姑娘暂在此等待，我等即刻派人搜寻皇陵内外。"

这种事他们从没遇见过，圣旨都送到家门口了，这素来桀骜不驯的将军居然当个屁，连面都不露，把一干人丢在外面干站着。

彪悍的人生果然不需理由。

只是他这样不光是给皇上甩脸子，更是等于一巴掌把自家夫人打晕了。这可怜的姑娘，刚嫁过来，就遭遇这桩悲剧……那姑娘……呃，那姑娘怎么自己从车里下来了？！

辛湄慢悠悠地下了车，一把扯掉盖头丢在地上，拍拍手拔腿便往前走。

焦头烂额的官员们赶紧上来拦住："夫……姑娘！新娘子不好乱走的！"

她现在心情很不好，又懒得说话，只把拳头在众人面前晃了晃："看好，这是拳头。"

拳头……众人齐齐望向她白嫩娇小的手，这拳头蛮好看的……然后呢？

她再指指身边碗口粗的梨花树："这是树。"

那、那又如何？

下一刻，这只漂亮的拳头便砸在碗口粗的梨花树上，只听"咔嚓"一声，悲催的梨花树流着眼泪倒下去。

所有人瞬间后退三大步，毕恭毕敬地空出一条大道，沉默又颤抖着目送她走远了。

辛湄其实自己也不知道要去哪里，只是慢慢往前走，笔直地走。

她反复回想遇到陆千乔后的所有事情，怎么也想不明白——难道他其实是讨厌自己的？讨厌到连夜搬空皇陵，甚至连一张纸条也没给她留下？

见他的最后一面，那些场景与对话被她反复回想，越想越觉得心慌，底气也没先前那么足了。

他叫她"走"，那个"走"原来不是回家的意思，原来，是叫她"滚走别再来"。

也就是说，陆千乔并没她想象的那么喜欢她，从头到尾，是她自己弄错了。热脸贴冷屁股，她完完全全地闹了个大笑话。

可能吗？真的吗？

她曾经觉得皇陵是个很讨厌的地方，因为那时候她被迫软禁在这里。

后来她又觉得这里其实很美，因为这里有陆千乔。

如今繁花依旧，绿水依然，她却再次感到一种深深的厌恶，厌恶里还有许多不解、许多委屈。

突然，脚步停下。

眼前是无边无际淡白的杏花林，还有那座熟悉的高台。辛湄抬眼望去，自己也不知要找个什么答案，或许她是希望抬头便能见到陆千乔站在上面，与往日一样挥舞长鞭。

杏花落满袖，她垂下头，发髻上的数颗大珍珠滴溜溜地滑落在地，像眼泪似的四下散开。

是回去的时候了吧？放弃天真的幻想，陆千乔其实是很讨厌她的。

嗯……该回去了。

…………

辛湄一把撕掉身上的嫁衣。

陆千乔呢？！那个混账藏在哪里？！她要把他揪出来，打成人饼削成人棍！她一脚踢飞脚边的青砖，砖头像箭似的飞出去了，撞入杏花林里，里面顿时传出一声沉闷的痛呼。

辛湄冲进去，抬手一捞，躲在里面的人狼狈不堪地被她拽着头发提了出来。

“是你！”

“好痛！”

两人同时大叫，辛湄抬头瞪着被她拽住头发，故而姿势扭曲的男人。

斯兰。

他见着她也是万分惊愕，面上表情变幻万千，最终眼神里泄露出一丝怜悯。

“放开！”他挣了一下，居然没能挣脱，当即急道，“将军不会娶你！死心吧！快回去！这桩婚事回头他会叫皇帝取消！”

辛湄大怒：“他人在哪里？！”

斯兰板着脸：“我不会说的！打死我也没用！总之你快回去！不要说将军，就连我也不会让他娶你，你们根本不相配！”

辛湄神色严肃地盯着他看了半天，突然恍然大悟：“你喜欢他！你把我当情敌？”

斯兰差点吐血：“放屁！”

她把手抬起来，在他脸上比了比：“你再不说实话，我就把你的牙揍掉。”

斯兰饱含热泪：将军哪！我斯兰为了你，什么酷刑都可以忍耐！来自你心爱姑娘的巴掌也没问题！

高高举起的手飞快落下，还未来得及拍在他脸上，忽听后面一个淡漠低沉的声音：“辛湄。”

她猛然一颤，不可思议地转身，众人遍寻不着的陆千乔，此刻就站在杏花林中，静静看着她。

曾经深黑的眼珠，此刻是鲜血般的红。

第八章 第一吻

大喜的日子，爹毛新娘终于见到了她要嫁的那个新郎。

没有亲手揭开盖头，没有交杯酒，没有洞房花烛——她之前想象的一切都没发生，现在没有穿喜服的新郎已经站在自己面前，眼珠子变成红色的了。

——莫非得了红眼病？

辛湄看看自己的手，再看看他，考虑是直接上去把他揍成人饼，还是宽宏大量地给他一个解释机会，彰显自己的贤惠风范。

没等她考虑好，新郎却先开口了：“把斯兰放开，我人已在这里，有事和我说就行。”

她一把推开斯兰，突然觉着眼下这个情况在诸多热门戏本里都可以见到。

下一刻说不定陆千乔就会摆出拒人千里之外的扭曲神情，用冰冷的薄唇吐出邪佞又刻薄的话，像“我从来就没喜欢过你”“一切都是你自己痴心妄想”之类。然后等她气得含泪狂奔后，看似无情实则深情的男主角才缓缓吐出一口血，无力地扶着斯兰之类的支撑物，慢慢倒下去，背景杏花落一地，飘出我爱你但我不会让你知道的刻骨缠绵……

她被自己的想象恶心得倒退三步，大叫：“陆千乔，你说反了，是你要给我一个解释！恶心人的那种不要！”

他果然很给面子，点点头：“变身之劫开始了，能不能过去还不知。”

他是怕自己死了，她嫁过来不到一个月就成小寡妇？辛湄抱着胳膊又开始想象，他倒下去后一边吐血一边颤声道：“斯兰……别让她知道真相……这不是红眼病，我只是不想她以后做寡妇……”

她起了一身鸡皮疙瘩，怒吼：“换个理由！”

“婚事是我母亲安排的，”陆千乔自始至终很平静，“她就是那天坐在马车里的人。即使在战鬼一族里，她也是个地位十分尊贵的夫人。这等小事，荣正帝很乐意给她面子。变身之劫我若过不去，你也活不了。你须得为我殉葬，好教我死后不至于太寂寞。”

她终于震惊：“殉葬？我……我怎么没听说……”

他笑了一下，面色阴沉：“辛湄，你若执意嫁我，那便嫁过来，陪着我一起死吧。”

他伸出手：“过来，今晚便可洞房花烛。”

她赶紧又退了三步，躲在树后只探出一颗脑袋，充满怀疑地上下打量他：“真……真的？”

陆千乔定定地望着她：“娶不娶你其实无伤大雅，但你现在已成母亲胁迫我的棋子，亦是我的包袱。我本想静静避让，你却大张旗鼓找来这里……”

她被他话语里那种轻描淡写的语气激怒了：“我不想听这些！陆千乔，你敢不敢说一句自己的想法？！你是不是不想娶我？不喜欢我？”

她问得那么大胆而尖锐，连斯兰都被镇住了，即使在女妖里，也没见过如此彪悍而厚脸皮的。

陆千乔没有回避她的眼神，隔了一会儿，才慢慢说：“我不讨厌你。”

“那为什么逃婚？”

“……也没有喜欢到想不顾一切娶你。”

她沉默了。

陆千乔转过身，低声道："辛湄，真那么想嫁我？那便随我来，趁我还能动，做几天真正夫妻。"

过了很久，久到斯兰以为辛湄再也不会开口，她却突然说话了。

"陆千乔，"她问，"还记得我叫你做一个将军人偶给我做生辰礼物吗？你做好了没？"

他微微蹙眉，想了片刻，才恍然："我忘了。"

忘了？

黑眼睛对上红眼睛，他又逃避似的立即移开视线，下一个瞬间再一次鼓足勇气回望。

如血的眼眸里，有一种近乎冷酷的温柔。

她想起那个晚上，他说："回去！"

——那时候他的眼神，也是这样的，隐忍、冰冷、萧索，把那些温暖的东西全部藏得很深，深到谁也看不见，或许他自己也看不见。

"……那好吧，既然你都说到这个地步了……我再留下来也只是自取其辱。我这就走——"

她从树后站出来，突然笑一声："你以为我会这样说，然后乖乖走掉？"

陆千乔愕然看着她仰起的脸，自始至终她都站得那么笔直，笔直到骄傲，什么事情都不能打垮她似的。她的眼睛亮得惊人，里面蕴藏的……好像是一种叫作怒火的东西。

"你这个懦夫！"

她动作快得像鬼，一瞬间扑到他面前，下一刻拳头就砸在他的脸上，他居然丝毫不能防备，仰面向后摔了下去。身上突然一重，是她骑上来，揪住领口一顿摇，怒吼："你以为我那么好骗？！你这一套老娘在戏本里看过不知道多少遍了！你敢再说一遍不喜欢我？！你敢？！"

眼看一个活生生的骠骑将军就要被她摇散架，斯兰在旁边急得手足无措，想护着，却没法下手，发怒的辛湄力气太惊人，十个他也不是对手。

"你先玩弄我的感情，后来再玩弄我的面子！现在居然还打算玩弄我的身体？！"

她揪着他一顿抽，“你以为我不敢？你就是明天死，今天也得和我洞房花烛！你来啊！来啊！”

她抓住他薄软的长袍，“嗤”一声就扯了一道长长的口子，他略显白皙的结实胸膛就这么硬生生暴露在风中。

斯兰急得快要晕过去了：将军的贞操！他宝贵的贞操就要毁在这魔星手里？！正打算不顾一切上去阻止，斯兰忽听杏花林外传来嘈杂的脚步声，那些迎亲的官员似是找来了，正大声喊：“姑娘！将军？我们听见声音了，你们是在这里吗？”

辛湄怒吼：“滚！我们正在洞房花烛！”

四下里瞬间安静了。

“抱……抱歉啊啊啊啊……”

众人慌乱地逃走……

她揪着陆千乔残破的领口，正考虑怎么才算洞房花烛，不防他突然轻轻握住了她的手腕。

他仰面躺在地上，黑发铺了一地，左边唇角被她揍得破皮，流下细细的一行血来，他却仿佛没有任何痛感，只是静静看着她，低声道：“辛湄，不要再胡闹。”

又是一拳，这次砸在他右脸，像是打碎了一颗牙，他眉头一皱，从嘴里吐出一口血沫，里面裹着半颗碎牙。

“你知道我爹有多高兴吗？现在你叫我回去？之前你怎么不说？！谁叫你做人偶送我了？！谁叫你关心我了？！最胡闹的人是谁？！”

“……你那么想嫁给我？”陆千乔低声问了一句。

拳头又停下了，辛湄定定瞪着他，居然什么也说不出来。

他缓缓闭上眼，摸了摸她的脑袋，声音低柔：“抱歉，让你新嫁娘的梦想破灭了。”

一生一次穿嫁衣，一生一次蒙着盖头忐忑娇羞，坐在花车上揣测他的心情，那时候满脑子都是他。只有她知道，那双曾经漆黑的眼眸是怎样凝视自己的，她再也不曾在其他人眼里看过那种神情。她已经快要上瘾，不能忍耐他一丝一毫的回避。心头那些晦涩不明的云雾被怒火烧灼一空，她从未像现在这样把自己的心情看得清楚明白。

——原来，她真的那么想嫁他。

“是啊！”她的声音激烈又响亮，“我就是那么想嫁给你！怎么样？！”

陆千乔紧紧闭着双眼，睫毛剧烈颤抖，他觉得背后一阵冷一阵热，手腕都开始微微抖起来，无法抑制，不可抑制。

“什么变身，什么殉葬，我才不在乎那些！你用这种理由把我打发回去，你太幼稚了！”她两只手捧住他的脸，使劲摇，“给我把眼睛睁开！不许你逃避！”

他颤抖着睁开眼，对上她太阳般明亮的眼睛。没有自悯自怜的悲容，没有矫揉造作的矜持，辛湄从来不需要那些所谓女子美好的品德来点缀，她只说想说的话，做想做的事，喜欢……想喜欢的人。

“我……”他喉头哽住，什么也说不出来。

她吐出一口气，松开手：“那我们继续洞房花烛。”

“你……你够了啊！”斯兰忍无可忍，涨红脸大喝，“你看好了！这里是什么地方？我还在呢！洞什么房？！”

辛湄愕然看他一眼：“你还在啊？”

“你这个……”他浑身发抖指着她，眼前金星乱蹦。

头顶突然传来一阵老牛的叫声，三人齐抬头，便见一辆破旧的牛车自云端缓缓飞来，旁边还飞舞着一个小黑点，发出特别刺耳的呱呱叫声，在杏花林外绕了一圈，像是发觉了他们，立即笔直地飞进来，居然是小乌鸦。

“将军！小乌鸦醒了，关于你问的那件事……”

许久不见的眉山君利索地从牛车里跳下来，满脸急切，待见到林中的景象，他整个人就僵硬了。

这个这个……小湄是坐在、坐在将军身上吧？她身上那件是嫁衣，破布，还是撕烂的裙子？那、那是怎么回事？再看看将军，仰面躺着，一手扶着她的后背，一手舒畅地摊开，衣服乱成一团，还露出一大片赤裸胸膛……两个人，一个红着脸，一个含着泪……

眉山君仓皇失色地踉跄倒退：“你们……你们……在做什么？！”

“在洞房花烛。”一直被当作背景的斯兰终于找到说话的机会了，“眉山仙人，你好巧不巧这个时候来，莫非有什么重要事？”

“洞……洞房……”这两个字如晴天霹雳，劈得眉山君又踉跄几步。

他不过是一个多月都在忙着顾小乌鸦的伤势，他俩怎么就成亲了？还……还洞房了？！将军，你下手要不要那么快？

“……有事就说。”陆千乔皱眉。

他在不耐烦，在使眼色，叫自己快点说完了好滚蛋，别打扰他们洞房花烛！

眉山君的眼泪唰一下便流了下来，哽咽道：“关于混血战鬼的变身之劫……并非没有人能活下去……小乌鸦只查到这些，然后就……就被将军的族人打伤了……”

陆千乔沉思片刻，并未像他想象的那样欣喜若狂，只不过点点头：“多谢。斯兰，将祭天酬神酒的配方给他做报酬。”

斯兰从怀中取出一本薄薄的册子，递给他：“眉山仙人，多谢你了。”

眉山君失魂落魄地接过册子，不知怎么，居然连翻一下的兴趣都没有。他直勾勾地看着辛湄，默默流泪，喃喃：“小湄……你……你这就嫁给他了？”

她答应得特别快：“是啊。眉山大人，你先回去，等以后有空了我们再去看你。”

不不，你一个人来就足够了！

“……走吧。”陆千乔面上红了一下，“辛湄……你、你先起来。”

她犹带怒容：“哼！不洞房花烛了？”

他抬手在她脑门子上轻轻一拍：“好了，起来。”

眉山君眼睁睁地看着他们三人消失在杏花林深处，一阵冷风刮过，卷起千层雪白花瓣，林中鬼火跳跃，鬼哭阵阵……

他、他今天是专门过来自取其辱的吗？

好想哭。

杏花林有一条通向地宫的密道，弯曲而狭窄的石梯向下延伸，由于离殉葬坑很近，所以一路上时不时会遇到那些半透明的、哀伤的鬼魂。

密道的台阶上长满青苔，滑不留脚，辛湄刚下了两级，便见一只男鬼穿墙而出，跳到她面前一把扯下自己的脑袋，哈哈大笑：“美人你看，我没脑袋！哇哈哈哈！”

一旁的女鬼嗤之以鼻：“真不优美！你看你看，我没有脚！”

她在狭窄的密道里飘来荡去，染血的裙摆下面果然没有脚。

辛湄犹豫了一下，看看男鬼，再看看女鬼，张口正要说话，一只手从后面捂上来，陆千乔低沉的声音在耳边响起："你最好不要说话，这些怨鬼相当难缠。"

他太了解辛湄的说话风格，万一将这些被坑杀的怨鬼气炸，地宫里就不得安生了。

她点点头，嘴唇擦刮着他略有些粗糙的掌心，他不由得微微一颤——处于变身期的身体更像一团干燥的枯草，星星之火便足以燎原。他飞快将手放下，却又不甘心被战鬼之血打败似的，握住她的手，轻轻一拽，她便不由自主跟上他的步伐。

"……地上滑，跟着我走。"

辛湄忍不住抬头看着他的脸，昏暗中，他血色的眼眸熠熠发光，如野兽一般——这实在不是什么漂亮的景象，甚至令人感到毛骨悚然。

她看了很久，久到陆千乔低低开口："眼睛很难看吗？"

她摇头："不会啊，红里带光，与众不同。"

他垂头带着羞赧笑了一下，握住她的那只手紧了紧，再也没说话。

这一路鬼怪迭出，潮湿阴森，牵着自己手的男人还有一双比鬼还惊悚的眼，辛湄却突然觉着好像走在开满鲜花的阳光大道上，纷纷坠落的惨绿鬼火就是那漫天飞舞的花瓣，两旁飘来飘去吓人的怨鬼就是站在路边拍手叫好的路人甲乙丙丁，他发光的眼睛就是照亮前途的长明灯……

她都快爱上这阴暗鬼域了。

翩翩桃花飘了顿饭的工夫，密道终于走到尽头，眼前豁然开朗。皇陵地宫极其雄伟宽敞，长明灯万年不灭，将阴暗的地下映得亮白如雪。好吧，这些不是重点，重点是——东北角那边放了几张桌子，有几个很眼熟的妖怪，比如赵官人、映莲、桃果果等，都凑在一起摸麻将，玩得不亦乐乎。

"你们全都搬到地宫里住了？"辛湄好奇地走过去问。

赵官人抬起输得惨绿的脸，一见她身上那件破破烂烂的嫁衣，登时眼睛一亮，转头再见到陆千乔胸前衣裳裂个大口子，两根弧度优美的锁骨遮也遮不住，他激动了。

"来来……"他偷偷朝辛湄招手，"告诉我，你们是不是已经偷偷洞房过了？这么狼狈，莫非将军表现狂野？"

辛湄想了想方才在杏花林里激动人心的一幕，摇头："不，狂野的是我。"

“噢！”赵官人捂住鼻血，头晕眼花，“姑娘你真是女中豪杰！”

斯兰走过来狠狠瞪他一眼，四处清点了一下人数，脸色更难看：“又有妖怪私自离开皇陵？”

桃果果苦着脸：“斯兰大哥，他们都不听我们的话。说……说千乔大哥反正快死了，他们之前只是被迫锁在皇陵里什么的……现在千乔大哥连云雾阵也放不出来，所以……所以……”

毕竟年纪还不大，桃果果说到这里终于忍不住“哇”一声大哭起来，一旁肉团似的鸟妖弟弟一见哥哥大哭，也跟着放声号啕，转身扑进陆千乔怀里，奶声奶气地叫：“千乔哥哥你不要死！”

陆千乔将他抬起一些，放在自己胳膊上，又生硬地拍了拍他的后背。

“哎呀哎呀，有什么好哭的？”赵官人叹气，“反倒让将军心里更难受。来来，到我这边来，咱们再来摸一圈好了。”

他将几个情绪不稳定的小妖拽走，哭声渐渐就听不见了。

斯兰脸色极差：“将军……要不我出皇陵将那些私逃的妖……”

皇陵里三百多只妖，很大一部分是将军被贬来后强行将他们困在云雾阵中，不许他们出去害人的，如今他遭遇变身之劫，体内力量无法控制，不能维持阵法，他们会逃走也是常理。

陆千乔摇摇头：“看着他们，别害人就行。”

斯兰带着几个身手厉害的妖离开了，地宫里很快就只剩下辛湄和陆千乔两人。他刻意背过身去不看她，往前走了一步，才低声道：“这里房间多，随便找间去休息。”

……就这样？桃花飘了半天，他就丢给她这句话？

“陆千乔，”她在后面叫他，抓着头发，有点苦恼，“你……你是不是该和我说点什么？”

他停了一下，终于转过身，血红的眼睛对上黑眼睛，只接触一瞬，又飞快移开。

“说什么？”他声音很低，带着沙哑，问。

“我……我不知道。”她也不清楚他应当说点什么，这种事难道不该是他自己决定的吗？

他默然片刻，又开口："其实……我还是不希望你留在皇陵，你应当马上回辛邪庄。"

眼前纷舞桃花的幻觉"噗"一声消失了。

"你还来？"她眼睛又瞪起来了。

"不过，既然留下来了，那就找房间休息。什么也别担心。"

呃，又绕回原地了。

辛湄低头想了一会儿，突然感到有些胆怯，不太敢问那个问题，可她还是问了："陆千乔，和我成亲，是不是真的很让你困扰？你……是不是真的不想娶我？"

他说过，不讨厌她，可是也没喜欢到想不顾生死娶进门。不论真假，这句话比什么变身殉葬之类，给她的打击都要来得大。他做人偶送她，总是悄悄关心她，那些应当不是她会错意吧？

她担忧地盯着他的红眼睛。

他沉默了很久很久，再次抬眼，没有回避地与她对视："……假的。"

辛湄眨眨眼睛，像是揣摩他话语的真假，冷不防他从乾坤袋里取出一样物事，抬手抛过来。她一把接住，仔细一看，却是一个完工的人偶，金甲银盔，手里抓着长刀，威风凛凛地指向前方。

她的将军大人。

"礼物。"他说完，转身便走，耳根红得好似玛瑙。

她一下子笑了，兔子般轻快地跑到他身边，抬头试图看他的脸。他使劲把脸别过去，不给她看，辛湄按住他的肩膀，鹅似的伸长脖子，硬是把脸凑到他跟前，瞪圆眼睛好奇地看他的表情。

……他好像被她揍得挺惨的，左边嘴角破了皮，微微肿起，右边嘴角还在流血，加上脸上可疑的红晕，嗯……很狼狈。

见她盯着伤口看，陆千乔抬手捂住右边脸，淡淡瞥她一眼，冷道："……去休息。"

"我不累，抱歉刚才把你一颗牙打碎了，现在还疼吗？张嘴让我看看伤口吧。"

"不用。"

她又从怀里取出装着金疮药的小瓶，晃了晃："那就给嘴边的破皮上药吧。"

……你若再靠近，我不知会做出什么样的事来。

他屏住呼吸，感觉浑身都僵硬了，被她推着坐在石椅上。辛湄递来茶水，伺候他漱口，又帮他清洗伤口。这具正遭遇变身之劫的身体，由于力量的觉醒，对外界一切刺激都反应极快。她沾着药膏的指尖刚触到他的肌肤，他便是一颤。

柔软的手指将药膏在伤口处徐徐抹开，她雪白如瓷的脸就在眼前，睫毛清晰可数。

快乐，又痛苦。想推开她，又舍不得。

战鬼狂躁的血液开始奔腾流窜，皮肤下甚至感到一种尖锐而陌生的疼痛。十根手指用力抓紧石椅的把手，“喀”一声，把手上雕琢的小兽之角硬生生被他捏碎了。

辛湄吓一跳：“有这么疼？”

她飞快替他涂好金疮药，又剪了一截纱布贴在上面，省得药膏被不小心蹭掉。

“是怕被人发现，所以你们才搬到地宫里住？”她开始洗他另一边脸颊的伤口，一边问。

陆千乔耳朵里嗡嗡乱响，她说了什么都听不清，只含糊地“嗯”了一声。

忍耐忍耐忍耐……“忍”字头上一把刀。面瘫君最擅长的除了面瘫，还有忍耐。

心脏像是被什么东西紧紧抓住，那种快要窒息的痛苦感觉又来了，和那晚眼睛突然变色一样。血液在疯狂躁动，他微微发抖。不可以动，他仿佛感觉只要自己动哪怕一下，事情就会变得无法控制。

辛湄收拾好伤口，见他头发有些乱，上面还挂着一根细长的草叶，便替他顺了顺头发，将草叶拈下，还笑：“陆千乔，我不是刽子手，你不用那么紧张。”

他的睫毛在剧烈颤抖，眼珠的颜色在红与深黑之间来回变幻，光芒时隐时现。

辛湄用手在他眼前晃了晃，有点慌神：“喂，你有些不对劲。我去叫斯兰……”

他猛然合上眼，再睁开时，鲜艳如血的颜色已经收敛，两只眼珠变得墨一般黑。

“猎物就在眼前，抓住她！”心底一个冰冷的声音在说话。

他顺从战鬼强大而无法抗拒的本能，五指如钩，无声无息地扣住她双肩，轻轻一拽，柔软的猎物就跌入怀中。

低下头，凶狠地咬住她的嘴唇。

多么香甜的气息，是她的味道。

恨不能全身都投入……他舒展双臂，将她紧紧揉在怀中，生硬又狂热地用唇摩挲着她的嘴唇。苦涩的金疮药混入口中，贴在伤口上的纱布也被蹭得掉了下去。

他觉得自己在发抖，也可能发抖的人是她，纠缠不休的嘴唇越来越深入，相互接触贴近的皮肤间有细密的火点流窜，舌尖按捺不住与她的摩挲纠结在一处，又生涩，又慌张，又激烈。

……金疮药混在嘴里好苦；嘴皮被又吸又咬，好疼；喘不过气，好痛苦。

辛湄杂七杂八想着许多无关紧要的事，直到他滚烫的嘴唇落在脖子上，辗转吸吮轻咬，一种怪异的感觉从身体深处油然而生。

她本能地想要挣扎，冷不防他却一把推开她，捂住心口缩在石椅上剧烈发抖。细细的鲜血从他五官中汩汩流出，顷刻间就染红了大片衣衫。

辛湄一骨碌从地上爬起来，顾不得腿软，抬手先劈在他颈侧，然后一把将晕过去的陆千乔抱起来，边跑边大叫：“斯兰！赵官人！陆千乔七窍流血了！”

初吻被莫名夺走的新嫁娘，连个回味的工夫都没有，就要忙着拯救她体虚多病的新郎了。

第九章 长相守

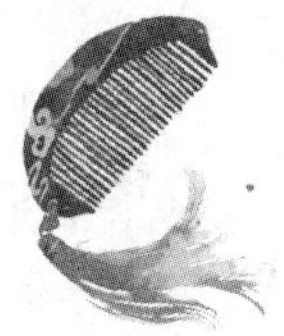

赵官人说，七窍流血是身体承受不住突然觉醒的战鬼力量之缘故。战鬼一族在二十五岁都有一次力量上的觉醒，有许多族人就是因为肉体承受不了庞大力量，纷纷死亡。

陆千乔正处在这个极危险的阶段。

“所以——姑娘你肯在这个特殊时期留下来，选择和将军长相厮守，我对你的敬仰简直犹如滔滔江水连绵不绝……”赵官人流着老泪，握住辛湄的手不放，“你放心！我就算拼尽所有的精力，也会为你们写一出惊天地泣鬼神的感人经典折子戏！你喜欢两个主角一起死，还是一死一疯？”

辛湄把手抽回来：“……就不能两人都活得开开心心的吗？”

“这样就不煽情不感人了呀！”赵官人瞪圆眼睛。

“你自己给我去煽情感人一个！”

斯兰忍无可忍地将他拖出去，“砰”一声摔上门，这才重重坐在辛湄身边，默然不语看着石床上脸色惨白的陆千乔。他已经不再流血，却迟迟不醒，这已经是第三天了。

他转头看向辛湄，将军晕了三天，她也在床边坐了三天，倒没有露出什么伤心欲绝的神情，只是怔怔看着床上人，眉头紧皱。

“你……”斯兰斟酌了一下，还是开口了，“你对将军……如果还没到那一步，不必这样。我知道，婚事是皇上给赐的，或许你和你的家人不好抗争……但将军这个样子……有些东西不能当作儿戏，你回去，我们谁也不会怪你。”

辛湄茫然看着他：“……什么还没到那一步？”

“刻骨铭心的爱恋之类……”斯兰有些不自然，“你这小丫头看着根本没开窍，如果觉得将军对你好，所以要回报他什么的，那大可不必。我想将军他自己心甘情愿……而且……他肯定不愿叫你看见他狼狈的样子，更不想让你因为他受到什么牵连……”

“我不在乎啊，我想留下。”她回答得非常快。

“就是说！”斯兰无奈了，“你对将军爱得那么深了吗？我怎么一点也没看出来？！将军他……本来都可以放下了，你偏要横插一脚，叫他燃起希望来……当然这其实没什么不好，可……”

她沉默良久，低声道：“我不知道。”

她不知道什么是刻骨铭心的爱恋，同生共死什么的只在戏文里看过，自己从小到大一次也未体会过。天底下除了他，她再也不想嫁给其他任何人，这样可不可以算作刻骨铭心的爱恋？

“你的意思是，我应当抱着他哭天抢地一番，然后再找一条河跳进去殉情吗？”

戏里好像都是这么演的吧？

斯兰觉着额头上的青筋又要鼓出来：“谁叫你做这些无聊事！”

她爹能把她养这么大，一定充满了血泪的回忆吧？

“其实，我想过要不要走。”她皱了皱眉头，“这几天我经常想要不要回家，大家都说寡妇不好做，虽说可以改嫁……可是每次我叫自己回家的时候，又觉得有什么东西放不下，就像饿着肚子却找不到吃的东西一样，我怎么可能会叫自己饿肚子？”

……这都是些什么乱七八糟的理由！

“我不知道你说的刻骨铭心是什么东西。”辛湄取出湿巾替陆千乔轻轻擦脸，“反正，我知道，陆千乔不会死的。我不会走。”

“你、你到底哪里来的自信……”

“不是自信……是我愿意相信。”她回头看着他，目光清澈，“我相信他肯定不会死，除此之外的事情，以后再说。”

斯兰在她满脸的霸王之气下败退了：“反正……算了……你好好照顾将军，我想他会很高兴醒过来第一个看到的人是你……”

他关上门，赵官人还领着一群小妖怪趴在门前偷听，被他一巴掌全赶跑了。

什么是刻骨铭心？什么是爱至疯狂？

辛湄趴在床头撑住下巴左思右想，那种东西听起来就和眼泪啊，落花啊，雨丝啊什么的分不开。可是这里只有阴暗地宫，还有躺在石床上一个久睡不醒的将军，难怪酝酿不出那么缠绵的东西。

床上的陆千乔忽然动了一下，长长的睫毛扬起，露出里面血红的眼珠，茫然地盯着墓顶。

“……斯兰，怎么不点灯？”他声音沙哑，低低问。

辛湄微微一惊，急忙将烛火端到近前：“陆千乔，我把灯拿过来了。你现在觉得怎么样？哪里不舒服吗？”

他动也不动，唯有睫毛簌簌颤抖，隔了很久，方道：“辛湄，你还在这儿？”

“嗯，我留下来照顾你。”

他肯定要感动得流眼泪吧？赵官人说她这种行为貌似很伟大，一般男主角都会感动得泪流满面，再以身相许以命相许什么的……可是看他的表情貌似很淡定，一点也看不出感动的迹象呀！

陆千乔闭上双眼，神色有些疲惫：“……我想再睡一会儿，你没事可以出去了。”

耶？

辛湄小小吃惊了一下，赵官人怎么没一次说对啊！

“那、那你要不要喝点水什么的……”她将烛台放在案上，小心倒了一杯温水，

“睡了好几天都没喝水，一定很难受吧？”

他不说话，只是迟疑地伸出手来接，茶杯轻轻落在他掌心，一个不稳，翻落在石床上，清脆的碎裂声让两个人都愣住了。

“呃，没事……我再拿个杯子。”辛湄赶紧把碎片扫去地上，又拿个杯子倒水。

“不用了。”他摇头，“我的眼睛……我……”

这次是双眼变盲，下次就可能是变成聋子，再下次可能就是变哑巴，甚至最后变成丧失五感的活死人——这就是战鬼力量觉醒的过程。如此难堪，如此懦弱，却要暴露在她面前，比死亡更加令他绝望。

“喝水。”

她仿佛一无所知，一把揽住他的肩膀，扶起他来将茶杯递到嘴边。

他没有动。

这个时候她要说什么？辛湄苦苦地想了一会儿，才结巴着开口：“那、那什么，我不在意啦……你不用放在心上。对了！在我心里，你永远是最能干最伟大的！”

这种反应对吧？

他紧紧闭眼，一个字也不说。

怎么会这样？！辛湄无奈了，将他轻轻扶着躺下，坐在床边搓了搓手，犹豫着低声道：“陆千乔，我没遇过这种事，所以我、我也不知道该说什么。刚才那句话，我错了，不该说得那么轻率。眼睛看不见……一定很不习惯吧？”

他没有任何反应。

辛湄伸手轻轻握住他的袖子，想了想，又说：“你最低谷的时候我看见了，所以，你以后最辉煌的时候，也要让我看见。这样才公平，你说对不对？”

依然没反应。

“人还是要活得乐观一点，你总是想着自己会死，可能真的就过不去了。你看我就不会想自己的克夫命，我相信自己绝对不克夫，所以你绝对不会死。这方面你得多和我学学……喂，你再不理我，我会想很多啊！给点面子吧！告诉我，不是我的克夫命让你这么倒霉吧？”

陆千乔终于无奈地转过身，失神的红眼睛对上了她的：“你话很多。”

“人家说夫妻要互补，你死活不肯说话，那只好我来说了。”辛湄突然一拍手，

“对了，我们还不算真正夫妇，没洞房花烛过，你就啃了我两下，然后就七窍流血晕过去了。”

啃……

他苍白的脸上终于浮现久违的红晕，猛然拉起被子盖住脑袋：“……我饿了。”

她立即起身：“你想吃什么？我给你做呀。”

等了好久，他的声音才闷闷地从被子里传出来：“豆腐将军。”

她一下笑了。

结果晚餐是两尊豆腐人像，一只豆腐将军，一只豆腐辛湄，一个清蒸，一个浇汁。

辛湄心狠手辣一筷子夹掉了自己的脑袋，送到陆千乔嘴边：“来，给你吃我的头。”

……他怎么就觉得那么难以下咽呢？

然后她又继续心狠手辣夹掉了将军的脑袋，说：“你的头我吃了。”

哈哈，有种喝交杯酒的感觉呀！辛湄眉开眼笑，自觉这次的豆腐实乃生平做得最成功的菜肴，美味无匹。

陆千乔尚不能习惯失去光明，一顿饭吃得奇慢，还沾了两粒白饭在唇边。她凑过去，轻轻用手指拈下来，冷不防他忽然轻轻握住自己的手腕。

“辛湄，坐过来。”

她听话地坐在他身边，下一刻他温热而略显粗糙的手便轻轻抚在辛湄的面颊上，拇指顺着眉毛摩挲，缓慢而爱怜地，一寸寸一分分摩挲下来，最后停在她柔软丰润的嘴唇上。拇指的动作变得更慢，唇上每一道细细的纹路仿佛都可以感觉到他肌肤的热度，那陌生而怪异的感觉好像又回来了。

辛湄的心开始狂跳，自己也不知道为什么。

他的睫毛低垂，脸靠得那么近，馥郁的呼吸与她的交融在一起……是要吻她吗？是吗？

那根拇指摸了半天，最后同样拈下一颗饭粒，陆千乔笑得促狭：“……你嘴边也有饭。”

“……”她可以揍他一顿吗？

“辛湄，现在我什么也给不了你。”他声音忽然低下去，“但你在这里，就已经是……”

她人在这里，她没有走，就是她最大的给予。

她点点头：“嗯，我陪着你，放心。”

手指骤然收紧，紧跟着又松开。他张开双臂，用力抱住她。

好像有一滴滚烫的泪落在她的脖子上，也可能仅仅是个幻觉。

辛湄拍拍他的背：“陆千乔，你一定能活下去。”

七月十五，鬼门开，皇陵里诸多怨鬼忙着狂欢发疯。听赵官人说，他在快黄昏的时候离开地宫拿点东西，结果被一群女鬼缠住非要他评比谁死的样子最难看，好容易挣脱后，又被一群男鬼抓住了要陪他们玩抛人头游戏，等他精疲力尽回到地宫的时候，月亮都上天了。

“将军今天怎么样？”

赵官人抱着两只甜瓜，擦着汗凑到石床前看动静。

陆千乔静静躺在床上，双目微合，睡颜十分安详，无论辛湄在旁边揪着他的头发编小辫子也好，用梳子轻刮他浓密的睫毛也好，他都一动不动，宛若雕像。

“睡着不醒，但好像还能吞咽。”

辛湄将他的脑袋抱在怀里，动作轻柔地喂他喝水，因见他毫无知觉，唯有喉头上下起伏咽水，赵官人不免在心里叹了一口气。

这种情况已经持续了五天，姑娘是初五嫁过来的，新嫁娘的喜悦是没尝到半点，更惨的是相公没几天就成了五感尽失的活死人，她还得每天衣不解带地服侍照顾……

赵官人越想越觉得鼻酸，心里一片凄楚，不由得抹了一把同情泪，下定决心要将他俩的故事写成千古传唱的爱情名戏，眼下就有千载难逢的极佳桥段：新娘温柔地坐在床边，用柔软的帕子替苦命相公擦拭唇边的水。摸一摸他的脸，他还是睡着，新娘不由得红了眼睛，沉默片刻便转身拿起木梳，继续温柔地替他梳发，梳通后再编成一根根俏皮的小辫子……

……等等！她、她在做什么违和的事情？！

“编好了，冲天辫！赵官人你看他像不像庙里的金童？”辛湄充满成就感地回头问。

赵官人木然地揉揉眼："姑娘，你……你就一点也不难过啊？"

辛湄愕然："什么难过？"

赵官人绞尽脑汁斟酌词语："你看……将军他成这样了，也不知道这变身能不能过去……你心里不难受吗？"

"不难受啊。"

她回答得好快……赵官人又揉了揉额角。

"我知道陆千乔一定能醒过来的。"她捏着他头顶那根辫子扭来扭去，垂头含笑，"他这种人死要面子，醒了以后肯定不希望大家记得他有过这么狼狈的时候，我不会为他难过，我等他醒过来。"

看看人家！什么叫生死相随？！什么叫不离不弃？！什么叫情之所钟？！赵官人感动得眼泪汪汪，自己写了那么多年的戏本子，修行还远远不够啊！

赵官人正准备掏出纸笔把这段经典的对话记录下来，忽听门一响，斯兰端着热水毛巾走了进来。

"我要替将军净身了，你们都出去。特别是你……你对将军做了什么？！"斯兰见到陆千乔头顶的那几根辫子，气得差点把盆掀了。

辛湄摇着冲天辫对他无辜地笑，下一刻她就被丢出去了。

"给我出去！"斯兰狠狠把门摔上。

虽然辛湄选择了留下——他知道对一个凡人女孩子来说，在这种时候选择留下，绝对不能用冲动或者同情来形容，她很可能连圆房都来不及就成了寡妇，甚至被活生生地送去殉葬。她就是转身离开再不认账，他也绝不会责怪她，也绝不会阻拦她，可她真的留下了，斯兰从心底是很感激她的，也因此对她改观不少。

但是，他看着陆千乔满头乱七八糟的辫子，气又不打一处来，她留下来到底是照顾将军还是来折腾将军的？！

斯兰一肚子牢骚，先动手拆那些辫子，将军现在丧失五感，身体僵硬，地宫里又阴冷，如果每日不用热水替他擦洗按摩，他的肢体会渐渐变得和死人一样冷硬。他知道这对战鬼一族来说不算什么，但他就是不希望见到将军这么狼狈的样子。

将军心底一定也是希望可以做个平常人，可以用温暖的手去拥抱喜欢的姑娘，而不是死人般令人难以靠近。

正要解开陆千乔的衣领，忽听房门上一串暗色铜铃叮叮当当急响起来，斯兰脸色顿时剧变。

这是守在地宫外的妖怪们在示警，有外人闯入皇陵了！

将军遭遇变身劫，皇陵外的云雾阵也随之消散，随便什么人都有可能闯进来，若是山下的村民也罢了，但将军先前交代过，他丧失五感后，战鬼一族必会派人来挑事，眼下这铜铃响得如此急躁，难不成真的是战鬼一族派人来了？！

斯兰立即起身出门，刚巧辛湄和赵官人还没走远，他狂奔而去，一面厉声吩咐："你留在密室里！算我用将军的性命来求你，千万不要离开那里！"

说罢早已跑远了。

…………

陆千乔平躺在石床上，双目紧闭，吐息缓慢。

战鬼甲无声无息地走到他身边，抬手在他鼻前探了探，再拨开眼皮看一眼，这才回头低声道："暂时没有性命之忧。"

战鬼乙颔首："将他带走，遵照夫人的意愿，送往嘉平关。"

"他正处觉醒最后阶段，稍有闪失只怕难以活命。夫人何必急于一时？"

"我族怎可苟且偷生于地下？就算是死，也该死于战场！夫人忍心将亲子送往战场，为的不光是保全他一人的名誉，更有我战鬼一族的。这种时候，妇人之仁就不可取了。"

战鬼甲弯腰将无知觉的陆千乔抱起，扛在肩上，忽然想起什么，又道："他的妻子。"

"我来照看，尘埃落定前，必不让她离开皇陵。"

话音未落，只听房门被人大力踹开，斯兰满面惶急直奔进来，见陆千乔被扛在一个战鬼肩上，立即作势要冲上前。

战鬼乙抬手一拦："小妖怪，不必找死。"

谁知他却冲到身边，扑通一声跪下，沉声道："我曾发誓，无论将军人在何处，我必将誓死追随！这次也请让我随他去！"

战鬼甲愕然："莫非你是他旧年部下？但，你好像不是人。"

“十年前我为将军所救，自此立下誓言永不离弃。”

战鬼乙颇为赞许地点头：“不错，知恩图报，是条汉子。少爷此去嘉平关确实有性命之忧，你且一路跟着，不失照料，兴许能助他渡过此劫。”

“多谢成全！”

……没想到，真的被将军说中了。在他丧失五感、进入最危险的觉醒期时，战鬼一族会派人来将他带走。郦朝央不会容忍自己的儿子留在阴暗的地宫中苟延残喘，历代每一个战鬼都是这样渡过变身劫，在战场的杀戮与血光中，要么觉醒，要么死亡。

战鬼是注重名誉和尊严的族群，没什么比窝囊地死去更耻辱。郦朝央的儿子更加不能带来这种耻辱。

“小妖怪，少爷的妻子在何处？”

轻描淡写的一句问话，让斯兰捏紧了拳头。他毫不犹豫：“在下不知。自将军丧失五感后，她便自己跑了。”

战鬼乙笑了笑：“跑了？真是个绝情的姑娘……也罢，你们先走，我在皇陵附近搜寻一番。”

这个战鬼，好重的疑心。

斯兰默然跟在陆千乔身后，缓缓步出地宫。

倘若辛湄被他找到……不，应当没那么容易找到，那间房十分隐秘，更兼有机关环绕……可，若真被他找到呢？他要如何向将军交代？

斯兰背后密密麻麻出了一片冷汗，转念想到辛湄那种让人发疯的性子，想吐血的同时，又更加担心。

小丫头，你千万要保重！

毫无所知的辛湄正乖乖听从他的话，坐在密室里和赵官人抢甜瓜吃。

“姑娘，假如——我是说假如啊！有人把将军给带走了，你们即将面临生离死别，你会怎么办？”

赵官人一手抓甜瓜，一手拿着毛笔在纸上唰唰书写，为他的最新最经典的戏本子添加剧情。

辛湄想也不想：“不怎么办，接他回来呗！”

赵官人被震得毛笔一抖："呃……你不哭？不闹？不伤心绝望？这么平淡的反应，会伤害将军脆弱的心脏呀！"

辛湄皱眉头："赵官人，你每次说的都不准！"

"废话，将军还是个青涩的童男子，能和我这么风流解事老练倜傥的好男人比吗？！你再说一遍，将军被人带走了，即将面临凄凉的死亡，你该有什么反应？"

"去接他回来。我不会让他死，谁也不能让他死。"

……多么霸气的反应！

赵官人老泪纵横，像是触摸到灵感的神明似的，唰唰开写："你刚才那句话是怎么说的？再说一遍！我要抄录进自己的新戏里！"

"是我和陆千乔的戏吗？"

"是啊是啊！姑娘你看，最后我让将军死在盛怒的母亲大人手里，而你刚怀上将军的骨肉，在极度的痛苦中流产了。然后你们两个一死一疯，缠缠绵绵到天涯……"

…………

四下没人，她可以将这乌鸦嘴还抢她甜瓜吃的老货胖揍一顿吗？

她抬手正要抓住赵官人嘴边几绺颤抖的小胡须，忽听回廊上传来一阵稳重的脚步声，两个人都是一怔。

脚步声停在门前，"笃笃"，两下十分有礼貌的轻敲。

"辛小姐，请开门。"

陌生而冷漠的男声。

赵官人吓得缩成一团，使劲摇头：别开门别理他！

"我知道你在里面，还有一只老鼠精。"

辛湄想了想，还是起身打开了门。门前站着一个穿白衣的战鬼，面若冷玉，暗红的眼，像……呃，像荔枝。

他双手合在一处，行了个礼："在下郦闵，奉夫人之命，在少爷觉醒的这些时日，负责在皇陵照看辛小姐。"

辛湄愣了很久，到底还是开口了："那个……你家夫人是谁？少爷是谁？"

"少爷就是你的夫君，骠骑将军陆千乔。夫人则是少爷的母亲，郦朝央大人。"

她想了想："我不是小孩子，不需要人照看。"

郦闵面不改色："少爷如今为战鬼一族的荣耀去了嘉平关，镇压叛军暴乱。觉醒是成是败，就在这些日子。还请辛小姐安静地在皇陵等候。"

辛湄震惊了："他都不能动，你们让他去镇压叛军？"

"战鬼一族的宿命是死在战场上，每个人都是这样过来的，辛小姐不必讶异。那么，请随我来。"

他让一个侧身，不容抗拒地做出"请"的手势。

辛湄只好走出房间，赵官人不知什么时候被吓得现出原身，变作一只胖白老鼠，哆嗦着躲在她袖子里，嘀咕："姑娘啊！我看这个战鬼不是什么好东西，跟将军的母亲同姓……啊！该不会是私生子吧？你要小心！他肯定每日都在嫉妒自己的兄长，眼下必然是抓你去殉葬！"

"原来如此！"辛湄震撼了，"那我们怎么办？还是逃吧？赵官人你打头阵！"

"这个这个……其实我也只是猜测……"

"不是啊，你看他也是红眼珠，肯定跟陆千乔有什么血缘关系。你现在是老鼠，容易跑，你先行动！"她作势要将他扔出去。

"不要啊啊啊！"

赵官人被高高地抛起来，"扑"一声撞在墙上，头晕眼花地流着眼泪跑了。

郦闵抬手按下额头上暴跳的青筋，回身努力维持淡定的声音："辛小姐，红眼是战鬼一族的特征。请你不要妄加猜测。"

"我懂我懂。"她连连点头，这种隐私人家肯定是不希望别人知道的。

……为什么他觉得那么不爽？郦闵低头看看自己的手，想起少爷选择她做妻子，这需要多么强悍的意志力，需要经历多么艰巨的考验！

他瞬间对陆千乔有了另一种程度的尊敬。

"那么……你们打算怎么殉葬？"辛湄在后面小心翼翼地问，"先杀了再丢进墓里，还是丢进墓里等我慢慢死掉？"

"……请你不要想那么多……"

郦闵无力地呢喃，正要继续说话，忽觉脚下一空，身为战鬼何等警觉，当即在墙壁上一撑，大鸟般跃起。冷不防头顶落下一块青铜板，硬生生砸中脑袋，把他拍进坑里。地面上"咔咔"数声，层层铜板密实地合上卡住，又恢复了平静。

“姑娘！这边！”赵官人在拐角处朝她挥手，“快点！这种机关只能困住他一段时间！”

辛湄拔腿便跑，一拐弯，才发现桃果果和映莲他们都在，墙壁上几块砖头凹凸不平，显然方才的机关是他们触动的。

“地方是我告诉他的，机关也是我放的，这下不欠你什么了。”映莲板着脸，足尖一点便轻飘飘飞起来，“快走吧！”

辛湄感动得热泪盈眶：“红莲姐姐，你真是好人！等陆千乔好了，我一定和他说你和斯兰的事！你放心！”

映莲捂住耳朵，痛苦得想尖叫。又来了！自己为什么要救她？！

密道的出口依然在杏花林，此时已是月上中天，一轮满月悬在天顶。林中百鬼狂欢，阴风阵阵，鬼哭声声。

赵官人叹一口气：“下一个满月的时候，将军不知道还会不会活着……”

映莲登时大怒，一脚踩中他的尾巴：“闭上你的乌鸦嘴！陆大哥一定能活着！”

她回头扫了辛湄一眼：“你还不快走？被抓到可是要殉葬的！”

辛湄点点头：“嗯，我走了，去嘉平关接陆千乔。你们等着，我一定把他带回来。”

“带什么呀！”赵官人哀号，“你就别节外生枝了成不？那边是战场！你去找死啊？你应当找个地方好好躲着！等将军觉醒后去找你！你们俩的关系这样才正常！”

她不过一笑，从怀中取出秋月的符纸，正要唤它出来，忽听身后一阵惊天动地的崩裂声，被埋在机关里的郦闵手提一把长刀，灰头灰脸地打穿一个洞，从里面跳了出来。

小妖怪们瞬间跑得没影，郦闵冷笑着走过来：“辛小姐，你想去哪里？”

辛湄从怀里抓出一个包子：“看暗器！”

包子擦过他的脸颊，他鄙夷地瞥了一眼，没有说话。

“看暗器！”

这次是一块鸭油烧饼。

“看暗器！”

一把木头梳子。

郦闵满头青筋乱跳："不许闹！"

"看暗器！"

这次是铺天盖地的白色粉末，郦闵一时不曾察觉，吸了一口呛人的粉末进去，霎时呛得涕泪横流。

辛湄跨上秋月的背，回头一笑："笨蛋！兵不厌诈你不知道啊？"

秋月拍着翅膀，瞬间便飞上云端，再也看不见。

第十章 苏醒日

七月二十三，叛军首领武爽率领三千人试图强行突破嘉平关，与驻守的官兵打得不可开交，陆千乔就在这个乱糟糟的日子，带着皇帝的圣旨来到了嘉平关。

圣旨是战鬼带来的，荣正帝成日只喜享乐，对战事从来不闻不问，郦朝央一句“骠骑将军有退敌之力，只缺契机”就让他写了圣旨，从老将白宗英手里拨了两千人马给陆千乔调用。

很容易就能想象，常年驻守嘉平关的官兵们对这道圣旨会有什么反应。

而最关键的是，这位传说中的骠骑将军——他就像个死人，成日只躺在床上，动也不动。皇帝是拿自己的江山社稷开玩笑吗？

七月二十五，老将白宗英不堪受辱，火速发了折子回京，痛斥这件莫名其妙摸不着头脑的事情。

七月三十，更荒谬的回复到了：皇帝有个异母妹妹，封号湖公主，素有“神之眼”的美称。这位湖公主替荣正帝做了个预言，说嘉平关一战必将告捷，功臣姓陆。

荣正帝深信御妹的神通，所以请白老将军放宽心。

估计白宗英看到这封回信会气得吐血。

不过这些陆千乔和斯兰都不知道，陆千乔依然做他的活死人，除了心口一块有点热气，其他地方好像都僵死了。他们被分配在一个不大的帐篷里住着，冷冷清清，就连关里负责做饭的厨师都不屑从这里经过，热水饭菜之类的更是一次没见过。

带他们过来的战鬼叫郦闫，是郦朝央家族中颇有为的年轻战鬼。至今斯兰也不知他平日到底藏在哪儿，每日戌时雷打不动地来看一眼陆千乔，随着时间流逝，郦闫面上的神色终于不那么淡定了，艳丽的红眼睛里不自觉流露出一丝焦急的神色来。

这日戌时，他又照例揭开帐子来看陆千乔，斯兰正在火堆上熬瘦肉粥，香气扑鼻。郦闫凑到床边摸了摸陆千乔的额头，不由得叹了口气。

“那个……郦先生，将军他……”

斯兰听见他叹气就觉心惊肉跳，这位战鬼似乎还未满弱冠年纪，脾气也和善些，他便大着胆子搭话。

郦闫走过来，嗅了嗅锅里的瘦肉粥，赞：“好香，你将少爷照顾得很好。如今他还能进食吗？”

“不能吞咽，所以每次喂食要费些力气。”

郦闫点点头，自顾自舀了一碗瘦肉粥来喝，一面说：“如果我没记错，少爷应当是八月初九的生辰吧？今天八月初三，只剩六天。”

……所以呢？斯兰的双手忍不住发抖。

“这些事告诉你一个小妖怪也无妨。战鬼渡过变身劫，是成是败，只看生辰前十日。首先恢复的是触觉，然后味觉听觉都会一一回来，生辰那日五感尽数恢复。这样，就算顺利渡过力量觉醒了。少爷到现在还未见五感回归，只怕不是什么好兆头。”

斯兰面色发白，默然不语。

“总之，再等等看吧。”

郦闫安抚地拍拍他肩膀，喝完粥起身走了。

这一等便等到了八月初五，陆千乔依旧没有任何觉醒迹象，忍无可忍的白宗英老将军倒是来了，带着满脸怒气，叉腰看着床上活死人般的陆千乔，声音如打雷：“皇上就指望这死人将军替他击退叛军？！既然在其位，便要尽其职，叫我将两千兵马拨给他，实在心有不甘！”

斯兰垂头递去一封密封好的信，低声道：“白老将军，将军尚能行动的时候，便写好密信一封，嘱咐我转交给您老人家，请您过目。”

白宗英冷笑：“这样说，我不过来看这位尊贵的将军，他的信也到不了我手上？骠骑将军果然好威风。”

“我数次试图觐见白老将军，都被他人拦下，您日理万机，我不敢造次。”

白宗英被他不咸不淡几句话说得脸上有些挂不住，抢过信封拆开粗粗一看，脸色瞬间就变了，当下细细读来，足看了顿饭的工夫方将厚厚一沓信纸重新装回信封里。

“他以为我白宗英是什么人？黄口小儿也敢指手画脚！”

他将信封狠狠砸在地上，转身便走，一面又道：“骠骑将军有如此妙计，何不自己上阵御敌？白某人不敢与他抢功，这般天大的功劳，还请骠骑将军自己来挣。”

斯兰默然看着众人离开帐篷，回头看一眼陆千乔，他依然处于沉睡中，神情安详，对外界一切事情都没有反应。

这样的将军，要怎么上阵杀敌？

但战场无情，第二天叛军又来了两千援兵，武爽带了五千人来闯关，叫骂挑衅声十里外都能听得一清二楚。白宗英硬是隐忍不发，只叫人送来两副盔甲，顺便带来一句话：两千人马已备好，请将军上马。

斯兰对着两副破烂的盔甲只有发呆的份，他能叫现在的将军出去迎战吗？显然不能！可恨现在将军身体不适，倘若白宗英早些见识到将军的厉害，今日也不敢这般狂妄。

正回想将军从前的英姿，忽觉帐帘被人一掀，往日只在戌时出现的郦闫进来了，因见斯兰坐着，陆千乔躺着，盔甲丢在地上，郦闫还带着一丝稚气的脸立即沉下来了。

“穿盔甲，上马！”他声音冰冷。

斯兰急道：“将军这样怎么杀敌？！”

“我不管，你护着也好，架着也好！今日若退缩，我族颜面便尽数被他丢尽！”

斯兰含泪替陆千乔系上盔甲，一把扛起便走，及至帐外吹了几声口哨，远远在吃草休憩的烈云骅立即御风而来。斯兰将他用绳子牢牢系在烈云骅背上，一面低声吩咐：“好孩子，千万别把将军摔下来！遇到危险立刻就跑！”

“只许胜，不许败！”郦闫的声音从后面传来。

斯兰回头看他一眼，什么也没说。

所谓的两千人马，大多是关内老弱病残之辈，甚至还有两排伤员，待见到陆千乔被捆在烈云骅身上的模样，个个都露出讥诮且愤懑的神情。

斯兰冷冷道：“将军有令：上高台，备好巨石热油！”

没有一个人动。

“将军有令：上高台，备好巨石热油！”

一片死寂。

斯兰紧咬牙关，猛然转身，响亮地答了个“得令”，抱起一块压帐篷的半人高的巨石，一步步往高台上走去。回来的时候，他肩胛处带着一支断箭，显然是被台下叛军射伤的。

再抱起一块，继续上高台。

这次腰腹处又中了一箭，鲜血染红盔甲。

两千人马开始躁动，惶惶不安，所有人的视线都胶着在斯兰身上，一动不动。

搬完第五块石头回来的时候，他身上的断箭都消失了，只有鲜血在滴，沿途留着长长一条血迹。

终于有人忍不住了，沉默着上前，两三人抱起一块巨石，陪他一起送上高台。渐渐地，人越来越多，最终，两千人都默默跟上他的步伐，依次搬运巨石，烧火热油，让坐在帐篷里看笑话的白宗英老将军瞪圆了眼。

关外有五千敌兵，数量上就比两千人多了一倍多，武爽又是个相当出色的首领，五千人实在不亚于五千精兵，巨石和热油攻击不过稍稍扰乱了前方一些队形，实际损伤微乎其微。

没有办法，只有拼了。

斯兰翻身跳上烈云骅，低头看一眼陆千乔，他依然在沉睡，毫无知觉，那么安详的模样。可是这样也好，这样他就不会知道，自己的家族为了追求名誉，将他的性命放弃了。

斯兰眼眶里一阵热辣：“将军！我不会让你死的！”

烈云骅长嘶一声，从打开的关口石门内第一个冲了出去，如一道红色流星。两千人迟疑且缓慢地跟在后面，生死战场上却容不得片刻迟缓，他们几乎一出去就被敌军势如破竹地刺穿队形——武爽的目标是尚未合拢的关口石门！

白宗英不知何时上了高台，大喝一声：“快关门！”

石门发出刺耳的吱呀声，无视远处两千残兵的哭喊，缓缓合上了。这简直是将士气打击到了最低点，多数人无心再战，逃的逃躲的躲，唯有斯兰还坚持冲在最前面。

“孤军奋战”四个字，他和将军在曾经的五年沙场生涯里从未体会过，想不到，今天却体会到了其中的惨烈。

身前身后全是刀光与呐喊，砍倒了一个，还有十个冲上来。

多么想不顾一切让烈云骅带着将军飞离这片修罗场！

可是不行！郦闫站在高台上拉满了长弓，他知道，只要他们露出一丝怯意，战鬼的箭就会刺穿陆千乔的心口。

战鬼一族的名誉，不可败、不可退缩的精神，比铁律还要严格。

每一个战鬼都是这样觉醒，在杀戮声里，在血水里，唤醒他们体内深处的古老血性，成长为强大无敌的、真正的战鬼。

肩上一阵剧烈疼痛，斯兰再也支持不住，单膝跪倒在地，用长刀勉强架住头顶猛烈的攻击。就算他是个体能强悍的妖怪，也无法以一人之力抵抗五千兵马，他甚至不知道自己流了多少血，这一次能不能活着回去。

烈云骅突然悲嘶一声，它被一群敌兵用绳索套住了脖子，狠狠往下扯——擒贼先擒王，所有人都懂这个道理，一个不省人事的将军挂在马上，还有什么比这个更加令他们开心的呢？

斯兰用尽最后一丝力气冲出去，想将陆千乔护在身下，可是下一刻背心却被一股大力扯了起来，凌空而起。

他精疲力尽又茫然地抬起头，阳光好刺眼，只能勉强看到自己是被一只巨大的鸟抓着，它另一只爪子抓的是烈云骅，陆千乔安稳地被拴在马上，未见伤口。

“你们在搞什么危险行动啊？”

鸟背上一个柔软甜蜜的女声惊愕地发问。

好熟悉的声音，好让人头疼、一听见就想吐血的声音。可是斯兰突然觉得，她的声音在这样一个时刻响起，简直比天上仙曲还要动听。

一只手抓住他的背心，轻松一扯，他就落在了宽厚的鸟背上，大口喘气，累得动也不能动。下一刻，昏睡中的陆千乔被丢在他身边，黑发软软地覆在面上，很是狼狈。

斯兰勉力凑过去，上下检查一遍，确定将军没有受伤，才真正松了一口气。

“你还活着吗？”一只手在他身上戳着，辛湄蹲在对面瞪圆了眼睛看他。

斯兰缓了好一会儿才开口：“你……你怎么会来……”

辛湄低头看看下面乱叫乱嚷还不停放箭的叛军，摇摇头：“先走吧，等会儿再说。”

斯兰登时大惊：“不！不可以走！”

话音未落，只听一阵极锐利刺耳的风声自远处雷霆般袭来，辛湄猛然转身，便见远方高台上站着一个战鬼，手里的长弓瞄准他们，射出了第一箭。

这一箭是对着秋月射来的，速度之快，完全避无可避，辛湄下意识闭上眼睛，下一刻那尖锐的破空声便贴着耳边急转直上——仅仅是警示的一箭，中途便变向往天际射出，并未伤到任何人。

辛湄吐出一口气，抹一把冷汗，回头问：“那人是谁啊？居然放冷箭！”

“那是将军族人，我们不可以逃，不然他宁可杀掉我们，也不许战鬼一族背上逃跑的耻辱。”

高台上的战鬼再次拉满长弓，却并不射出，像是一种无声而冷酷的威胁。

“好混账！”她怒了，“我就知道长着红眼珠子的都不是什么好东西！”

你小声点啊……斯兰默默垂泪，她是不是忘了将军也是红眼睛？

“我去找他讲理。”

辛湄跳上马背，一抖缰绳，憋了一肚子怒火的烈云骅撒开四蹄御风而跑，将斯兰惊恐的叫声甩在后面，眨眼便来到高台之上。

台上驻守的弓箭手们纷纷搭箭瞄准，郦闫认出她是陆千乔的妻子，只得放下长弓回头道：“白老将军，不可伤害这位姑娘，她只是个普通平民。”

白宗英面沉如水，仿佛没有听见，双眼只盯着关外硝烟弥漫的战场。

郦闫远远向辛湄合手行礼：“辛小姐，家兄如何会让你离开皇陵？”

“你给我过来。”辛湄伸出一根手指，朝他勾勾。

郦闫犹豫着纵身一跃，大鸟一般轻轻站在马背上：“……我来了。辛小姐，家兄在何处？”

辛湄一骨碌也站在马背上，抬头怒瞪他：“你要杀陆千乔？”

“我怎会杀他……”郦闫摇摇头，“你不懂我族规矩。”

“他都不能动，台子上那个浑蛋将军还只给他破破烂烂的人马！你还用箭指着他！这样的规矩一点也不公平！”

郦闫没有回答。

他自己也知道，这确实是不公平的，白宗英记恨郦朝央教唆皇帝，把陆千乔派来扯后腿，分给他的两千人马战斗力还不如普通士兵五百人，陆千乔就算马上觉醒了，这场仗也未必能赢。

但即便如此，也不可以退缩。

战鬼一族就是这么不懂圆滑和变通，拥有着近乎顽固愚蠢的傲气。重要的不是被谁杀死，而是死在何处。死在战场和死在床上，一天一地。被逼到极点，才能得到真正的力量——这是他们的真谛。

“你们根本是坐视他去送死……不对！你们拿着刀子逼他去死！战鬼都是这样觉醒，难怪你们这一族人越来越少！都是被你们自己害死了！”

郦闫沉下脸：“辛小姐，请你谨慎发言。”

“我没有什么‘谨慎’的话要说了。”辛湄直直看着他，“你与其拿箭杀自己族人，不如叫台子上那个浑蛋将军多放点人出来杀敌。叛军一天到晚闹事，就是因为有这些只吃饭不干活的将军在！有像汤圆一样圆的将军吗？！”

郦闫回头看一眼白宗英，她说话的声音很响，估计白宗英每个字都听得明明白白，因为……他的脸现在比青菜还绿，气得一个劲抖。

“开门！”

白宗英怒吼一声，抓起自己的大刀，跨上马背，带领一群精兵冲出了关口。关外两千残兵突然得到后援，还是白老将军亲自领兵，士气顿时高涨起来，局面瞬间出现了微妙的转变。

远处秋月背上的斯兰也趁空闲替自己上了伤药，妖怪的恢复力本就强悍，就这么一会儿工夫，伤口的流血都停了。他抖擞精神，翻身跳下去，挥舞长刀继续厮杀，比方才还要勇猛，瞬间就将周围清空一小块。

“对嘛，这样才公平。”辛湄抱着胳膊，严肃地点头。

郦闫看看她，再看看下方发生良性变化的战局，突然对陆千乔生了另一种层次的尊敬——能选个这么彪悍的老婆，少爷的眼光真不错。

“那个……在下郦闫，郦氏一族人。”他怀着敬意礼貌地介绍自己。

辛湄唇角一弯，对他露出个阳光灿烂的笑容，一只手偷偷伸进包里，摸到了新买的两包花椒粉，经过对郦闵的一战，她认为花椒粉在某些时刻比飞刀和毒镖都要靠谱。

正准备顺风撒出去，报复一下他方才的射箭行为，忽听远方传来一阵凄厉而绵长的嘶吼，像是野兽被逼入绝路，又像是山魈对月哀号，令人毛骨悚然。

郦闫的脸色瞬间变了，翻身跃下马背，往前方战场狂奔而去。

呃，是出什么事了吗？辛湄掉转马头，便见秋月在半空中惊慌失措地拍着翅膀，从它背上直直坠下一个人——陆千乔！

整个世界的拍子似乎都慢了下来，他就那样慢慢地摔在地上，然后……慢慢地站了起来！斯兰狂喜之下挥舞长刀，将身边碍事的敌兵尽数赶走，连滚带爬地奔到陆千乔身边。

“将军！你渡过变身劫了？！”

没有人回答他的问题，陆千乔微微仰着头，泥土沾染了半边脸。他的神情空洞且木然，双眼完全失去神采，呆呆地站在原地，像个石头人似的动也不动。

“将军？”斯兰疑惑地再唤一声。

下一刻，一双无神的血红的眼对上了他，斯兰只觉喉咙一紧，竟是被他硬生生掐住喉咙单手提了起来。手里的掩月长刀被轻易夺走，斯兰费力地挣扎着，感觉自己被重重抛了出去，背部狠狠撞在地上。

尚未完全觉醒的战鬼在吼叫，凄厉的声音穿透整个战场，所有人都忍不住朝这里望来。

长刀在风中划出优雅而锐利的曲线，刀身还残留着鲜血，一滴滴滑落地面。陆千乔面无表情地提着这柄长刀，似一枚刚刚离弦的箭矢，冲进人群。

没有章法，没有神智，他整个人似乎变成了一柄锐利的宝刀，所到之处，锐不可当，而且——他杀的不光是敌兵，连自己人都杀。没有人能抵御那柄仿佛来自地狱的掩月长刀，它挥舞过的地方，鲜血断肢满地。

辛湄骑着烈云骅狂奔而来，一路躲避闪烁的刀光，一路追向他。

“陆千乔！”她大声喊着他的名字。

…………

他似乎听见了她的声音，含笑转过身，朝她伸出双臂，脸上挂着温柔的笑。

“我的宝贝，你过来。”

她红着脸扑进他的怀抱。

“我们以后再也不分开！”

…………

以上，只是幻想。

他似乎对她的声音有反应，猛然转身，横起掩月长刀，直劈过来。烈云骅悲嘶一声，被锐利的刀风劈去一小块顶皮，辛湄只觉肩上一阵锐痛——他的刀风居然在她肩上劈了一道口子！

辛湄翻下马背转身便跑，比兔子还快。

一旁目瞪口呆的斯兰忍不住大吼：“你去哪里？！将军醒了啊！”

她四处张望，找了块比较靠谱的半人高巨石，飞快躲在后面，这才道：“我找地方躲一下，陆千乔貌似失心疯了。”

呃？！她跑来九死一生的战场，为的不就是和将军同生共死？这种时候，她难道不该是流着眼泪扑上前紧紧抱住将军，大声呼唤失去理智的将军的名字吗？！

斯兰气急败坏：“那只是还未适应战鬼庞大的力量！你过去他说不定就清醒了！”

辛湄探头看了看，陆千乔还在拿着刀乱杀人，她立即把脑袋缩回来。陪着他是一回事，被他杀死就是另一回事了，这种明显是失心疯的症状，她过去就是找死。

“你叫他的名字！他谁的声音都听不见，可一定能听见你的！”斯兰仍然不放弃。

呃，把陆千乔喊过来，然后举刀把他俩劈成两半吗？

辛湄为难地看着他：“你……你被赵官人附体了？”

斯兰登时犹如五雷轰顶般僵硬了。

“这次觉醒要是成功，少爷就算顺利渡过变身劫了！”

郦闫不知道什么时候也站在巨石上，满心喜悦地开口。

辛湄抬头看着他：“你怎么也躲在这里？！不上去阻止他乱杀人吗？”

郦闫愣了一下：“少爷在觉醒，我怎有本事上前阻止。他爱杀多少便杀多少，统统杀光也无所谓。”

“他杀的人也有皇帝陛下的人马呀！你们不是为皇帝干活的吗？”

郦闫面上有一种冷酷的神情：“战鬼除了天神，不会真正效忠任何人。”

……可是，他把这里的人都杀完了，就会过来杀他们几个了吧？

辛湄只觉一颗心跳得厉害，悄悄伸出半个身子，陆千乔已经离开她好远，从头到脚都被鲜血浸透——别人的鲜血。

许多人围着他，却又不敢靠近他，惊恐又沉默地看着他凄厉地号叫，像是在忍受着莫大的痛苦。掩月长刀被他紧紧攥着，因为砍了太多人而卷起的刀口一下一下重重劈在地上，每一下都劈出一道狭长的深坑。

他现在……是不是很痛苦？

她低头看看自己的手，手心里已经满是汗水。这样子的陆千乔她从没见过，完全不可靠近，只有疯狂杀戮的战鬼本能。难道……她真要像斯兰说的那样，以惊天动地的阵势冲过去抱住他，再用杜鹃啼血般的声音一遍遍叫他的名字？

……想想有点肉麻，还是算了吧。

掩月长刀忽然被高高举起，陆千乔做出准备投掷的动作，目标是——远处山头的白帐篷！那好像是叛军首领武爽的营地吧？

长刀周身晕染了一层血红的光芒，脱手而出，发出极其尖锐刺耳的呼啸声，流星般疾射而出。与上次杀虎妖一样，长刀似乎拥有了自己的生命，绕着帐篷上下飞舞，眨眼便将它撕成了碎片，连着碎片一起爆开的，还有大片碎末血肉，想来应当是原本在帐篷里的人。

“常胜王！是常胜王！”

叛兵开始躁动，所有人都知道，帐篷里的人是武爽的弟弟，自封“常胜王”的武艺。第二首领无声无息就死了，对他们的打击实在太过巨大，连武爽都愣了半日，方才猛然回神，拍马掉头便跑：“撤！今日暂时撤退！”

士气低落的叛军如鸟兽散，足退了三十里。八月初六嘉平关一战，小小胜一局。

白宗英将军骑着马神色复杂地走过来，陆千乔安安静静站在原地，既不叫，也不杀人，又变成一个木讷的石头人，仰起染满鲜血的脸，空洞地望着天空。

“骠骑将军……”

白宗英只说了四个字，陆千乔忽然挥刀相向，白宗英身边忠心的副官立即冲上前阻挡，被一刀削成两半，惨呼着摔落在地。

“你……你要做什么？！”白宗英惊得从马上跌下，连滚带爬往后逃。

长刀再次扬起，这次对准的是他的胖脸。

“陆千乔！”

后面突然传来一个年轻姑娘的声音，陆千乔举起长刀的手猛然停顿一瞬。

众目睽睽之下，辛湄从地上捡起一块大石头，用力朝他掷去：“你不要继续发疯啊！”

“咚！”大石头精准地砸在这位发疯的骠骑将军后脑勺上，长刀从手上滑落，他一头扑倒在地。

“你做什么？！”斯兰差点也跟着晕过去。

“呃，我只是想让他安静一下……”辛湄难得心虚。

他现在果然安静了，非常安静地晕过去了。

第十一章 花烛夜

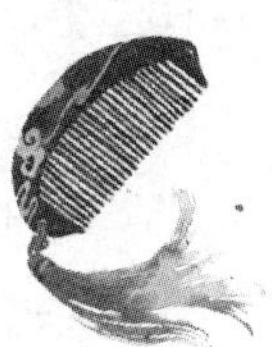

陆千乔晕倒后就没再醒过来。

斯兰和郦闫看她的眼神，让她觉得自己好像死了很多次……

于是那天晚上，辛湄十六年来，破天荒第一次做噩梦了。

她梦见自己被一群战鬼抓去殉葬，塞进冰冷的石棺里，和死去的陆千乔并肩躺着，他的身体冰冷而僵硬。

她记得自己用手指轻轻抚过那熟悉的轮廓，指尖触到的不再是温热的肌肤。

那种死人才有的冰冷感觉像是刺进皮肤里，再刺进心里。

辛湄骇然惊醒，眼前一切模糊而潮湿，一滴眼泪顺着眼角落下。

她茫然地抱着被子坐起身，喉咙里好像被什么东西堵住，喘不过气。她自己都有点被吓到，呆了半天。

帐帘忽然被人揭开，斯兰脸色灰白地走进来："快起！将军，将军的母亲到了。"

……是来找她算总账的吗？辛湄的难得脆弱一次的小心脏瞬间滑到了深谷里。说起来，陆千乔可能本来会好好的，该不会被她用一块石头给砸出什么意外吧？

她匆匆梳洗一番，出了自己的小帐篷，果然见陆千乔的帐篷前停着一辆雪白的马车。

她就在这里第一次见到陆千乔的母亲，和她之前的想象完全不同。

郦朝央穿着雪白的衣服，安安静静从车上下来，墨一般的长发和眉眼，整个人像是用冰雪堆砌而成的。

本以为所有的战鬼都是红眼重瞳，但原来并不是这样。只有未满二十五岁的年轻战鬼才是红眼睛，一旦顺利渡过变身劫，外表看上去就和普通人没有任何区别，唯有在杀意勃发的时候才会爆发出鲜血的红。

郦朝央进帐篷前似乎回头看了她一眼，辛湄不太敢确定，因为她看上去太空洞太心不在焉了，像是被一团烟笼着，谁也见不到她真实的表情。

她身后还跟着久违的郦闵，他一直用恶狠狠的眼光看过来——他还记得在皇陵被她用一把花椒粉放倒的事情，这简直是个天大的耻辱。

辛湄有些心神不宁，抬头看看身边的斯兰，问他：“你说……咯咯，陆千乔会不会因为被我砸了一下，就过不了变身期？”

斯兰板着脸：“我不知道。”

“……你就说一句‘和你无关’嘛！我现在很担心很内疚很悲伤很绝望啊！”

“我不知道。”

辛湄望向帐篷，担心得皱紧眉头。

帐篷里，郦闫正小心将昏睡中的陆千乔翻了个个儿，指着他后脑勺上的肿块，愤愤地说：“夫人请看，少爷就是被石头砸中这里才晕过去的。”

当时少爷在勃发，在疯狂，在漫天血光里享受战鬼新生的力量……然后飞来一块石头，把一切都打没了！

郦朝央没有说话，只是轻轻坐在床边，戴上雪白的丝绢手套，轻轻抚上陆千乔的额头。

他身上还有热度，呼吸依旧平稳，皮肤对她的触碰有反应，五感应当是回来了，可他就是睡着不醒。

郦闫依旧愤愤不平："都怪辛小姐节外生枝用石头砸晕了他！"

郦朝央淡淡瞥他一眼："会迁怒他人，证明你还幼稚。我族怎会如此脆弱？一块石头就能砸死的战鬼，死了也罢。"

郦闫默然。

"交给你和郦闵的事，你们一件也没办好。出去，回去自有责罚。"

郦闫脸色苍白地出了帐篷。

郦朝央静静在床边坐了很久，忽然动了，脱下手套，迟疑地、缓慢地，甚至带着生涩地，轻轻摸向陆千乔的脸颊。

他生下来，到如今整二十五岁，她似乎都没有这样安静地触碰过他。

看着他与那个人神似的脸，郦朝央忽地又感到一种怀念。当年，他死的时候，就是这么安静，把脸放在她手上，呼吸静静停止。而如今，自己和他的儿子，用同样的姿势躺在自己面前，她有一种久违的感觉，像是又见证了一次他的死亡。

她漆黑的眼眸瞬间变作血一般的色泽，不迁怒吗？真可笑，连她自己也做不到。

回头唤："郦闵。"

帐篷外的战鬼立即会意，大步朝辛湄走过去，神色阴沉，抬手便要抓她，冷不防斯兰急急从旁拼命挡住，急道："请、请等一下！你要做什么？"

郦闵足尖轻轻一挑，斯兰只觉一股大力袭来，居然丝毫不能抵抗，倒飞出去狠狠撞断一根搭帐篷的木柱，当即便吐出大口血来。

"都是你……你害得少爷他……"郦闵满怀恨意瞪着辛湄，战鬼一族要觉醒，都是通过血腥杀戮，陆千乔的觉醒过程被她硬生生打断，看着还没有醒过来的迹象，十有八九是过不了这关了，更可怕的是甚至就这样睡着死去，再也醒不过来。一个战鬼在不吃不喝的昏睡情况下能活多久？五天？半个月？想到曾有的希望从指缝间溜走，他恨不得将辛湄捏碎在手里。

眼前的少女脸色有些发白，可似乎并不是因为他满身的杀意而恐惧，她定定地看着他，低声问："陆千乔……能不能醒过来？"

他不想回答这个问题，狠狠别过头去，抓起她的胳膊像提小鸡似的丢进帐篷。

"夫人，人带来了。"

郦闵站在她身后，声音冰冷。

这一次，辛湄终于将郦朝央看得清清楚楚，她穿着雪白的衣裳，整个人像是笼罩在轻烟云雾中，虚无缥缈——不是优雅的飘逸，而是带着冷意的、拒人千里之外的。

一双冰冷而血腥的红眼对上她的，辛湄微微一愣，没有避让，静静与她对视。

像是过了三个秋天那么久，郦朝央终于低低开口：

“……最后一天，过了午时再不醒，他便永远醒不过来了。”

辛湄纠结了很久，忍了又忍，还是没忍住，小声问她：“真是被那块石头砸的缘故吗？”

郦朝央没有回答这个问题。

明明自己站着，她坐着，一高一低，之间的距离也不远，辛湄却感觉她仿佛身处极遥远的高处，用没有感情的眼睛高高在上地俯视自己。

“醒不过来，便等于死去。千乔的墓室我早已命人在皇陵打开，他很喜欢那里吧？”

……什么意思？

“他活着，我给不了他喜欢的东西。他死了，我会把他喜欢的所有东西都送给他。”

郦朝央迷离的眼神终于凝聚到一点，定在辛湄脸上：“包括你。”

冰凉的剑抵在辛湄喉咙前，她没有动，甚至仿佛没有察觉到这利刃随时会夺走自己的生命，郦闵如今对她已经恨之入骨，只要郦朝央说一个字，他毫不犹豫就会将这姑娘的脑袋割下来。

可她居然一点反应也没有，把脊背挺得那么直，正大光明毫不畏惧地望着对面的战鬼夫人。

“他不会死。”

她说，从未这么坚定，从一开始，她就比任何人都自灵魂深处相信陆千乔。

郦朝央不想与她说这些没来由的感性话，淡淡移开双眼。

“你是他母亲，为什么连你也不相信他？”

血红的眼睛再次对上她的，郦朝央的声音有了一丝寒意：“辛小姐，无知者的无畏没有意义。”

辛湄没有回答她，她怎么会无知，她知道的东西很多。

她知道陆千乔喜欢皇陵里悠闲宁静的生活；知道他闲来无事喜欢做人偶；知道他其实不喜欢打仗；知道他虽然嘴上常说得不好听，面瘫表情也不讨喜，但他心里是热的。

“我陪着他。”

红眼睛的血色渐渐消退，郦朝央微不可闻地低叹一声。

辛湄还想说什么，可颈侧忽然一痛，她眼前发晕，一头栽下去不省人事。

“夫人，如何处置？”郦闵提着被自己打晕的辛湄，问。

郦朝央面不改色，自床头拿起自己的武器——一把长刀，寒光冷冽，乍闪而过，刀尖赫然对准了辛湄的咽喉，只要再推一寸，这娇滴滴的小姑娘便会命丧当场。

郦朝央却没有看着她，她的双眼牢牢锁定昏睡的陆千乔。

“……千乔，”她低声说，“没有时间了，你还不醒过来？即使我要杀了她为你殉葬？”

一片令人窒息的静默。

没有人回答她。

阳光的金线透过缝隙落在陆千乔的睫毛上，接近午时，他一点要醒来的迹象也没有。

握刀的那只手终于没有那么平稳，郦闵不能承受地别过头去，郦闫一把扯开帐帘，近乎绝望地看着太阳一寸寸爬上天顶，喃喃：“夫人……午时了！”

他的双眼紧紧盯住地上那根木桩的影子，眼睁睁看着它慢慢变短，太阳无情地爬到了最高空。

郦朝央最后看了一眼陆千乔，他依旧睡得那么无知无觉，仿若刚出生的婴孩。

……都过去了。

长刀缓缓收回，她收拾起极度失望的心情，坐了一会儿才起身。

“准备葬礼。”

她近乎冷淡地说了四个字。

辛湄醒来的时候，觉得浑身上下重得要命，眼睛上好像还被覆了一层布，什么也看不见。

试着动动手脚，好像都被绳子给系住了——这、这情况，很不对劲啊！“殉葬”两个闪烁的大字陡然跳进她脑海里，她不由得打个寒战，拼命挣扎，恨不得连吃奶的劲都使出来。

战鬼一族也太雷厉风行了吧？怎么说殉葬就殉葬？！

“咻咻”数声，绑住手腕的绳子被挣开，辛湄一把扯下覆眼布，惊疑不定地四处打量。四下里还是老样子，她人依然在帐篷里，只是天色已然暗了下来，帐篷里没有人，安静得有些诡异，她一坐起，身上头上就有许多花瓣扑簌簌掉落。

这才发现，自己被人收拾得干干净净，还换上了雪白华丽的丧服，头发上似乎还被涂了香气四溢的油，再撒一层花瓣，香得她忍不住打好几个喷嚏。

这是……殉葬前的准备？

辛湄暗自庆幸地抹了抹汗，还好没有开膛破肚砍头什么的，只是洗洗刷刷换个干净衣服，运气真好。

正准备下地，忽听帐篷外传来脚步声，她一骨碌躺回去，将覆眼布往脸上一蒙，就着缝隙朝外偷偷打量。

进来的人是郦闵，他手里还提着一个人，随便往地上一丢，他的声音有些低沉：“待在这里，等会儿就有人来打理你。”

那人毕恭毕敬跪在地下，好像还特别感激：“多谢大人替我圆此心愿。”

居然是斯兰的声音。

郦闵顿了顿，有些犹豫：“你真要为少爷殉葬？”

斯兰回答得斩钉截铁：“是！”

郦闵摇着头出去了，虽然不能理解这小妖怪的想法，但他对这种忠诚很是动容，请求自己来殉葬的，斯兰可算天下第一人了。

辛湄等着一切都安静下来，立即又坐起身，倒把跪坐在一旁的斯兰吓了一跳。

“陆千乔呢？”她第一句话就是问这个。

斯兰神色一黯：“将军……他们说将军没能渡过变身劫，今晚封棺，明天送去皇陵放进墓室……”

“他人在哪儿？”她丝毫不理会他后面的话。

“在外面，战鬼一族的人正在替他更衣……”

话音未落，她已经跳下床飞奔而出，一把揭开帐帘，只见烈火熊熊，外面早已来了更多战鬼，围着烈火站满一圈，个个神情冷淡。圈中心放着一具石棺，郦朝央默默怀抱长刀，倚在棺上垂头看着里面的陆千乔。

没有人说话，这种时候战鬼们从来都是沉默的。混血的战鬼渡不过变身劫的有太多，可陆千乔不同，他是郦朝央的儿子，他应当不同。

可惜的是，他终究没能走过去。

有人看着石棺里的陆千乔，或许期盼着突然发生什么奇迹，他下一刻便会睁开眼。对日渐凋零的战鬼一族来说，死一个人都是重大损失，谁也不想见到族人的死亡。也有人看着郦朝央，这个几乎是战鬼一族领袖的女人，亲生独子死在她眼前，她心里究竟是悲痛多一些，还是耻辱多一些？

没有人能看出她的情绪，她的脸在闪烁的火光中看上去依旧那么朦胧不可测。

“子时了，封棺吧。”

终于，她打破寂静，抱着长刀转身便走。

郦闫、郦闵神色黯然，扶着石棺的盖子依依不舍地往里推，所有人心里都明白，过了子时，那就再无希望，哪怕他现在还有呼吸，像睡着了，但不出一天也会慢慢僵硬，然后就是真正的死亡。

“等一下！”

突然，一个清脆的声音打破了死亡般的寂静，辛湄提着沉重的裙摆，吃力地飞奔过去，却被外围的战鬼轻轻松松拦了下来。

“他还没死！”辛湄停住脚步，静静地望着郦朝央。

郦朝央仿佛没有听见，她抱着自己的长刀，一步一步慢慢地走，再也没有回头看过一眼。

“让我过去，我要陪着他。”辛湄的目光顺着她的步伐，不紧不慢。

郦朝央的脚步停了一瞬：“你没有资格与他合葬。”

“不是合葬，”辛湄眨了眨眼睛，“是去陪着他，我知道他不会死。”

“……同样的话我不想说第三遍，辛小姐，莫名其妙的好话没有意义。”

“这不是好话，你难道听不出来？”辛湄神色平静，“你是他母亲，你却不信他。我信，让我过去。”

郦朝央的脚步又停一瞬，依旧没有回头：“让她过去，天亮时封棺启程。”

她何尝不愿相信他？郦朝央的儿子，怎可泯然众人？但他身为混血战鬼，难以渡过变身劫，亦是无法改变的事实。混血战鬼不是没有成功变身的例子，先前陆千乔请了眉山君来调查，心里应当是明白的。正因为有人成功过，所以她虽然不说，却依然存着希望，然而这希望终究是要变作失望了。

拦路的战鬼闪身相让，辛湄快步走到石棺前，这具石棺有半人多高，厚重的盖子只盖了一半。她双脚悬空趴在棺材壁板上，探头朝里面看，陆千乔还是那么安静地睡着，身上脏兮兮的甲胄已经被换成了价值连城的玉锁金缕衣，漆黑的长发柔软地搭在锦缎上，周围撒满了五颜六色的花瓣。

辛湄静静看了一会儿，不由得勾起嘴角：“这么花枝招展的样子，真不适合你，陆千乔。”

陆千乔应当是穿着最普通的淡青衣裳，用最普通的木剑，他身上不需要任何或华丽或风雅的装饰，因为他本身便是最最夺目的宝刀。

伸出手，艰难地摸摸他的脸颊，他的皮肤很凉，可还是软的，微弱的鼻息落在她掌心，仿佛随时会断开那样。

她笑了笑，抓着衣领将他从棺材里抱出来，他很重，四肢全然瘫软，无力地耷拉在她的腰侧。玉锁金缕衣也很硬，硌着后背很疼。

但那又怎样？她会带着他走，离开身后的那些族群荣耀，离开身前的那些忠孝节义。他们去一个没有人会看着他们的地方，静静地坐着，把所有的心事和包袱都丢开，只有他们俩。

郦闫、郦闵静静跟在她身后，走了没几步，她忽然停下回头看了一眼。

不需要言语，她的眼神分明告诉他们：不要过来。

像是被无形的力量推拒着，再也没有人跟上，他们只是默默看着这姑娘将陆千乔背在背上，爬上一个小山坡，然后抱着膝盖坐在草地上，替他把身上的花瓣一片片拈起丢掉。

“……喂，被石头砸死的不算好汉，你再不醒过来，是想把罪名都推我头上让我不安吗？”

她轻轻拍着他冰凉的脸颊，低声问。

没有回答。

“我告诉你，你别想得美了，死后还要我殉葬。东西我都准备好了，你死了，就算把我埋坑里，我也挖洞爬出去改嫁。喂，我真的会改嫁，你别以为我开玩笑。”

依然没有回答。

辛湄仰头看着天上密密麻麻的星辰，天气不错，星河闪烁，银光璀璨。夜风送来的味道却不敢恭维，有硝烟味，也有血腥味，遥远的地方，还传来伤兵们痛苦的呻吟。

辛湄将他的脑袋抱在怀里，手指轻轻顺着他柔软的长发：“陆千乔，你别死，我们还要回皇陵，大家都在等着我们。”

大家还在皇陵等着。

带着凉意的清爽夏风在等着，充满野草香气的山坡在等着，满天星光与小月亮也在等着。

一切的一切，都会和现在截然不同，她会让他离开所有的烦恼，他们的未来，应当是很美好的。

他们相遇的时间还不长，却又好像已经过了很久很久，原来她和他一直都在一起。他动不动就发红的如玛瑙般的耳朵，还有那种她还看不懂的凝视，仿佛就在眼前。

原来，她什么都记得，一个小片段都没忘。

改嫁？开什么玩笑。她现在一点也不想嫁给别人，不管是谁。

她要嫁的，天成的佳偶，只有陆千乔一个。

陆千乔，你不要死。

天黑过，眼看很快就要亮了。

辛湄静静地望着天顶渐渐变淡的月亮，忽然，怀里的脑袋动了一下——动的又何止脑袋，陆千乔整个人都在动，像是刚睡醒似的，翻个身，把手抬起来摸向后脑勺的肿块，茫茫然睁开眼。

依然是血红的眼珠。

她不由得屏住呼吸，只怕这是一场梦。

陆千乔迷惘地看了她好一会儿，像是搞不明白目前的状况，喃喃问了一句：“辛湄？”

我在这里。

她在心底回答一声，想笑，可是眼泪和鼻涕却不争气地一股脑全掉下来了，她赶紧用袖子使劲捂住，不管他怎么扯也不放手，隔了半天才放下胳膊，红着眼睛对他笑。

“醒了？”她只憋出两个字。

他还有些懵懵懂懂，手指滑过她的脸颊，抹下一颗泪珠，红眼睛迷蒙地凝视着她，像是询问，像是温柔地关切。

辛湄握住他的手，将它贴在自己脸颊上，吸着鼻子，犹带鼻音：“醒了就好。”

山坡下传来骚动之声，打断了两人无声的凝视。陆千乔撑起上身，朝下看一眼，众多族人都在，甚至母亲也在，他心念急转，早已明白是怎么回事。

他是……顺利渡过变身劫了？

将双手放在眼前仔细看，他又不敢肯定这个事实，体内的力量并没有什么巨大的改变，只比以前稍稍顺畅一些，真正的变身绝不应该是这样。

“接下来，想做什么？”辛湄笑吟吟地看着他，她已经不哭了，但眼睛和鼻头还是红红的，越发像一只小兔子。

接下来？

他的手情不自禁再次抚上她的脸颊，他只想与她在一起，他做了好长一个梦，梦里失去了她，所以他现在其实有很多话想要和她说——只是说不出来，那些温柔甜蜜又漂亮的话，他从来也不知道该怎么说。

手指轻柔滑过她的眼皮，她不知有几夜没睡，眼里血丝密布，虽然笑得满脸灿烂，但谁都能看出她的疲态。

心中感慨万千，他看了她很久，才开口：“你……回来了。”

辛湄“扑哧”一笑：“是你回来了才对。”

陆千乔只是微笑，闭上眼，低头在她额上轻轻一吻：“走，我送你去休息。”

“我不累。”她拽着他的袖子，笑得像个小孩儿，“我们再说说话嘛。”

“乖，醒了再说。”

他将她打横抱起来，慢慢走下山坡，众多战鬼难掩欣喜地看着他，然而见到他依旧血红的双眼后，那狂喜的眼神又变得复杂。

还是红眼睛，证明力量觉醒不成功，比较好的是，他留着命，没死。这种事倒也发生过，可是，心高气傲的夫人如何能接受？她甚至专门空出一天的时间来这里等待结果，以众人对郦朝央的了解，她肯定是宁可自己儿子死了，也不要他一辈子做个不觉醒的废物。

郦朝央一言不发，转身走向自己的雪白马车，裙摆一晃，人已上车。

辛湄没有在意这些，她只是钩住陆千乔的脖子，笑眯眯地看着他，觉得怎么也看不够。自己的相公就是百看不厌，虽说他睡着的样子也很俊俏，但清醒的时候才最玉树临风，真是越看越爱。

进帐篷，上床，盖被子，他的动作很轻柔，很小心，生怕把她弄疼了似的。

辛湄拽着被子角儿，依依不舍地把脑袋倚在他胳膊上：“我真的不想睡，你陪我说说话啊。”

陆千乔低头笑了笑，摸摸她毛茸茸的头发：“听话，睡觉。睡醒了，有好事情和你说。”

“真的？”她眼睛一亮，“说话要算数！”

他再笑，破天荒地，笑容里竟有一种可以称之为“宠溺”的感觉，霎时晃花了她的眼。

“一言为定。”

替她掖好被子，他转身走了。

……怎么，好像有种神魂颠倒的感觉？辛湄红着脸看他走出帐篷，好半天才回过神，在床上滚来滚去，不小心就滚了下去，索性把被子铺在地上，唤出秋月，缩在它的翅膀下面睡。

他说有好事说给她听，到底是什么呢？难道是下定决心要和她洞房花烛，做真正的夫妻了？辛湄在秋月翅膀下面继续滚来滚去，春情勃发，在春梦中沉沉睡去。

陆千乔合上帐帘，一抬眼，便对上郦闵和郦闫复杂的眼神。

想是得知陆千乔变身没有成功，为了免去郦朝央的尴尬，众多战鬼已经悄然离开，只令他二人留下看守。

两个战鬼默默无言地让出一条路，眼睁睁看着他敲响那辆雪白马车的门。

车门被拉开，一股冷风扑面而来，陆千乔微微一愣，却见这本应狭窄的车厢里，冰天雪地，寒风刺骨，竟是别有洞天的一个小小院落。

这种叫作袖里乾坤的法术，陆千乔并不陌生，他的乾坤袋也与这个类似。在狭小的空间内另开辟一个广阔而崭新的洞天，是仙人常用的法术。

郦朝央并没有像郦闵说的那样在睡觉，非但没睡，反而手里拿着一支巨大的方天戟，额上汗水淋漓，院落的冰雪、树木、亭台楼阁，全部化作了废墟——她是在练功，像她这样强大的战鬼，不会有一刻松懈。

郦朝央抓起放在一旁的雪白外衣，缓缓披在肩上，转头对着废墟轻轻吹一口气，它们瞬间又恢复成原本的模样。尖而笔直冲向天空的屋顶，那是极西战鬼原族特有的房屋模样。她独自坐在小亭里，开口："过来，坐。"

陆千乔坐在她对面，她漆黑的双目在对上他的红眼睛之后，瞬间化作了血腥之色。

"你失败了。"郦朝央定定地看着他，"是觉醒中途被打断的结果，那小丫头坏了事。"

"与她无关。是我自己的缘故。"

"无聊的假设我不需要。觉醒失败的战鬼，活着便是耻辱，何况是我郦朝央的儿子。"

陆千乔静静地看着她，无悲无喜，良久，方道："耻辱是看如何活，而不是看如何死。"

巨大的方天戟呼啸而起，毫不留情向他胸口刺来。陆千乔飞快握住了戟尖，两人的力量在方天戟上互相抗衡。

"……比先前长进些。"郦朝央冰冷地说着，"但完全不够！"

她用力一推，他整个人连着方天戟一起狠狠倒飞了出去，砸入厚厚的冰雪里。

"你空有战鬼之名，却没有战鬼的实力，还要和我说活着不耻辱！你要如何令我感到不耻辱？！"

她走上前，冷不防方天戟忽然跳起，箭一般反射向自己，来不及让，她秀丽的长发被削去一绺，飘散在冰雪之上。

陆千乔半蹲在对面，仰头看着她，声音沉稳："我会活下去。"

郦朝央冷笑："你可以活着！从此不再是我郦朝央的儿子！但那小丫头犯的过错太大，战鬼一族不会饶恕她！"

方天戟划出锐目的光芒，怒涛般呼啸而上。

陆千乔进去足有小半个时辰都没出来，两个战鬼在外面等得有些心焦，郦闫叹道："夫人不会真把少爷杀了吧？"

"我认为夫人会比较想杀掉辛小姐。"

郦闵回头望一眼帐篷，这种脆弱的帐篷，夫人只要一根手指头就能拆碎，顺便把里面的人弄成碎末……

"我看少爷好像很喜欢辛小姐，杀掉她，只怕他还是宁可自己死掉吧？"

他们战鬼耳朵灵得很，帐篷里刚才发生什么事，他们可都是听得一清二楚……呃，就算不是故意偷听，反正也还是听到了。

"夫人嘴上虽然从来不说，但心底还是希望少爷能成功觉醒，为战鬼一族延续强劲的血脉。这次觉醒不成功，主要缘故不在少爷本身，而是辛小姐捣乱……嗯，总之我看她很危险。"

郦闵话音未落，只听一声巨响，雪白的马车顷刻间裂成了碎片，两个人影鬼魅般冲了出来，撞在旁边一座帐篷上，那无辜的帐篷瞬间就变成了渣渣。

"……大哥，你说得对。"郦闫感慨地看着那两个战得惊天动地的战鬼，"夫人果然是想杀辛小姐，我们还是避让的好。"

他俩找了个比较靠谱的地方，一起蹲下来静候母子相斗的结果。

半空中响起锐利的呼啸声，方天戟被高高抛起来，散发出夺目的光华，对准了辛湄睡觉的那个帐篷，雷霆万钧地劈下。

黑色长鞭骤然甩出，硬生生拽住方天戟的去势。陆千乔嘴角流下细细一丝血，皱眉唤了一声："母亲！"

郦朝央冷冷道："你死，她生。她生，你就死！"

“母亲，迁怒没有意义。”

“唰”一声，方天戟在帐篷上划了一道，帐篷顶瞬间就飞了，里面一人一鸟睡得依旧香甜，完全没发现外面战得乱七八糟。

力量不曾完全觉醒的战鬼无法架住郦朝央愤怒如涛的攻击，长鞭发出响亮的崩断声，陆千乔一把甩了长鞭，落在地上将辛湄紧紧护在身下。

方天戟停在他背心三寸后的地方，他身上的血滴染红了辛湄的衣服。她在做着美梦，不知呢喃着什么，满脸的无忧无虑。

郦朝央静静地看着他，这一次他没有对视过来，只是垂着头，静静地护着身下沉睡的少女。

这情景有些熟悉……她忽然想起许多年前，自己也曾因为要不顾一切追随一个男人，被长辈追杀。当年她也曾用身体护住那个人，还没有说过爱他，便已愿意付出生命。

这一番战鬼说不出口的情意，并不是人人都能够懂的。所有打动人心的、美丽的、甜蜜的话语，他们永远不会说。他们只会付出生命或者鲜血，默默地在后面护着、守着。

战鬼只有这种笨拙的爱人方式。

……当年的那个人，没有能够懂得这些，一直怀疑她的情意，到死都不能释然。

她又想起那个小姑娘无畏而清澈的眼神，她毫不犹豫地说过：“我陪着他。”

她是懂的吧？

郦朝央缓缓收了方天戟。

“千乔，这是我最后一次忍让你。”她转身便走，“我不想看见她，下次若再见，格杀勿论。”

雪白的马车被他俩轰成了渣，她跃上啸风骊的背，清叱一声，漆黑的灵兽蹄下生出雷电，声势惊人地飞上云端，眨眼便消失了。

郦闵、郦闫松了一口气，走到陆千乔面前，纷纷叹气：“少爷，你还是继续做骠骑将军吧，立些战功，这样夫人心里也舒服些。这些年有狐一族日渐壮大，时常来挑衅，族人又日渐稀少凋零，夫人整日忧心，这次你觉醒又没成功，她一定很伤心。你有空记得回族里看看……嗯，辛小姐就别带过去了，省得夫人发怒。”

两人不敢耽搁，各自牵了灵兽追随郦朝央而去。

辛湄醒过来的时候，天已经黑了，她被人抱到了另一个完好的帐篷里，睡在柔软的床上。

翻个身，陆千乔就坐在自己身边，换了一身衣裳，一只手替她掖着被子，低头静静看着她。

她嘻嘻一笑，把脑袋钻进他怀里，懒洋洋问他："陆千乔，你要和我说什么好事？现在我醒了，你尽管放马过来。"

他眼角漾出一抹笑意，欲要说，却又有些不自在，斟酌半晌，方缓缓说道："母亲走了，你睡着了，没能与她道别。"

"她见到我肯定不会高兴吧？"辛湄想到那双冰冷而血腥的眼，尽管郦朝央竭力克制，但白痴也能看出她身上的杀气，"我是不被婆婆喜欢的可怜媳妇。"

他含笑："还不算媳妇……你还不算嫁给我，天地没有拜，交杯酒没有喝。"

呃，什么意思？辛湄愕然抬头看他。

他别过头，有些赧然，耳朵慢慢红了："我是说……你、要不要……再来一次？"

辛湄愣了半天，歪头一个字一个字琢磨他的话，忽然灵光一闪，眼睛越瞪越大，嘴巴也越张越大，伸出一根颤巍巍的手指指着他，半晌说不出一个字。

"愿意吗？嫁给我。"他握住她的手，紧了紧。

她抖了良久，终于严肃且认真地说："陆千乔，我认为，我们应当洞房花烛。"

第十二章 再提亲

那天晚上，辛湄被陆千乔用被子裹住，在床上滚了一夜，第二天醒来的时候，两人脸色都有些发白，精神不济。

斯兰进来送热水的时候，脸色一阵红一阵绿，表情像是打算把眼睛抠下来似的。

“将军，白老将军连夜急赶回京面圣，要告老还乡。”

昨儿一整天他们这边闹得不亦乐乎，没关注嘉平关内其他人的反应，实在不应该。想想看，先是被皇帝强行塞过来一个活死人将军，后来又被突然发疯的将军折腾得要死不活，那一口气还没缓过来，将军的母亲又强闯嘉平关，旁若无人地和儿子大打出手，关内小半片帐篷都被轰成了渣渣……

白老将军脆弱的心脏承受不起如此重压，当晚泪流满面卸甲回京面圣，要求告老还乡，绝对是人之常情。

陆千乔对此表示理解：“知道了。”

斯兰看他脸色发白地起身，单薄的袍子从肩上滑下，裸露的胸膛上有一点暧昧的红痕，鼻子和下巴上也有同样暧昧的伤口，甚至嘴角还有破皮，不由得恶狠狠瞥了一眼依旧被被子裹成肉虫的辛湄，她只露出一颗脑袋，两眼无辜地与他对视。

可恶！他就知道这丫头不是什么好东西！将军的初夜她居然如此狼性！何况……何况将军白天刚醒，又和郦朝央大干一架，她怎么好意思当晚就霸王硬上弓？！

“……我给您换一桶热水，请安心沐浴。”

斯兰含泪又把方才端来的一盆热水端出去了。

陆千乔摇头：“不用。斯兰，你回皇陵，替我办一件事。”

“将军请吩咐。”

陆千乔表情有点不自然，带着一丝赧然，暗咳一声方慢慢说道：“你回去……嗯，筹办一下婚事。红纸花轿之类……一样不可少。”

斯兰愕然抬头，不太能明白。办婚事？谁的婚事？

陆千乔递过来一张纸：“这是我与辛湄的身段尺寸，去定做喜服凤冠。”

斯兰瞪圆了眼睛，将军是要和那小魔星再成一次婚？！他们不是被皇帝赐婚，早已成夫妻了吗？！难道……难道是因为昨晚那什么，所以将军他觉得对那丫头有愧疚，所以才……

“去吧。”陆千乔不欲多说，起身披上了外衣。

斯兰脸色苍白地走了。

陆千乔绾好头发，回头看一眼床上的辛湄，她一直都没说话，只转着眼珠子看他。

他想了想，语重心长地开口：“还是……等到婚后。”

辛湄的嘴又嘟起来：“我们已经成婚了。”

“那个不算。”

“废话少说，你就是不肯。”

“……辛湄，我是男人，我不想让你委屈。”

“我现在就很委屈！”

陆千乔叹一口气，坐在床边，伸手摸了摸她细嫩绵软的脸颊：“辛湄，别闹。”

她龇出一口白牙，狰狞地看着他：“明明是你把我捆住，你才别闹！”

昨晚她不过是啃了他两口，还没动邪念呢，他就迫不及待放出捆妖索，直接把她从头到脚捆了个结实，再用被子卷起来，害她滚了一晚上，好像她是要对楚楚可怜小白兔下手的大灰狼！有没有搞错？！他们两人的位置为什么总是如此错乱？！

陆千乔丝毫不为所动："你要是不闹，我就放开你。"

"哼，我不要跟你拜天地！你一辈子也别想洞房花烛了！"

明明是一只小白兔，却总喜欢学大灰狼龇牙咧嘴，露出可爱的狰狞模样。陆千乔拍拍她饱满的额头，将捆妖索收了回去，辛湄蠕动着从被子里爬出来，衣服头发乱糟糟，直接跳下床就要穿鞋子。

"我回娘家了！陆千乔，你不许来找我！"

她推开窗户，恶狠狠地要跳出去。

"辛湄，回来。"

一声带着笑意的温柔呼唤。

她停下来，倔强地不肯转身，抱着胳膊很跩地仰头看天。

"听话，回来。"

……果然还是乖乖转身走过去。

他斜倚在床头，眉尖微扬，神色温和含笑，连那两只略显违和的红眼睛看上去都没那么可怕了。以前他像一柄出鞘的绝世宝刀，光华冷冽，浑然不可靠近。如今刀刃被他妥帖收好，再不会对着她，便显得柔和了许多，甚至有一丝秀丽。

辛湄觉着他的美色实在很不错，虽然比不上当初第一个看上的张大虎那么有男人味，那么粗犷板正，但也算是百里挑一的了。

"坐下。"他指了指床榻。

她听话地面对他坐下去，总忍不住要伸出爪子在他很有美色的脸上捏一下摸一把。

陆千乔抓住她的手腕，无奈地笑："转过去。"

感觉他拿了木梳替她梳头发，木齿轻轻擦过头皮，有些麻麻的。

他声音低柔："头发也不梳……拽着疼吗？"

她胡乱摇头。

他梳头的动作一点也不利索，又慢，又小心，还笨拙得要死，遇到有一点打结的地方，就要徘徊半天，像是稍微用点力气，她的头皮就会被拽掉似的。辛湄张嘴想唾弃一下这种谨慎，但不知道为什么，张开嘴又什么都没能说出来。

他的手指很暖和，扶在她脖子上，虽然没有动，曾经那种陌生而怪异的感觉又回来了。

辛湄茫然地扬高睫毛，胸膛里的小心脏不听话地急速蹦起来。

她想……抱一抱他，和他靠近一些，再靠近一点，不是玩闹似的啃他，而是……而是……她说不清楚那是什么。

陆千乔不会绾发髻，只替她编了两条麻花辫，再扳着肩膀将她转过来，整理一下衣襟和腰带，在热水里拧了帕子，拨开她浓密的刘海，替她把脸擦干净。

“回去的话，带上烈云骅。把秋月留给我，好不好？”他低声问。

辛湄不怎么靠谱的心脏乱跳不停，红着脸反问：“……是、是交换定情信物？”

陆千乔停了一下，失笑点头：“也好……就算定情信物。”

……她总觉着他们这对夫妻有些怪怪的，都成婚了还要拿灵兽做什么定情信物，洞房花烛至今没有，他还非要再拜一次天地。

真伤脑筋啊。

辛湄骑着烈云骅，心情复杂地回到了娘家辛邪庄——或许，用“归宁”这个词更加确切一些？

辛雄正在马厩里挑选适龄的小牡马，打算替几匹牝马配种，忽听头顶一阵响亮的马嘶声，自家女儿骑着一匹通体火红的神骏灵马从天而降，他眼前顿时一亮——这匹马何其俊美强健！

“爹，我来归宁了。”

辛湄跳下烈云骅，随口打个招呼。

辛雄抱着烈云骅的后腿笑得合不拢嘴，乍一听这话，笑容顿时僵住了。

“归宁？”他疑惑地回头张望，“那……姑爷呢？不是应当你俩一起回来吗？”

辛湄嘟着嘴：“我俩吵架了，我一个人归宁。”

吵架……应当是吧。她摸摸麻花辫子，又开始脸红心跳。

“你被姑爷赶出来了？！”辛雄惊骇得差点晕过去，“才成婚一个多月，你……你……怎么就被赶回来？！”

“……爹，麻烦你听清我的话。是我俩吵架了，所以我一个人归宁。”

“你怎么得罪姑爷了？还是好吃懒做得罪了公婆？有没有写休书？还有没有挽回的余地？”

“所以说，爹，根本不是你想的……”

她爹怎么就这么难沟通呢？

辛雄冷静下来，已经是下午吃过饭的时候了，他终于不再对着墙壁滔滔不绝地念叨，而是转过来对着辛湄默默流眼泪，用令人心碎的眼光看着她。

“我的乖宝，长得不错，脾气也不会很差，怎么婚事上就一路坎坷呢……”

他哽咽，用手绢使劲擤鼻涕，连连摇头叹息。

“爹，我俩至今还没洞房花烛，你说……我会不会很没女人味，很小孩气啊？”

辛湄很纠结昨晚陆千乔的态度，她只不过抱着他的脖子，在他下巴上啃了两口，表示一下夫妻间的亲热，他就像被雷劈了似的一把推开她。她不服气，又扑上去，不小心扯掉他的薄衫，露出一片胸膛，看着皮肤还挺不错的，所以她又啃了一口，结果明明是他先忍不住，死死抱紧她，开始咬她耳朵，她立即回应咬他鼻子，下一刻她就被捆妖索捆得结结实实，用被子卷起来了。

这事真是个打击，她一夜滚来滚去，都没睡好。

辛雄停住哭声，老脸忍不住红了，咳一下，才道：“这个这个嘛……爹也说不好。乖宝，你娘去得早，这些事没人教你，爹也不好意思和你说……总之……反正……讨好相公，还是要学一下的……你等着！爹给你找些有用的东西。”

他在自家跟做贼似的，偷偷摸摸潜入卧房，从箱子最底层摸出一只油布裹的包，再偷偷摸摸递给辛湄，老脸红得跟苹果似的：“小湄……这个拿去……晚上、晚上一个人的时候再看。”

什么东西这么神秘？

辛湄试图解开油布，他惊慌失措地拦住：“白天不许看！有人的时候也不许看！只准晚上一个人偷偷看！”

她只好把布包放进怀里，安抚一下今天很受伤的老爹。

“对了，你今天回来骑的那匹牡马真不错，在哪儿买的？多大了？咱家正缺几匹好的灵马，爹安排来配个种没事吧？”

辛湄愣了一下，呃，定情信物就这么被她老爹拿去配种了……

“是你姑爷的坐骑，我俩交换灵兽。”

辛雄面上终于露出一丝喜色：“哦？姑爷的？看样子他还是挺疼你的……乖宝，晚上记得把包里的几本书拿出来好好看看。难得姑爷心里有你，下次别再和他闹脾气了，懂吗？”

她还未来得及说话，便听烈云骅在窗外发出悲愤的嘶声，后面还传来几位师兄惊惶的叫声。两人一齐望去，见烈云骅狂奔而来，用鼻子委屈地撞着辛湄的手，前蹄使劲刨地，满心不甘的小模样。

“怎么了？”辛雄问后面的大徒弟。

大徒弟叹道：“师父交代，选庄里最好的牝马给这匹烈云骅配种，我们挑了十来匹最神骏的，它却都看不上，没办法，只好把它们关在一起，谁知它居然跑了……”

辛湄低头看着默默流泪的烈云骅，想了想：“它可能喜欢的是牡马吧？你们试试把它和牡马关在一起？”

你、你这是诽谤啊！烈云骅大受打击，饱含热泪地被一群人拉着去和牡马关在一起了。

那天晚上，月黑风急，寂静无声。

辛湄点了一盏油灯，郑重其事地翻开老爹送给自己的小布包，本着极其热忱并且虔诚的心情，打算认真学习一下夫妻相处之绝密技巧。

布包里装着四本残旧的书，第一本封面上赫然写着“被翻红浪之春闺少妇必读宝典”几个大字。打开随意翻翻，密密麻麻的蝇头小字，看着吃力无比，她翻了几页就随手丢在一旁。

第二本——《御夫术》，依然是密密麻麻的小字。

第三本——《专宠二十年之后宫淫史：祥慧皇后亲笔绘云雨二十四式》，字少，图多，翻开没两页，便配了一张极其粗糙的图画，只能隐约看出是一男一女，具体到底在做什么……辛湄猜，他们可能在打架。

第四本最厚，淡红色的硬皮封面，还撒了一层淡淡的金粉，用红绸系得整整齐齐，虽然年代久远，但靠近了便能闻到一阵幽香——俨然是个值钱货，和前三本完全不在一个层次上。

解开红绸，里面一行极古朴的字跃入眼帘："兰麝娇蕊集——公子齐"。

再翻，入目便是一幅画，画中美人依窗而立，皓腕轻舒，目光融融满含春情，将衣带解了一半。画旁有数百年前的诗仙姬月题曰："何由一相见，灭烛解罗衣？"

画风细腻婉转至极，美人目光流转，举止娴静偏又充满诱惑，像是马上要从纸上走下来似的。画旁题字清隽秀丽，不输给当世任何书法大家。

辛湄盯着看了半天，忍不住又翻一张，第二幅里同样是那个美人，只不过与一名男子抱在一起，轻启朱唇宛转相就。

第三幅，罗衫半褪，玉肌微露。

第四幅……

油灯被透过窗缝的细细夜风吹得摇晃起来，辛湄默默地看完了最后一幅画，再默默地合上这本书，继续默默地梳洗一番吹了灯上床，盖好被子。

良久，一声沉闷又懊丧的号叫从被子里传出来。

……她她她，她之前没对陆千乔做出什么不堪入目的事情吧？应当没有吧？没有吧？！

她卷着被子滚来滚去，好想整个人就变成一朵小棉花，可以钻进去再也不出来。

滚到一半，忽听窗户被人轻轻敲了几下，辛湄从被子里探出脑袋，小心翼翼地问："谁？"

一封信从窗缝里塞进来，轻轻飘落在地。辛湄从床上跳下，急急推开窗，便见一只很眼熟的小妖怪飘在半空里，朝她恭恭敬敬鞠个躬，这才转身飞走了。

这只小妖怪……好像是皇陵里的？

辛湄拾起那封信，飞快拆开，里面只有一行字，字体遒劲有力："八月十五，辛邪庄见。"

落款是一个"乔"字。

……陆千乔八月十五要过来？！

信纸从手里重新飘落在地，辛湄抱着脑袋慌神了。

不想见他！

不，不是……

不想这么快就见到他！

也不是……

她……她她，她现在很需要心理准备！相当、十分、极其、特别——需要心理准备啊啊啊！

辛湄猛然回头，盯着放在桌上的那几本书，火燎火烧地奔过去抓起来，四处打量，试图找个稳妥的地方藏好。这种东西绝对不能给他看到！绝对不能！

床底下——不行！太常见的隐藏地点，肯定会暴露！

衣橱里——不行！保不准她换衣服的时候就不小心掉出来了。

她忽然瞅见梳妆台上积灰的珠宝奁，眼睛登时一亮，将珠宝奁里那些常年不用的首饰一股脑倒出来，再把那几本书放进去，首饰铺在上面，盖上盖子……嗯，这样就完美了。

辛湄放心地关上窗户，继续回床上睡觉，默念“我什么也没看见”一千遍，在心猿意马中睡着了。

一夜春梦。

八月十五，满月，月饼节。

早早得知姑爷会来的辛雄，乐得嘴巴都要合不拢，准备了上千种口味的月饼，从圆的，到方的，再到不规则形状的，堆成了小山。

“小湄，姑爷的口味是偏甜还是偏咸？”

老人家总害怕自己准备的月饼不够多，没有姑爷喜欢吃的，忙得焦头烂额。

“爹，他是你女婿，只有他讨好你的份，你担心什么啊？”

“浑蛋！”辛雄老泪纵横，“你已经得罪了姑爷，他都把你赶回娘家叫你反省了！难道你想叫他在月饼节写下休书把你休掉吗？！”

“……我认为，休书和月饼，完全是两回事……”

“啊，对了！还有晚宴的菜肴！小湄，姑爷喜欢吃肉还是吃菜？”

“爹，娘到底是怎么忍受了你那么多年的？”

“肯定是肉吧？他是将军，经常打仗，必然是喜欢吃肉的！”

辛雄唰唰写下满满一张纸的菜单，递给外面的二徒弟，郑重吩咐：“再把地窖里存的二十年陈酿拿出来兑上新酒！小心小心！今晚来的是贵客！”

她爹又疯魔了。

辛湄摇着头走出去，准备透透气，忽见大师兄从大门处狂奔而来，惊声大叫："来了！将军带着许多人来了！"

辛邪庄里霎时乱成一锅粥，辛湄被一群人簇拥着，晕头转向地带往大门口，刚好见到陆千乔从秋月背上跳下来，身后跟着数十人——不对，数十妖，都扮作凡人的模样，毕恭毕敬地站在后方，每人牵着一匹灵兽，灵兽背上有的驮着箱子，有的驮着数个匣子，令人眼花缭乱。

陆千乔今天看上去……呃，和往常特别不同，似乎刻意打扮过，往日的淡青衫子换成了雪白的外衣，长发一丝不苟地束在脑后，只是双眼用一条黑布覆住，却丝毫不见狼狈，反倒为玉树临风的外形增添了一丝神秘。

莫非是怕红眼珠吓坏她老爹？

他真是太低估老爹的承受能力了，不要说是红眼珠，就算他长八只手，说不定老爹都会喜得抓耳挠腮，认为那是天赋异禀。

辛雄颤抖着迎上去，还未想好第一句要说什么，陆千乔已经稳稳走来，躬身下拜，声音沉稳："晚生陆千乔，见过辛老板。"

辛雄的眼泪唰地掉下来了。

他……他叫自己辛老板，而不是岳父。

他恨恨地回头瞪一眼辛湄：看看！多好的姑爷！你怎么就把他气得连岳父都不肯叫了？！

辛湄别过脑袋假装不知道，视野里总觉得有人在看自己，悄悄转动眼珠，立即望见陆千乔的脸，他的眼睛虽然被黑布覆盖，却仿佛仍然能看见东西。他正对着自己，唇角微微扬起，露出一个笑。

我来了。他的表情这样说。

辛湄连脖子都在发烫，低头暗咳一声，却不能像以前一样迎上去握住他的手说点什么，踌躇半晌，还是摇摇头转身走了。

她还需要一点心理准备……

小魔星的丈夫来到辛邪庄，不亚于水滴进热油锅里，几乎满庄的人都凑在正厅外，从门缝、窗户缝之类的缝隙往里望。

大师兄见陆千乔蒙着块黑布却依然器宇轩昂，又是羡慕又是嫉妒："我未来的老婆绝不会选这种小白脸！"

二师兄邪佞魅惑地笑："一般一般，还输我一些吧。"

辛湄抱着膝盖坐在窗下，懒得说话，只是冥思苦想怎么才能做好心理准备。

正厅里，陆千乔忽然开口了："辛老板，晚生今日是送上彩礼，还望笑纳。"

门外那些妖怪呼啦啦送进去一堆箱子匣子饼子，有银两，有古玩字画，更有绫罗绸缎——极标准且极丰厚的彩礼。

辛雄霎时破涕为笑，结结巴巴："姑、姑爷何必这样客气……咱们、咱们早就是一家人了！只是小女顽劣，让、让姑爷操心了……还望姑爷莫要和她计较。"

陆千乔笑了笑："晚生有意迎娶辛小姐为妻，终此一生只一人，不离不弃，辛老板可否成全？"

辛雄使劲点头："成全成全！绝对成全！"

……只是，好奇怪，他都已经是姑爷了，还要自己成全什么？

陆千乔起身，再一次躬身下拜，这次终于改口："千乔拜谢岳丈。"

那晚辛雄心情好得过头，一不小心就喝得烂醉，被人抬回房间了，辛湄只好亲自送陆千乔回客房。

一轮满月挂在头顶，四下里雪亮清澈，往日走惯了的长廊今日不知怎么特别长，小风吹在脸上凉飕飕的，辛湄摸了摸脸颊，怕误事，她今天只喝了两小杯酒，但身上还是烧起来了，皮肤滚烫的。

"辛湄。"

陆千乔在后面低低唤她一声，停下了脚步。

她愕然转身，才发觉他已经将覆盖眼睛的黑布取下，又是一双红里透光的眼，在夜里看来真挺毛骨悚然的。她急忙四处张望，奔过去用手捂住："小心周围有人看见！"

他握住她的手腕放下去，问："你不喜欢？"

"是你不想被人发觉吧？"她嘟起嘴，"你把我爹想得太脆弱了！"

他摇头："不是说这个，我来提亲……你不喜欢？"

"没有啊，我很喜欢。"她嘻嘻一笑，"陆千乔，我很喜欢！还有，你原来那么有钱！我还以为你是个身无分文的穷鬼将军呢！"

他也笑了，揽住她的肩膀："既然是将军，又怎会身无分文？"

……他揽住她了！心理准备心理准备！

辛湄脑海里瞬间浮现那本《兰麝娇蕊集》里的众多图画，浑身顿时硬成石头，抬头只是干笑。她的心理准备，赶紧做好啊！

"怎么了？"陆千乔发觉她的异常，不由得奇怪。

辛湄想了又想，终于斟酌着开口："那个，陆千乔……其实吧，我这个人，还是挺矜持挺高贵挺贤惠的，你说对不对？"

"……"

他沉默，这种时候果然沉默是金。

"你就说一声对嘛！"她急得乱跳。

依然沉默，他的手放在下巴上，像是在忍笑，怎么也不肯回答她。

"哼！我回房了！"

她气得嘴嘟起来，转身就走。

他飞快抓住她的手腕，肌肤相触，她像是被烫了一下，一把甩开。

……呃，糟了。

辛湄不敢回头看他的表情，大叫一声："睡觉！"

说罢拔腿便跑，没跑几步，只听他在后面稳稳追上，她吓得跳起来，忙不择路，一拳把长廊的墙打出个洞，钻进去继续跑。

宁静的辛邪庄夜晚，那晚很不宁静，时不时传出"砰""哗啦"之类的巨响，所有人都很有默契地假装没听见，小别胜新婚嘛！大家都能理解的。

在连续砸了四堵墙之后，辛湄终于被树根绊了一下，朝前直踉跄，一头撞在树上。

下一刻，手腕便被人压住，陆千乔紧紧靠上来——只是，为什么，为什么要从背后靠上来？！她的脸压在树上很疼啊！

第十三章 送月饼

一只手伸过来，不由分说按在她额头上，辛湄自觉胸腔里那颗小心脏快蹦出来了，慌得腿软。

他要干什么干什么？！不是要在这里吧？这里……不太方便哪！按照书上的步骤，难道不应该是在漂亮又柔软的床上，然后你脱我一件、我脱你一件这样来吗？

“你发烧了。”

陆千乔的声音在耳后响起，还带着融融的热气，呵出她一身鸡皮疙瘩。

他说什么来着？她现在很激动没听清……

“不该喝那么多酒。走，我送你回房。”

又一只手继续不由分说抓着她的后背心，一提，再那么一夹，她就像米袋子似的被夹着走了。

奇怪，他难道不该是抱个满怀那样抱着她，再不济也应当是背在背上，像米袋子似的夹着是怎么回事啊？！

辛湄勉力仰起脖子看他："陆千乔，你这样提着我很难受。"

他面上表情极其淡定，一点也不温柔缠绵，声音很平稳："喝醉了都会难受，先忍一会儿，马上就到。"

她愕然："我没醉！"

他不说话，嗯，醉酒的人从来都不会承认自己喝醉的。

"我真没醉！"

她就是想做个心理准备而已，怎么那么难呢？

他胳膊一抬，姿势终于改了，从夹米袋变成了扛米袋。辛湄不由得默然流下两行凄楚的泪水，原来在他心里，自己和米袋是一样的。

辛湄的院落就在辛雄的隔壁，小巧玲珑，院中种满了梅花，是辛雄按照女儿名字里的"湄"字栽种的。原本辛雄是给女儿取名"辛梅"，皆因妻子名字里有个"梅"字，他夫妻二人情深得很。后来请了玉清仙人来算命，算出辛湄命中五行缺水，"梅"就换成了"湄"，又听取玉清仙人的建议，在女儿院前栽满梅花，取其孤寒高洁，据说对将来的姻缘是大有好处的。

可是，好处什么的，她实在是没看出来啊！

辛湄流着眼泪被陆千乔扛进屋子里，顺手就用捆妖索给捆上了，她被迫躺床上龇牙咧嘴："陆千乔！你又捆我！"

他完全不予理会，在冷水里拧了帕子，走过来扶起她的脑袋，另一手替她擦脸，动作又温柔又笨拙，像怕弄疼她似的。

这个人怎么能这样呢？每次都是，外面看上去好像特别体贴特别喜欢她，可做出来的事总不对味，天底下有丈夫会用捆妖索来捆自家老婆的吗？当初抓着她囚禁不放的人就是他，后来悔婚，害她婚礼当日新娘变弃妇的人也是他，再后来洋洋洒洒提亲，说要真正做夫妻的人也是他，眼下非说她醉了，用捆妖索捆她的人还是他——

他他他……真是男人心，海底针！

做夫妻，比生孩子还困难。

见她不动弹，也不说话，只瞪圆了两只眼睛看自己，陆千乔又摸了摸她的额头，这次不烫手了，皮肤上还带着湿湿的凉意。他有些贪恋这种触感，手指摩挲片刻，方缓缓撤离。

"……现在还难受吗？"他低声问。

她从鼻子里发出一个很不屑的哼声，拒绝回答。

陆千乔犹豫了一下："你今天怪怪的。"

"你才怪怪的！"她怒了，"陆千乔，我讨厌你！今天、现在开始——从脚底板都讨厌你！"

他不以为意，只是掖好被角："你醉得厉害，睡吧。"

"你还捆着我，睡个屁啊！"

他顿了一瞬，有些担忧："辛湄，你再拆下去，辛邪庄就没了。"

她嘴巴噘得可以挂油瓶："你胡说！我那个……根本不是……我只是……那什么……"

"什么？"他一头雾水。

"没什么！快放开我！"

捆妖索很快被他收走，辛湄一骨碌从床上跳下来，背过去不看他："我不要嫁给你，你走！"

陆千乔并不理会她这种孩子气，反倒四处打量，微微含笑："这就是你住的屋子。"

他对女性房间的认识，只限于郦朝央的房间。她是战鬼里地位高贵的夫人，又是个寡妇，房间里设置冷硬且简单，一面墙上还挂满了各类神兵利器，不见半点柔媚。

辛湄的房间截然不同。

精致的月洞窗前挂着晚霞色的轻纱，一只黄花梨木大柜子上凌乱地放了几本书，没有富丽华贵的花瓶或者珊瑚，柜子上堆满了木头做的机关小人、彩色的泥娃娃、模样古怪的各类玩具等等——显然这也不是书里标准的小姐闺房，但充满了辛湄的味道。

抵在床头的一只小橱上面，放了两个很眼熟的人偶，正是他做的天女大人和将军大人，一个五彩斑斓华丽至极，一个威风凛凛高举长刀。两个人偶脸上画的油彩都有些脱落，是时常抚摸玩弄的缘故。

陆千乔拿起那个将军大人，这人偶背后还绣了一行字，似乎是这丫头后来找人弄的。

那行字，唉，那行字是“嫖妓将军盛装威武”。

他眉毛抖了两下，回头问她：“嫖妓将军？”

辛湄一把抢过来，宝贝似的护在怀里：“才不是你！你走啦！不许碰我的东西！”

陆千乔哭笑不得：“辛湄，是骠骑将军，不是嫖妓……”

“哼，我不听！”

他无奈地笑，转过去看房间另一边，那里放着一张不算大的梳妆台，不出所料，上面积了薄薄一层灰，这孩子估计长这么大很少用过。他拿起一盒胭脂，轻轻打开——嗯，变成了胭脂干。

拿起桂花头油，打开——嗯，已经完全干了。

打开粉盒——嗯，几根粉棒裂成了碎末。

辛湄在后面使劲扯他袖子，扭成麻花：“这里不行！不许看这边的东西！”

陆千乔见她慌得厉害，便拍了拍她的脑门子：“好，那我走了，你早些睡。”

他打开门走了。

辛湄长长出了一口气，赶紧抱起重若千钧的首饰盒，把里面的珠宝一股脑倒出来，抓起那几本书，四处张望打算找个更妥帖的地方收藏。

冷不防门又被推开，陆千乔跨了一步进来，道：“辛湄，我的覆眼黑布……”

她一慌，手里那几本书哗啦啦散落一地，别的也算了，偏生那本《兰麝娇蕊集》画册，并非线装，一时间画纸飞得满地都是，那张名叫“观音坐莲”的图就飘落在陆千乔脚边，被他一弯腰捡了起来。

辛湄情急之下大叫：“看着我！不许看别的！”

他一愣，果然抬头静静看着她，对满地散落的画纸视而不见。说起来，手里捏着的这张纸，纸质细腻柔滑，还弥漫着一股幽香……这香味，他似乎在什么地方闻过……

“很好，那你现在把手里的纸慢慢放桌上，然后转身……”

她在对面坐立不安，脸红得跟出血似的，还满头大汗。

陆千乔凝神捕捉那一缕似曾相识的幽香，突然想起什么，眉头一皱：“这画册上的香气不对。”

他年少时领兵退敌，意气多么风发，也曾有敌国不怀好意之人试图利用美人计引他入陷阱，画册上的香气，正是当日屋中所点的春香——凤凰膏。一寸凤凰膏等值五两白银，与那些虎狼似的春药不同，凤凰膏甚至可以说是一剂良药，不会令人冲动不可自抑，也没什么后劲，药性不过旨在利用香气令人想入非非而已，因此中者往往很难察觉。

当年他察觉不对，当即销毁了香炉里的凤凰膏，想不到时至今日，却又一次闻到这股缠绵悱恻的幽香。

“辛湄，这本画册……”

他说着，低头仔细去看，入目便是四个龙飞凤舞的字——

“观音坐莲”。

而字旁的画……

陆千乔愣住了。

屋子里好安静啊……辛湄觉得自己都能听清浑身血液往脑子狂奔而去的声音。

所谓没脸见人，大概就是这种感觉吧？她用手捂住脸，摸索着蹲下去，试图揭开床板往里钻。

身后突然响起脚步声，辛湄的小心脏再度开始狂蹦乱跳——是睁眼看，还是不看？这是个难题。

散落一地的画纸被人一张张捡起来，归拢，摊平。

她犹豫良久，终于还是把五指张开，从指缝里偷偷张望，只见陆千乔默默地收拾好满地纸张书册，没事人似的放在桌上，说话声音也十分冷静：“……夜已深，我走了。”

……他、他怎么就能这么淡定自若？！显得她试图钻床底的行为无比傻气！

辛湄飞快从地上站起来，装出从床底捡到画纸的模样，遮遮掩掩走过去，暗咳一声：“那、那你走好，不送了……”

他果然转身便走，步伐不知怎么的有些慌乱，一头撞在门上，那扇平日里挺结实的木门“咣”一声摔在地上，在深夜的辛邪庄里回荡出一波又一波的余韵。

后面院落里不停被吵醒的师兄们终于不堪其扰，扯直了嗓子大叫：“都快三更了！你俩别折腾了成吗？！乖乖在床上小别胜新婚不行吗？！”

陆千乔没有回头，瞬间就把门板拽起来，愣在那里不知如何是好。

辛湄眼尖，分明见着他的耳根一点点变红了，肩膀好像还在微微颤抖。

可怜……难道他窘迫得哭了？

呃，他要是淡定自若，那窘迫的人就是她。可他窘了，她反而淡定下来。

真是没人性的恶习啊……

辛湄清清嗓子：“就放在旁边吧，不用管它。”

他颤抖着把门板放一边，看背影像是要掩面狂奔而去的模样，她赶紧开口：“那个……陆千乔啊，其实吧……其实也没啥，很正常……不用紧张。”

他僵在原地不动弹，也不肯回头。

她想了想：“要不，再进来坐坐？我们商量一下婚姻大事和生儿育女计划什么的……”

他发出一声无奈的长叹，缓缓转身，又用一种她看不懂的眼神静静凝视她。

“辛湄，”他勉强开口，“你……我们现在还不能……总之……”

呃，他连脖子都红了……到底是因为撞翻木门，还是因为看了那本《兰麝娇蕊集》？说起来，他三番五次推托洞房花烛，甚至不惜祭出捆妖索来捆她，难道是因为……因为——他根本不懂这些，又不好意思说？

辛湄恍然大悟，眼神瞬间就变得柔软怜悯。

这可怜的孩子，虽然他有个亲娘，但跟没有也差不多，一定没人教他这些吧？怪不得呀，怪不得……

她拿起那本《兰麝娇蕊集》，温柔地走过去，再温柔地放在他僵硬的掌心，继续温柔地说：“陆千乔，你不用怕。这些……拿去在一个人的时候慢慢看，很快你就懂了。记住，千万要在一个人的时候看呀。”

……真是见鬼。

陆千乔强忍着把那本画册扔出去撕个稀烂的冲动，生硬地丢还给她：“不要。”

“要的。”辛湄再温柔地推回去，“你……呃，你需要学习一下……”

被迫捏住画册的几根手指瞬间收紧，可怜的《兰麝娇蕊集》发出痛楚的呻吟，硬皮纸裂成了碎片。

陆千乔定定看着她，声音低哑："学什么？你再说一遍。"

辛湄好心地对他微笑："你不是不会吗？看这本画册学习夫妻相处之道啊。"

《兰麝娇蕊集》霎时被丢在地上，他盯着她看了良久，突然露出个古怪的笑，像是饱含杀气，又像……像什么她说不上来，但有点危险，她下意识退了一步。

"是啊，我不会。"他低语，"你教我？"

什么什么？教他？！

辛湄连连摇手："我、我也不……"

"过来。"

一只手把她抓过去。

这次不是提，也不是夹，而是货真价实结结实实地搂住……或者说，钳制住更恰当一些。他的力气用得没有节制，辛湄觉得肋骨都快断裂了，疼得大叫，下一刻嘴唇就被两片温热干燥的唇瓣盖住了。

满月的清辉像是尽数落在她眼前，一阵阵灿烂的白色。不过辛湄怀疑那是因为被勒得太紧导致的窒息现象，她痛苦地哼了一声，两手在他胸前奋力推拒。

他再不放开她……再不放开，她就要窒息得口吐白沫了！

两片唇恰逢时机地移开，她大口喘气，断断续续抱怨："我……差点憋死……"

整个人被箍着腰抱起，辛湄忙不迭搂住他的脖子，仍带着潮意的嘴唇又被堵住，这一次，他的唇不再干燥，而是带着滚烫的湿润，与她纠结摩挲。

那种灿烂的白色再次出现在眼前，她下意识地屏住呼吸，想躲，偏又舍不得躲，分辨不出到底是快活还是痛苦。

纠缠的唇稍稍离开一些，他带着些许喘息的声音沙哑响起："不会用鼻子吸气吗？"

原来……原来是可以用鼻子呼吸的！

辛湄不甘示弱，低头再吻上去——现在她会了！谁怕谁？

随着亲吻的加深加重，两人的呼吸不再缓和，渐渐急促起来，唇间是潮湿的，吐息却像沙漠的风一样滚烫干燥。不甘心只在嘴唇之间摩挲，他张开唇齿，试探地含住她柔软的上唇，舔舐，吸吮。

那种怪异而不可捉摸的感觉环绕上来，像绳索，一圈圈将她绕紧。辛湄情不自禁反咬回去，一口咬在他鼻子上，轻轻地咬了一下。

下一刻她的嘴唇就被他给咬住了，带着惩罚意味的。

“……张嘴，不许咬人。”

“你也咬……”

微弱的抗议被吞回去，随着越发凶猛的亲吻袭来的，还有他的舌。

她再也想不起咬人之类的事情，整个人像是变成一颗糖，被泡在温暖的水里，马上就要溶化了。

原来，这样才叫亲吻。嘴唇的作用除了吃饭和说话，还可以温柔地爱抚心爱的人。

辛湄学得很快，她从来也不是甘于被动的人，很快就有样学样，舌尖与他的舞在一处，怎样也纠缠不开。

她觉得不够，还想要什么，情不自禁抱紧他的脑袋，吻得越来越深。

陆千乔的喉咙里发出一个低沉的呻吟，潮湿的嘴唇忽然离开，紧跟着再贴上，落在她细腻的耳畔，顺着精致的形状吻下来，最后重重落在锁骨前一个小小凹陷上，吐出舌尖细密舔舐。

痒！可又不是真那么痒。

辛湄脱力地软下去，带着深陷欲望的迷惘问他：“……不上床吗？”

满腔情欲被她一句话给浇得透心凉……

现在他在做什么？还不是时候！还不可以！

他埋头在她胸前喘息，说不出话，只是摇头。

“那……那可以把那本画册拿来，我们一边学一边做……对了，刚才那个观音坐莲就挺不错……”

他苦笑：“你又教我？”

她的下巴抵在他额头上，艰难地伸手摸索他的衣襟：“那我们一步步来……先、先让我脱你一件外衣……”

她的手指像蛇一样灵活，顺着衣襟缝钻进去，触摸到他赤裸的胸膛肌肤。

怀里的男人浑身一震，像被荆棘扎中了一般，抬手便用力推开她，辛湄只觉眼前金光一闪——好吧，捆妖索老朋友，又见面了。

这次他捆得特别结实，连两条胳膊也捆在里面，被一把提起往床上一丢，被子铺天盖地地罩下来。

“陆千乔！”辛湄在被子里闷叫，“你、你居然有胆子一晚上捆我两次！”

他长长吐出一口气，自觉胸膛里情欲漫溢，一颗心像要蹦出来似的。

苦笑，他伸出手，想安抚地拍拍被子里被裹成肉虫的辛湄，却又有些胆怯，犹豫半晌，只好低声道：“辛湄，忍不住的人是我……抱歉，再等等……”

他到底在纠结什么，她完全不懂啊！

陆千乔走到门边，拾起那本《兰麝娇蕊集》，想了想，还是放进了自己怀里。

“……画册我拿走了。剩下的那些，留着下次再看。”

把摔下去的门板搭在空荡荡的门洞上，他一招手，捆妖索眨眼便收了回来。

辛湄连滚带爬从床上跳下来，直追到门边，却再也见不到他的人影。

她怒火夹着欲火，一拳把可怜的门板砸成渣渣。

“陆千乔！你这个懦夫！”

点了火又不灭的男人，是世上最讨厌的！

满载彩礼提亲而来的陆千乔，回去的时候也是满载了东西——灵兽们身上驮着许多匣子，里面装满了辛雄送的月饼，从圆形到乱七八糟的形状，什么样的都有。

虽然他很想说这些月饼即使吃到明年也吃不完，但见着辛雄双目含泪充满慈爱的眼神，那婉拒的推辞好像怎么也说不出口。

听说，有个冷漠刻薄的岳父是一场灾难，不过吧，有个太过热情的岳父，似乎也不怎么幸福……

“姑爷今天要回去，小湄怎么还不出来？！”

辛雄四处张望，很是恼怒。庄里其他人都来送行了，偏生最该来的那个不来，像什么样子？万一姑爷发怒，又不要她了怎么办？

大师姐艰难地从人群里挤出来，小声道：“师父，小湄说她精神不济，懒得送客。顺便还要我带话给将军，说……说她要逃婚。”

“她都已经嫁了，还逃什么婚啊？！”

辛雄恨铁不成钢地跑去女儿的院落，但见人去楼空，床头柜子里的银票都被带走，梳妆台上放了一封信，辛湄不怎么漂亮的字写道：“出门散心，转告陆千乔，老娘不要他了！”

信纸从手里飘然而落，辛雄不由得泪流满面，有女如此，简直是灾难哪！

在辛邪庄人人乱成一锅粥的时候，辛湄正骑在烈云骅背上，用袖子替它擦眼泪。

这匹马也不知怎么了，一见她打开马厩大门，便哭成了泪马。在它身后，庄里众多俊俏美丽的牡马虎视眈眈，那眼神，又敬畏，又猥琐。

“你们相处得不愉快吗？”辛湄把湿透的袖子拧干，甩了甩，继续替它擦眼泪。

烈云骅闻言眼泪掉得更凶了。对着辛湄，它好像……它也只能默默掉眼泪了。

“走，我们去崇灵谷，送月饼给狐仙大人吃。”

她提了好几盒月饼，正好趁这个机会把认识的人都送一圈，顺路再去看看张大虎，好教陆千乔知道，她第一个看上的男人才不是他！

烈云骅生怕她反悔，又把自己和一群猥琐的牡马关在小黑屋里，当即撒开四蹄，跑得比风还快，眨眼便跃上云层。它血统高贵，御风而行，比秋月全力施展还要快上几倍，平常三四天才能赶完的路，它半天就赶完了。

午后刚过一刻，烈云骅轻巧地落在崇灵谷门口，辛湄从马背上跳下，一抬眼，乐了——守门的弟子还是张大虎！

“大虎哥。”她笑吟吟地走过去，至今仍对他那板正的美色百看不厌。

“辛老板。”张大虎红着脸行礼。

“送你一盒月饼。”

她不由分说塞给他一盒月饼，再冲他甜甜一笑，牵着烈云骅便要进谷。

张大虎急忙拦住：“辛老板，谷主今日……嗯，今日不太方便见客。”

老爹说过，这种修仙门派时常会有一些不欲令外人知道的隐秘之事，辛湄很理解地点点头，又塞了两盒月饼给他：“那麻烦你把这几盒月饼送给狐仙大人，就说是我孝敬他老人家的。”

张大虎接过来，正要说话，忽听大门内响起一阵清越的鸟啼声，紧接着平日里紧紧闭合的正门豁然大开，一辆金光灿灿的华丽长车由三四只极乐鸟牵引，缓缓驶出。车壁上的金光流水般荡漾开，最后化作上古的文字，消散在风中。

风把遮挡车窗的白竹帘吹开，辛湄只隐约望见里面坐着一个皂衣的年轻男子，一晃眼，长车便飞远了。

“这排场真华丽，是哪位厉害的仙人哪？”

辛湄望着远处摇曳的金光，忍不住感慨。

张大虎摇头：“这位是有狐一族的大僧侣，有狐一族的人据说是有天神血统的……”

“小湄，你来看我，怎么不事先打个招呼？”

甄洪生柔媚的声音打断了他的话，辛湄转过身，便见他今日穿着黑白相间的长袍，漆黑的长发并没束，斜斜垂在肩上，显得特别……呃，特别貌美如花。

“狐仙大人，好久不见。”她笑眯眯地给他行个礼，从张大虎手里拿过月饼送给他，“这是我们庄里自己做的月饼，送给你尝鲜。”

甄洪生眼睛登时一亮：“哦哦！这月饼你爹去年给我送过一次，红豆沙馅的最好吃。来，跟我进去说话。”

他不由分说握住她的手，仪态万千地牵着她进谷。

崇灵谷里香烟缭绕，与往日清明爽利的模样大不相同，每走十步，便能见列地上放的香炉，里面点着中正平和的檀香，令人精神为之一振，诸般烦躁都沉淀下去。

见她盯着那些香炉看，甄洪生笑道：“今日来访的是一位贵客，点香是他们那里的习俗。”

“有狐一族吗？”她好像听过这名字。

“是啊，他们不但血统高贵，还擅长酿酒，这次带了十坛好酒。你既然来了，就多住几天，我再把眉山叫来，一起品美酒。”

甄洪生牵着她坐在开满鲜花的小凉亭里，眼熟的中年女管事很快端了两杯茶上来。他坐在旁边，既不喝茶，也不说话，只是捧着她的手掌仔细看，一边看还一边摸。

辛湄被他摸得浑身发毛，只好问他：“狐仙大人，我的手有什么问题吗？”

上次她来，他也是捧着她的手使劲看，难道里面藏着宝贝？

甄洪生把目光从她掌纹上移开，对她十分魅惑地一笑：“没什么。小湄呀……你与战鬼将军成婚多日，怎么还未洞房花烛？”

辛湄震撼了：“你怎么知道？！”

他抚摸着脖子上围着的白狐狸，笑得妩媚：“我是狐仙大人，自然是知道的。看起来，他待你并不好，不如甩了他，另选个男人？我把张大虎送你要不要？”

辛湄为难地看着他，这些神仙，真是神神道道，当初说坚决不送自家弟子的人是他，这会儿来破坏她姻缘的也是他，搞不懂他们想什么。

“要不，选眉山？他怪喜欢你的。”

她简直无奈：“眉山大人比我祖爷爷还老！”

……唔，幸好眉山今日不在这里，否则崇灵谷就要被他的泪水淹了。

甄洪生端起茶杯，缓缓啜了一口，热气氤氲，他的目光望向很遥远的地方。做仙人也有许多许多年了，对这个世间的因果，他从来不问，不插手，任它们烟云一般聚了再散，散了再聚。

仙人无所谓执着，所以，很多事他点到即止。

“狐仙大人，这是红豆沙馅的。”

辛湄掰开一块月饼，笑吟吟地放在他掌心。

甄洪生笑了，掂掂手里的红豆沙月饼，放嘴边小小咬一口，香而且甜，这种滋味令人心情大好。

“小湄，”他清清嗓子，一本正经，“要好好过日子，饿了就吃饭，渴了就喝水，困了就睡觉，遇到危险嘛——”

他扬起眉毛：“要记得逃。”

第十四章 有狐族

从崇灵谷出来，已是第二天中午，有狐一族送来的美酒好像很烈，甄洪生昨晚一个人喝了两坛，醉到现在还没起，辛湄只得和张大虎打个招呼，骑上烈云骅告辞了。

一路再风驰电掣飞到白头山的眉山居，给眉山君送月饼，谁知守门的灵鬼说他出门了，不知归期，辛湄留了两盒蛋黄馅的给他，继续跨上烈云骅，回头往皇陵赶。

“小云，你说陆千乔现在在做什么？”

赶路有点无聊，辛湄抱着烈云骅的脖子和它闲扯。要是秋月在就好了，它虽然不会说话，但不管她说什么，它都会有反应的，不像这匹马，只管瞪着眼往前跑。

“你比秋月笨多了，都不理我。”

这是污蔑啊啊！烈云骅使劲喷鼻子，它是马，又不是人，谁家的马开口说话，那就是见鬼了！

“哦？你是说陆千乔肯定在想我？想得吃不下饭睡不着觉？”她眼睛亮了。

我可没有这样说！烈云骅长嘶一声。

“你的意思是，他正在反省错误，准备给我赔礼道歉？”

我真没有这样说！烈云骅流泪了。

“你是说，他会流着眼泪来求我回去？”

……秋月兄，你很伟大。烈云骅怅然地眺望远方云雾，为这牛头不对马嘴的对话，从心眼儿里对秋月产生了崇高的敬意。

斜前方的大团云雾忽然破开，数只巨大的极乐鸟吟唱着悦耳的曲调，逆风而来，后面拉着一辆金碧辉煌的长车，浅浅的金光化作上古文字，摇曳飘散，实在是气派非凡。

烈云骅灵巧地让到一旁，恭恭敬敬地垂首停在空中等待长车过去。

灵兽对这种清净高贵的气息有本能的顺从反应。

长车缓缓驶来，停在辛湄身边，白色的竹帘被一只戴着黑丝手套的手卷上去，车内穿皂衣的年轻男子把脑袋探出来，对她友好一笑。

这个人……好像是有狐一族的什么大僧侣吧？辛湄好奇地看着他，他也好奇地看过来，两人对视了半天，他终于又笑了。

“哎，这位美貌的姑娘。”他开口，声音温柔，语调却轻浮，“我饿了，给我一盒月饼成不？”

……气派非凡的长车，非凡气派的极乐鸟，然后，停下来，居然只是问她要一盒月饼。

辛湄一头雾水地递给他一盒果仁馅的，他却摇头，眼冒绿光：“要肉馅的。”

……这是什么僧侣啊，居然还吃肉！

换了一盒肉馅月饼给他，竹帘子又放下去了，那人的声音从车内传来：“多谢，你真是漂亮又好心。”

极乐鸟又开始鸣唱，长车继续逆风而去，辛湄抓了抓脑袋，拍拍烈云骅的脖子：“好了，我们也走，赶紧的，去皇陵。”

自从陆千乔醒来之后，皇陵的云雾阵又重新架上了，大小妖怪们撤离地宫，重新回到青山绿水的地面，皇陵一改当日的颓败，又恢复了以往的桃红柳绿、鸟语花香。

斯兰不见人影，映莲在池塘里睡午觉，桃果果和弟弟在鬼气森森的杏花林里玩捉迷藏——看样子，陆千乔还没来过这里。

辛湄把烈云骅拴在外面吃草，自己悄悄潜进赵官人的小山洞，他果然又扎着块白色头巾在奋笔疾书，一边写一边哭，眼泪顺着胡须往下滴。

“噢，姑娘你来啦！”他擤了一把鼻涕，抬头看见辛湄，含泪的双眼登时亮了，“快来快来！我正写到你与将军初相遇，天雷勾动地火一发不可收拾！”

呃，她和陆千乔初相遇？好像……好像是在一个寂静的夜里，她抽晕了桃果果，然后陆千乔打了她一掌……嗯，确实是天雷勾动地火。

拿起赵官人递过来的戏本子，却见上面龙飞凤舞地写道：

那一眼，正如千帆过尽大浪淘沙只为你；那一眼，正是弱水三千我取一瓢只有你；那一眼，仿佛三生石上书写缘分我和你……

她默然把本子放回去，为难地看着赵官人殷切的眼神，想了很久，才开口：“那一眼，其实我什么也没看清……”

就知道是个男人，而且这男人还打她，抢她的灵兽，她只想抽飞他。

赵官人连连哀叹：“怎么能这样！一见生情再见钟情才有看点哪！”

“……反正我和他本来也没什么看点，陆千乔总是把我当小孩子吧？我又不是他女儿。”

她这话说得很是幽怨，与往日的跳脱明丽截然不同，赵官人察言观色一番，立即摆出知心大叔的模样，坐在对面柔声问她：“辛姑娘，你和将军闹别扭了？”

辛湄把月饼放桌上：“没有，我是给你们送月饼的。”

“心里有不舒服就要说出来，不然小事就变成大事，越闹越不可收拾。”

她想了想，噘嘴道：“我们一点都不像真正的夫妻，每次我一碰他，他就用捆妖索捆我。而且，我们明明已经成亲了，他偏不承认，还要再来一次，浪费时间，故意推托。”

……将军哪，战鬼一族在男女方面是挺笨拙的，但你也不能笨成这样啊！

赵官人恨铁不成钢地摇头。

“辛姑娘，将军虽然挂着将军的名号，但他本身是战鬼一族的人，对琼国那个皇帝根本没什么忠心的，所以皇帝赐婚对他来说和狗屁差不多。他不承认赐婚，偏要亲自提亲再娶你一次，其实恰好证明他心里有你，把你正正经经当作一个需要尊重的女子来看待。”

辛湄沉默了，片刻，低声道：“我知道。”

“你也有不知道的。战鬼一族自古侍奉天神，向来保守古板，没有成婚便行男女之事，视为苟且。他不碰你，是敬重，并非轻视。”

她继续沉默。

赵官人清清嗓子：“你看将军外表好像挺贴心挺细致的，他其实粗鲁得很，自小爹不疼娘不爱，也没人教他怎样和姑娘相处，平日里不是摆冷脸就是走人。捆妖索什么的，也是他没想到那一层而已。你找个机会和他好好说一次，将军肯定懂的。人长着嘴就是要说话的，两个人之间有什么误会不能说开呢？闷在心里岂不是委屈了一张嘴？”

辛湄默默掰开一块莲蓉月饼，一边吃一边喝茶，再也没说一个字。

赵官人见好就收，当即拿起毛笔继续奋笔疾书，把前面写的全涂了，一面问她：“姑娘，你和将军初相遇是啥样的，再给我说一遍吧？”

她正要说话，忽听山洞外烈云骅长嘶一声，紧接着覆盖在洞口的大叶片被人猛然揭开，两天不见的陆千乔大步走进来，一见她，一把拽起便走。

赵官人老泪纵横地吞了一块月饼，将军，这才是好样的！

辛湄一路脚不沾地，像只风筝似的被他扯出去，头晕眼花中感觉他把自己丢在秋月背上，等回过神的时候，才发觉两人已经在半空中了。秋月闲闲地扇着翅膀，故意飞得慢悠悠，烈云骅十分通灵性地跟在老后面，大家都不想打扰他俩。

辛湄抬头看看他，他面色阴沉，沉默不语，偏过头不与她对视。

“那个……陆千乔，”她先开口了，“我们、我们要去哪里？”

他依旧不看她，隔了半日，方道：“送你回辛邪庄。”

说到辛邪庄，她才发觉他还穿着那天来辛邪庄的衣服，只是如今白衣服灰扑扑的，尘土草汁之类的晕染衣角，他的头发好像也有点乱，虽然脸上看不出什么疲惫……可，他是不是不眠不休找了她两天？

辛湄想了想，低声道：“陆千乔，你要不要睡一会儿？”

不理她。

“……你别生气，我只是给大家送月饼。”

他终于动了，抬手揉了揉额角。

“陆千乔。”辛湄凑过去，小心翼翼抓起他的一截袖子，他没甩开，于是放心大胆地再凑近一些，把脑袋放在他肩膀上。

“你说话呀，随便说点什么。”

声音软绵绵，她整个人也软绵绵，再有天大的火气也烟消云散了。

陆千乔犹豫着抬手，轻轻揽住她的肩膀，低声道：“……抱歉，是我的错。”

她露齿一笑：“我们两个都有错，成不？”

他阴沉的面色终于渐渐变得柔和，五指插入她浓密的头发里，替她把小辫子理顺：“去了什么地方？”

“给大家送月饼啊。”

“辛湄。”

“嗯？”

“半个月后，我会亲自迎亲，到时候不许逃。”

“嗯。”

他的手指从头发里抽出来，在她细腻的面颊上轻轻抚摸，陆千乔忽然低头，在辛湄饱满的额头上印下一吻。靠得那么近，肌肤相贴，她身上传来一阵阵令人感觉十分不快的气息，他不由得再低下去一些，细细嗅着她的头发。

“陆千乔，我亲你一下，不许用捆妖索捆我。”

她搂住他的脖子，对他微笑。

他面上瞬间一红，顺从地闭上眼，等了半天，两片柔软的嘴唇却落在脸颊上。

他好像……有点失落。

辛湄把他凌乱的头发拨到脑后，一本正经地说：“接下来的，等到下次吧。”

“调皮。”

他用手指弹了一下她的脑门，紧接着又低头在她头发上嗅了两下，蹙起眉头。

她浑身上下隐隐约约沾染了一股令人极其不快的气息，靠得非常近才能闻到。是遇到了什么人吗？

回到辛邪庄没几天，斯兰来了，还带了三套样式各异的嫁衣，据说是陆千乔亲自挑选的。

辛湄对着那三个长得和马桶很像的凤冠发了半天的呆，回头看看斯兰，他面无表情。再回头看看老爹，他两眼放光，估计陆千乔就是真送几个马桶来，他也会开心得流眼泪。

“你确定……我要戴这个嫁他？”

她提起一只马桶……不对，一只凤冠，往脑袋上一扣，半张脸就被吞没了。

斯兰暗咳一声：“将军说，战鬼一族的嫁衣风格就是这样。”

……战鬼族的新娘真可怜，个个都顶着马桶嫁人。

“将军还交代了，他会在半个月之内把嘉平关附近的叛军搞定，没空照看你，所以这项艰巨的任务就交给我了。这半个月你老老实实待在辛邪庄，哪里也不许去。”

说起来，这项任务确实很艰巨……斯兰揉了揉发疼的脑门子。

出乎意料，她居然乖巧地点了点头，没任何反对的意思，斯兰一直哽在喉咙里那口气终于吐出来了。

“对了，斯兰。”辛湄摘下凤冠，好心地回头看着他，“机会难得，你既然来了，我带你去找绿水镇的那个大夫吧？他有一手好针法，专治面瘫抽筋中风。”

……他那口气，果然吐得太早了。

半个月的时间，对辛湄来说，一眨眼就过去了，对斯兰来说，比三辈子还长那么一点。

嘉平关很快传出捷报，白宗英老将军虽然告老还乡了，但奉旨新来的骠骑将军毫不逊色，轻轻松松连杀武爽手下几员大将，自起兵以来一路势如破竹的武爽终于也体会到高山般的挫折，无奈之下终于撤出嘉平关，直退到琼国边境外，估计短时间内是不敢再犯了。

荣正帝龙心大悦，黄金白银似流水般赏赐下来，还大兴土木，在京中建造一座骠骑将军府，满怀期待地等将军还朝。

这番期待显然再次落空，陆千乔写了个折子，要求休息半年，连回音也不等，当晚便收拾收拾回皇陵了。

他最近忙着娶老婆，没空上京还朝。

那天是九月十八，据说是好到不能再好的黄道吉日。

辛湄头上顶着马桶般的凤冠，身上穿着百鸟羽毛编织的破麻袋似的嫁衣，众目睽睽之下，她穿成这个样子，实在无法拥有平日里的勇气，只好用袖子把脸遮住，再次上了花车。和上次不同，这次，陆千乔人来了，骑着通体火红的烈云骍，披着破麻袋似的喜服，居然还是那么玉树临风、器宇轩昂。

绿水镇再一次沸腾了，据说辛邪庄那个有克夫命的小姐嫁出去没几个月就克死了前夫，可很快又找到冤大头来顶替，还是个英俊非凡的冤大头。

看着辛雄笑成花的老脸，家里有未嫁姑娘的一干民众又恨又妒，放开肚皮在酒席上猛吃猛喝，直吃得厨房再也做不出东西来，才解恨而归。

眼看迎亲队伍要走，辛雄赶紧扶着花车一把掀开帘子："小湄，爹给你的那几本书，都看了吧？"

辛湄正把凤冠顶在手指上绕着玩儿，乍一听这话，凤冠就摔地上了。

那些书……她也就看了一本《兰麝娇蕊集》，剩下那些原本是打算有空的时候拜读一下的，谁知那天陆千乔送她回辛邪庄，二话不说又全给搜刮走了。

"我会好好学一下的，你放心。"

当时他丢给她这么一句话，还说得特别一本正经，害她又做了几夜春梦。

"总之，我今晚验货。"

辛湄捡起凤冠，扭头给了辛雄一个久违的充满霸王之气的笑。

浩浩荡荡的迎亲队伍终于腾空而起，往皇陵飞去。辛湄在花车里坐得气闷，一把掀开帘子，冷不防撞见陆千乔正驱使烈云骍往这边来，她赶紧招手。

"斯兰说，你们战鬼一族成婚好像和我们这边不太一样，待会儿还要表演胸口碎大石什么的。咱们打个商量，先让我吃饭，再表演成不？"

……胸口碎大石是怎么回事？斯兰到底和她说了什么？

陆千乔从怀里取出一袋糕点抛给她，浅浅一笑："傻瓜，你以为是江湖卖艺？蒙上盖头，什么也不用你做。"

说罢又静静看了她半晌，耳根有些发红，低声道："你今天……很好看。"

他想看着她穿战鬼一族的嫁衣，想了很多次，脑海里虚构的景象和如今实实在在坐在眼前的人比起来，还要逊色很多。

“你很适合穿我族嫁衣。”

辛湄犹豫着低头看看自己身上破麻袋似的衣服，外加手里捏着的马桶一般的凤冠，原来……在他眼里，自己就适合穿成这样。

“你也蛮适合穿这种衣服的。”她勉强夸赞一下，“这一身鸟毛真华丽。”

呃，他……他笑得好幸福啊。

辛湄心虚地捏出一块枣糕，默默塞嘴里。

陆千乔还想再说点什么，忽觉有些不对劲，猛然回头，便见不远处一团云雾中缓缓飞出数只巨大的极乐鸟，它们还拉着一辆金光闪闪的长车，无比拉风，无比奢华，慢悠悠地靠了过来。

金色的光化作文字流淌开，偶尔滑过身体，那种感觉……很不愉快。

“将军！”

前方斯兰非常警觉，立即策马返回，下意识地挡在前面，一手悄悄按在腰间刀柄上。

陆千乔摇了摇头，示意他退开。

他终于知道当日辛湄身上令人不快的气息是怎么回事，她是遇见了有狐一族的大僧侣。

“……何事？”

他策马上前三步，声音淡漠。

白色竹帘被一只戴着黑丝手套的手卷起来，大僧侣探出脑袋，悠哉地冲他微笑。

“不是找你，是找她。”

他指了指花车里塞了满嘴枣糕的辛湄。

陆千乔皱紧眉头，没有说话，只是微微侧身，挡住了他肆无忌惮的视线。

“花车里的漂亮新娘！”大僧侣把手拢在嘴边，高声叫唤，“多谢你上次的月饼，今日我来还礼。”

辛湄拍了拍手上的碎屑，好奇地看了他半天，愕然开口：“我认识你？”

“哎，这么不给面子。”他不以为意地笑，“忘记我了？那也没事，还礼给你，顺便，崇灵谷那只狐狸的贺礼我也帮你带来了，接好！”

长袖一扬，他抛来一只偌大的盒子。

陆千乔出手如电，瞬间便拦了下来，盯着他看了片刻，方慢慢垂眼，手里捏着的是一只长宽尺余的木盒，盒中还有两只小盒，一只里面放着一枚鸽卵大小的明珠，一只里面是一串黄金打成的精致项链。

“项链是我送的。”大僧侣笑起来懒洋洋，慢悠悠，“祝你们百年好合，如胶似漆，早生贵子。”

项链上散发出一股令人厌恶的气息，陆千乔面无表情，直接把盒子扔了。

他也不生气，依然笑眯眯：“何必对我有那么大的敌意？我对你还挺有好感呢。”

陆千乔转身，吩咐：“继续走。”

迎亲的队伍继续前进，那辆金碧辉煌的长车渐渐便看不见了。辛湄探出脑袋看了老半天，突然灵光一闪，想起来了：“哦！是那个吃肉的假僧侣！”

陆千乔淡淡道：“不要想他。”

呃，吃醋了？

辛湄捧着下巴对他甜甜地笑：“乖，我心里只有你。”

他面上浮现一丝笑意，很快又消失不见：“坐稳了，小心掉下去。”

有狐一族……那天在嘉平关，郦闵临走时提了一下，他们最近蠢蠢欲动，连母亲也十分烦恼。一个认定自己是天神后裔，一个坚决不承认对方的天神血统，矛盾就是这么来的。近几年战鬼一族凋零，想来……是做个了断的时候了。

“陆千乔，你在想什么？”

花车里新娘子的声音打断了他的沉思，他笑了笑，是了，还在成亲途中呢。

“没什么。”他替她拉下窗帘，“坐好了，现在要加快脚步，天黑前赶到皇陵。”

成亲这种事，别人看着喜庆，局中人只觉得累。

战鬼一族结个婚，比生孩子还烦。辛湄蒙着盖头，被陆千乔抱在怀里，一会儿上刀山，一会儿跨油锅，据说身上那件百鸟羽毛编织的嫁衣就这么个作用——在上刀山跨油锅的途中，不许掉下一片羽毛，否则便是不吉利。

好容易等进了门，迎头又有一只大铁球横飞而来——这到底是洞房还是机关房？！

眼看着陆千乔轻轻松松一脚踢飞了那只铁球，把墙砸个粉碎，那间可怜的屋子就这么硬生生变成了废墟。

原来……洞房在后面。

辛湄被放在床上，还没来得及摆出娇羞的模样，只听脚底嗖嗖数声，床板下面扎出一排钢刀，硬是把喜床变成了笼子。

新郎站在笼子外，正要撸袖子折钢刀会佳人，笼里的佳人早已暴跳起来，一脚把钢刀踢断了。

“过来！”辛湄扯下盖头冲他勾勾手指，“现在——终于可以圆房了吧？”

推倒和被推倒两者间，陆千乔觉得选择前者他比较能接受。

于是他上前一步，轻轻握住床上新娘的柔软双肩，犹豫只有一瞬，接着便打算推倒。

辛湄突然抬手拦住：“等等。”

……之前火急火燎的人是她，如今终于成婚，她让他等？

他不等。

凤冠被轻轻取下，他的手指摸索在她浓密的发髻间，缓缓拔下一支发簪。

一绺长发滑落。

辛湄抬头看着他，再看看他身后的窗户，顿了顿，问：“你、你真打算开着窗户圆房？”

陆千乔转身，赫然看见窗户大开，皇陵里一群小妖怪都挤在外面，大眼瞪小眼地咬着手指看他们。

“……”

簪子从手里滑落在地。

桃果果忙着捂住弟弟的眼睛，省得纯洁的他被带坏，斯兰忙着拽人离开，映莲……映莲不见人影，想必又躲在暗处扎小人了。

唯有赵官人搬了一张桌子坐在窗前，上面堆满零食茶水，一面大吃大嚼，一面冲他猥琐地笑：“将军，你只管大胆地上，我们给你鼓劲。不会的地方，我保证教得你妥妥当当。”

陆千乔面无表情走过去，开口："走。"

呼啦啦，群妖如鸟兽散，将军这么多年的积威果然不可小觑。

赵官人把半桌瓜子壳儿扫落在地，走过去，偷偷塞给他一粒纸团，且挤眉且弄眼，小声道："将军，这种事，男人嘛，有时候难免力不从心，给你个好东西。"

陆千乔打开纸团，只见里面包裹着两颗颜色和形状都极其猥琐的小药丸。

赵官人胡须抖动："用了就知道，别人我还不告诉他。"

两颗药丸被塞进了他鼻孔里，陆千乔一把将窗户关上，锁好，窗帘拉紧。

……洞房花烛的气氛好像不剩多少了。他转身，辛湄不知什么时候把嫁衣脱下，只穿一件水红色罗裙，坐在桌旁用筷子挑面条吃。

面是用香油拌的，上面撒了花生与核桃的碎屑，还是取名字里的吉祥之意。

辛湄好心替他盛了一碗，招呼："过来吃点东西，饿了吧？"

他又是上刀山又是跨油锅，比胸口碎大石还累，怪不容易的。

眼见她嘴边吃得油汪汪，他忍不住想笑，一整天绷在心底的紧张也终于消散开。陆千乔走过去端起碗，挑了一筷子面送到她嘴边，低声道："这个是互相喂着吃的，张嘴。"

辛湄乖乖张嘴，顺便也挑一筷子给他："原来你们族里的风俗不是喝交杯酒，是吃'交杯面'。"

几颗花生的碎屑沾在她唇边，陆千乔用手轻轻抹了一下，不知为何，想到第一次把她带来皇陵，关在黑漆漆的小屋子里，他推开门，便见着她低头吃槐花饼的模样，柔软的黑发，柔软的面颊，还有沾在脸上的碎屑。

她像只白色的小兔子。

"辛湄，过来。"

他放下碗，轻轻握住了她的手腕，一拽，她就从椅子上滑坐在他腿上了，顺便反客为主，抬手搂住他的脖子。

"陆千乔，"她把脸贴在他脸颊上，"你今天没带着捆妖索吧？"

"嗯，没带。"他笑。

"那你闭上眼，我要亲你一下。"

他又一次顺从地闭上眼，漂亮而浓密的睫毛微微颤抖。辛湄捧着他的脑袋，越看越喜欢，低头在他两边脸上重重亲了两口。

他……又失落了。

正要睁开眼，唇上忽然一软——一个带着香油花生核桃味的浅吻。

没有深邃而纠缠的火热，她吻了一会儿，便移开。喜烛的火光映在两人眼底，亮晶晶并且跳跃。

两个人的脸都有些红。

“你学得怎么样？”她小声问。

陆千乔愣了一下，紧接着反应过来，却没脸红，只低头笑了笑，反问：“你又学得如何？”

“应该……不差。”

“口说无凭。”

那她就直接行动吧。

辛湄伸出手，摸索着，解开他一根衣带。形状优美的锁骨露出一小截来。

再解一根，小片胸膛出现了，结实，劲瘦。

他一动不动，只低头看着她给自己解衣服。

辛湄皱起眉毛：“你怎么不脱我的？真学会了？”

陆千乔想了想：“你先来。”

这方面他要尊重她。

辛湄了然一笑：“哼，其实你还是不会吧？那你看好了，我教你。”

外衣被她轻轻解开，脱掉，滑落在地。接着是中衣，他的胸膛已经全然暴露在火光中，漂亮的锁骨，结实的肌肉，她犹豫了一下，抬手轻轻摸上去，肌肤火热，剧烈的心跳透过手掌，传递给她。

“……别怕。”她安抚一声，“来，跟我上床。”

他的手往下一兜，她整个人便被抱起来，床帐落下，他上她下，气氛暧昧。

辛湄摇头：“不对，应当我在上面。”

陆千乔一翻身，被她推倒在床，身上再一重——她坐上来了。

亲吻，细碎的长发落在他胸前，吐息潮湿炽热……实在是酥痒难耐。陆千乔猛然抓住她的腰身，掌心顺着她的脊椎一节节向上抚摸，稍稍用力，她就跌入怀里，互相喘息的唇不知何时再次纠缠，深入，熨帖摩挲。

“……我热……”

脑子里一片混乱，对了，她得教他……可是又舍不得放手，无论是身体还是嘴唇，都在渴望他的触碰，哪怕离开短短一瞬都不行。

热，就脱衣服。

他生硬并且颤抖地替她解开衣带，下一刻她的嘴唇又不甘寂寞地贴上来，敞开了半边胸口——肌肤相触。

像是在干燥的草原上点起大火，局面瞬间失控，失去所有章法。

衣服到底是怎么脱掉的，两人都记不得了，也没时间去想。

……对了，观音坐莲。

辛湄稀烂成糨糊的意识里，这四个字一闪而过。陆千乔不会，她责任重大，今晚得负责把他教会。

于是……

纱帐一阵剧烈抖动，紧跟着，两声哀号，辛湄“唰”一声揭开帐子，脸色苍白地探出一条光溜溜的胳膊，在床头的柜子里一阵乱翻。

一只手把她拉回去了。

她虚弱地往外爬，喃喃：“我受伤，还流血了……金疮药……那本《兰麝娇蕊集》……”

她需要金疮药，还有洞房花烛夜的示范书籍……

“别走！”

忍耐到极致的极致，青筋快从脑门子里跳出来的陆千乔，终于再也无法忍耐，伸手将她抱回来，稍稍移动一下身体，扶着她的脖子侧躺下去。

“别走……”

否则他就要死了，真的会死人。

“我疼。”

“忍一忍，马上就不疼了。”

他翻身压住她，亲吻落在她胸前，拼尽战鬼所有的意志力，不去想刚才那一瞬的销魂滋味，手指轻抚她的耳垂和脖子，缓解她肌肉的僵硬。

多么艰难而充满荆棘的洞房花烛夜，对她和他来说，都是。

“别、别摸这边！”

那换一边摸——

“啊哈哈！好痒好痒！别摸！”

那改揉的——

“……轻一点，好疼啊……”

真难伺候。

他惩罚似的在她下唇上咬了一口，辛湄立即不甘示弱报复回来，想咬鼻子，他抬头一让，细细的牙齿便轻轻咬住了他的下巴。

他忽然动了，带着试探，更多的是出其不意的占有与不容抗拒，她一下僵住。

“……疼？”带着隐忍的喘息，问。

说不好……她说不好那是什么感觉，好像是疼，可又不是刚才那种疼，陌生而且怪异。辛湄紧紧捏住他的肩膀，迷惘地看着他。那双暗红色的眼睛深邃还有些可怕，忽然，睫毛颤了颤，他闭上眼，用力吻住她。

天旋地转。

她揪着被子，不知为何又想爬出去：“不……我不……”

……不许说“不”。

一只手托住她的腰，他完完全全压了上来，侵入，攻击，霸占。她一瞬间便软下去，喉咙里第一次发出颤抖的呻吟，睁开眼，漫天漫地的喜庆红色吞没了她。

“陆千乔……”她艰难地找到自己的声音，手指插入他的头发里，对上他深邃的眼。

“应该……应该是我教你。我要在上面。”

“明天让你在上面。”

她还想抗议，不过要说的话一下子又忘了，乱动的手被他压在两旁，他与她纠缠不休，难解难分。

柜子里的《兰麝娇蕊集》在默默流泪，他们两人看了那么多遍的图，事到临头一个都没用上。

洞房花烛夜就这么生涩而保守地过去了……

第十五章 佳偶成

据说，一个真正的好妻子，除了上知天文下知地理，精通十八般武艺加房中术之外，还必须要有一手惊天地泣鬼神的好厨艺。

前三者辛湄认为自己活到九十九岁也未必能有这般造诣，好在，她还有个厨艺能拿得出手。

所以，今天开始，她决定，为了做个好老婆而努力。

现在是卯时过二刻，天刚蒙蒙亮，辛湄下床，穿好衣服梳洗完毕，回头看一眼，陆千乔仍在睡，一条光溜溜的胳膊搭在被子外面，还有一小片胸膛，胸口上几点暧昧红痕——是她昨晚啃出来的。

洞房花烛夜一片混乱，他辛苦得脸色发白，以至于到现在还人事不省。

辛湄心里充满了对他的爱怜，弯腰噘嘴，在他脸上轻轻吻了一下，他动了动，迷惘地瞅她一眼，接着翻个身又睡了。

有时候，赖床也是个不错的习惯。

轻手轻脚推开门，清晨的皇陵薄雾弥漫，带着秋日特有的凉意。她刚一迈步，忽觉脚下踢中了什么东西——是几只青竹筒，上面系着红绳，打了个非常漂亮的结。

揭开上面半只竹筒，里面整整齐齐放了几只捏成莲花形状的紫米团子，团子上还点缀一颗红枣，做得很是漂亮。

……谁送的紫米团子？像是刚放过来的，团子还是热的。

辛湄连着竹筒一起端去厨房，熟练地起灶烧火，作为新妇，她要开始洗手作羹汤了。

缸子里用水泡着几块新鲜鸭血，很好，就做鸭血汤。

锅子里的汤开始翻白泡，浓浓香气四溢的时候，桃果果揉着眼睛，睡意蒙眬地走进来，喃喃："好香啊，斯兰大哥……你做什么了？"

一抬头看见辛湄，他先是一愣，接着掉头想跑，跑了一半再停下，好像这会儿才终于想起辛湄昨天嫁过来，从此就是将军的人了。

"你你你……你一大早来厨房做什么？！"

桃果果缩在门后指着她，见她笑眯眯地往鸭血汤里加料，他紧张得头发都要竖起来。

"你别乱动厨房啊！万一烧起来怎么办？"

辛湄盛了一碗给他："尝尝味道如何。"

"我不吃！"他使劲摇头，这女人如此不靠谱，做出来的东西肯定比猪食还难吃，他才不要委屈自己嘴巴！

"有什么关系，尝尝嘛。"

辛湄一把揪过他毛茸茸的翅膀，捏着鼻子给他灌了一小碗下去，笑吟吟地问："味道好吗？"

他呛得差点晕过去，"哇"一声哭了，掉头就跑，直到跑出去好几步，才又想起什么，从怀里取出一只同样的青竹筒，苦着脸扔给她："给你！"

咦？又是一只系红绳的竹筒，打开一看，里面还是几只紫米团子，做得就不怎么精致了，手印还在上面。

辛湄端着紫米团子正思索，一时斯兰又进来了，见她已经起灶做饭，不由得脸色剧变，赶紧冲过来一把揭开锅盖——还好还好，里面既不是焦炭也不是猪食，鸭血汤刚刚烧开，想是用鸭骨熬的高汤，另加了辛料去腥，香气扑鼻。

皇陵里一干大小妖怪平日其实不用吃饭，偶尔吃东西也不过是兴趣而已，唯有将军一日三餐不可少，做饭之类的事一直都是斯兰照料，他从不放心交给别人。

眼下一看这鸭血汤，他立即知道辛湄的厨艺只有比自己强，心情顿时很复杂。

……将军人都是她的了，以后连做饭也不需要他了吗？

——陆千乔成婚第一日，斯兰感到很寂寞。

“夫……那个……夫……”他犹豫着念了好几遍，“夫人”两个字对着辛湄怎么也说不出口，索性略过，“百年好合，早生贵子。”

说罢递上来一只特别漂亮的竹筒，里面依然是几只紫米团子，圆乎乎的，憨厚可爱。

“为什么都给紫米团子？”辛湄好奇极了，“是昨天你们吃剩的吗？”

“是将军那边的风俗！”

斯兰愤愤低吼，她脑袋到底是什么东西做的？！

战鬼一族的风俗是给新婚夫妇送紫米团子，皇陵里妖怪们熟知这个道理，所以一大早门前堆了许多紫米团子，都是小妖怪们送的。

辛湄塞了一颗进嘴，皱着眉头咬几下，勉勉强强点头：“还……可以吧，紫米煮得不够软。”

……她绝对是故意的，那么多竹筒，为什么只挑他做的那个？！

“哎呀，好香！斯兰你今天做什么了？”

赵官人的声音自门外响起，一进门，瞅见辛湄坐在桌旁吃紫米团子，他眼睛都笑得眯起来，赶紧凑过去，上上下下打量她，啧啧赞叹，细细的胡须里都透出一股猥琐劲：“姑娘今天一看就和以前不同了，皮肤水灵灵，脸蛋红扑扑，将军滋润有功啊！”

“真的吗？”用手摸了摸脸，她怎么没觉得自己有什么变化。

“真的真的！”

他从宽大的袖子里取出一只竹筒递上去，挤眉弄眼：“来，拿好。姑娘，记得这几只紫米团子一定留给将军吃，他吃了，你就知道好处。”

“什么好处？”

辛湄揭开竹筒，里面几只紫米团子无论是颜色还是形状，怎么看怎么猥琐。

“喀喀，用了就知道。姑娘，别人我还不告诉他。你要怎么谢谢我？”

她笑眯眯地盛了满满一碗鸭血汤放在他面前，又挑了那筒做成莲花的紫米团子给他：“赵官人，多吃点。”

他眉开眼笑，低头刚喝一口汤，眼角便瞅见陆千乔往厨房走来了，立即识情识趣地端着饭食闪人，顺便把依依不舍还想和将军说话的斯兰拽走。

“辛湄。”

陆千乔站在门前唤她一声。醒过来的时候，下意识想把本应睡在身边的人揽过来温存一下，谁知却摸了个空，那一刻，他突然领悟了深闺怨妇是怎样的心情。

她答应着跑过来，脸上带着无忧无虑的笑，头发还梳作未婚姑娘的式样，细碎的额发在风里一会儿翘一会儿落。

洞房花烛夜之后，在清晨看见她的笑脸，有一种久违而贴心的温暖。

他暗咳一声，故作自然地别过脑袋，低声道：“你……还好吗？”

这个……他在这方面没什么经验，女人的身体比想象中柔弱多了……那什么，醒来的时候发现床上的血迹，他从柜子里翻出一堆金疮药跌打药，是不是……是不是要上点药什么的……

“我很好啊。”元气十足的回答。

……其实吧，虽然没指望她娇弱无力地醒来，钻怀里撒娇呼痛，但……但她和往常一样活蹦乱跳，还有精神起个大早做鸭血汤，似乎更让他难以接受。

果然……要认真看看那本《兰麝娇蕊集》吗？陆千乔陷入沉思。

一只手轻轻抓住他的袖子，他低头，对上她乌溜溜的眼睛，她充满期待地看着他：“好吃吗？”

他的脸一下炸红，她指的是什么好吃？嗯，好吧……确实、确实挺好吃的……

“鸭血汤味道如何？会不会太淡？”

陆千乔瞬间淡定了，默然低头喝一口汤，她似乎放了一些花椒粉，淡淡的辛香，微麻的口感——她果然十分擅长厨艺。

“……好吃。”他笑了笑，握住她的手，“起那么早，是为了做汤？”

辛湄点点头：“我爹说，这叫洗手作羹汤。不过我没洗手，不要紧吧？”

他很喜欢她这么郑重其事的模样，当即把满满一碗汤喝完，忽见她推过来一筒形状颜色都猥琐的紫米团子，继续殷勤地看着他：“给你吃这个。”

……好眼熟的团子。

陆千乔捏起一只左右上下前后反复看，心里生疑，看一眼她，再看一眼团子，犹豫良久，方道：“谁送的？”

“赵官人。”

她给他吃赵官人送的猥琐团子……那只谁吃谁知道的团子……她的意思是……

他纠结了。

“陆千乔，吃完早饭，可以再睡一会儿吗？”

辛湄靠过来，把脑袋放在他肩膀上，声音软绵绵。

“……累了？”

“嗯。”她打个哈欠，“我一直没睡，就等着天亮洗手作羹汤。”

他揽住她的肩膀，一手抄过她膝下，轻轻一抱，她就蜷缩着埋在他怀里了，他的手轻柔地抚摸她的头发，一下一下：“现在就睡。”

“呃，可是洗碗……”

“睡吧。”

我会一直这样抱着你。

辛湄很快便睡沉了，于是不知道，那天赵官人拉肚子拉得面如菜色，在床上痛苦呻吟了一天，还不知道，映莲姑娘睡在池塘里笑得得意扬扬，那几只莲花状的团子做得最漂亮，就不信那死丫头不吃，作为抢走她暗恋多年的男人的报复，她让她拉着肚子度过新婚第一天。

嗯，欢快的新婚第一日，就这么平静安宁地过去了。

快年底的时候，皇陵下了第一场雪，赵官人的新剧也完成了一半。听说这个新故事是以将军和辛姑娘的感情历程为蓝本，又特意添加赵氏独有的煽情与感性，堪称近几年来赵官人最得意的经典作品。

将军甚至亲自操刀，又做了两个崭新的人偶，一个取名乔，一个取名湄，专门给这部戏做男女主角。辛姑娘看完戏文后，哭了一天一夜，为之取名《怨偶天成》，还留下了一句宝贵的评语：胡说八道。

那天是十二月十三，大雪。

戏台子早早在赵官人的指挥下搭好了，台下一群小妖怪也早已抢占好位置，翘首期盼年底最后一场经典大戏。

辛湄利用身份上的特权，选了最靠前最中间的位置。

戏还没开始，她有条不紊地从乾坤袋里掏东西进行准备：一沓厚厚的手绢，用来擦眼泪的；再一沓厚厚的手绢，用来找赵官人要签名的；手炉，用来暖手；瓜子儿，用来嗑……

眨眼工夫，旁边陆千乔的两只手里已经再也放不下任何东西了，辛湄意犹未尽地叹一口气，把他怀里那堆东西拨了拨，找个比较舒适的姿势从他腋下把脑袋钻进去，很好，这样很好。

面对她这种无孔不入的特性，陆千乔已经很淡定很习惯了，他把那堆莫名其妙的东西放在一旁的椅子上，翻开大氅将她裹住，捂在怀里。

“冷不冷？”

他低头看着她身上不算厚实的小袄，小袄衣领上还坠了两颗白色小毛球，配着她头发上毛茸茸的发簪，看上去更像只小白兔。

“嘘，别说话，开始了！”辛湄捂住他的嘴。

戏台子上的一排灯笼无声无息地点亮，将黑夜里的积雪映成了温暖的橘红色。眉目如画、风姿绰约的小湄第一个出场了。

台下小妖怪们“嗡”一声，一齐朝辛湄这边望。显然，这人偶做得比本人漂亮多了，这就叫情人眼里出西施，将军眼里，辛姑娘就是仙女。

快要年满十六岁的小湄是个飞扬跳脱、潇洒恣意的姑娘，虽然美貌无匹，但至今仍无人敢来提亲，只因传闻她有个很厉害的克夫命。家人为她的婚事操碎了心，无奈之下，小湄立志出门到外地买个相公，就此展开她生命里一段神奇而曲折的旅程。

此后她遇见了很多人，有妖娆妩媚的狐仙，有懦弱窝囊的仙人，最后，她遇见了生命里的克星——骠骑将军千乔。两人第一眼便天雷勾动地火，第一天一见生情，不可收拾，第二天就再见钟情，难舍难分了。

虽然两情相悦，奈何将军面临变身之劫，很可能就此撒手人寰，所以他幡然醒悟这样下去是不行的，为了不耽误小湄的人生，他默然离开了心爱的姑娘，风萧萧兮易水寒，将军一去兮不复还。（陆千乔心语：这人渣是谁？待会儿叫斯兰把这本戏本子烧了。）

将军离去后，小湄日夜以泪洗面，痛不欲生，其间狐仙与窝囊仙人纷纷安抚，就此又发展出多条复杂残虐、强取豪夺的恋情。小湄虽然被抢来夺去，但心里真正爱的人还是将军。在经历了与狐仙的暧昧、被窝囊仙人强占未遂之后，小湄还是痛下决心离开了。（辛湄：他们都比我祖爷爷还老！）

谁知柳暗花明又一村，将军离开后，碧海青天夜夜心，怎么也忘不了小湄的好，得知她和其他二仙的纠缠后，勃然大怒，情感爆发，抵死缠绵，继续与她难舍难分了。

甜蜜没有持续多久，将军的变身劫来临，失去五感成了活死人。将军的母亲为了家族荣耀，把他送往战场，试图令他在死后能博个好名声。危机四伏的战场，将军突然觉醒，挥舞长刀四处杀戮——

赵官人在后台大叫："快！准备好的鸡血呢？赶紧泼出去！效果！效果！"

"哗啦啦"，随着将军在台上挥舞闪闪发亮的长刀，猩红的鸡血泼了满台，血腥气四溢，嗅觉灵敏的妖怪们纷纷皱眉捂住鼻子。

辛湄从怀里取出梅花香饼，塞手炉里放在鼻前，忽觉陆千乔揽住她肩膀的胳膊渐渐收紧，她疑惑地抬头，见他面无表情，紧紧盯着满台的猩红色，一动不动。

她把手炉举到他鼻前，他浑身一震，垂头愕然看着她。

"这样就闻不到味道了。"她嘻嘻一笑，温暖的手心捂在他冰凉的脸颊上。

他反手握住她的，将大氅裹得再紧一些，看着台上哭天抢地的戏，他想了想，说："那天……也是这样？"

他知道自己那天在嘉平关杀了许多人，但，是后来才知道的。觉醒的时候，他完全没有意识，没有记忆。

"比这个惨多了。"辛湄吐出两片瓜子壳儿，"还有断手断脚内脏什么的……"

"辛湄……"他无奈叹息，"闭嘴。"

台上的将军在发威，战鬼的力量爆发，令他发出野兽般狂喜的号叫。他杀了来劝阻的忠心部下阿兰……（又是一盆鸡血）还准备杀旁边其他的无辜人，就在这千钧一发的时刻，小湄出现了。

她冲上去紧紧抱住将军，深情并且哽咽沙哑地呼唤将军的名字，将军狂暴的动作渐渐停下来，最后恢复了神智，两人在众目睽睽之下相拥亲吻、深情表白。

“陆千乔，那个时候我要是这样抱着你，你能清醒吗？”

虽然很狗血很假，但辛湄还是被感动得眼泪汪汪，她这会儿已经完全把这部戏当成别人的故事了。

“这种蠢事你最好想也不要想。”陆千乔皱起眉头。

她吸了吸鼻子，又得意地笑了：“所以……这种时候果然还是砸石头最有用。”

……怪不得那天醒来后脑勺疼得厉害，他只当是被郦闵或者什么别的人击晕，原来，是她用石头砸的。

真相大白。

他捏了捏她的脸颊。

顺利渡过变身劫的将军，得到了战鬼全部的力量，拥有了最高贵最纯粹的血统。将军的母亲要求他延续这纯粹的血统，选择一位战鬼族中的贵族女子为其婚配，小湄本以为将军会断然拒绝，想不到，他居然一口答应下来。

为什么？你不是说过会娶我，爱我到天荒地老吗？

小湄默默流泪中。

以前的事，我记不太清了。如果真的爱你成狂，不可能会忘记。曾经的我，对你的感情，想来也不过如此。

将军淡定中。

你……你好狠的心！

耽误你那么久，对不住。

你会后悔的！我会让你一生一世都活在悔恨里，永世不得翻身！

小湄狂奔而去，台上灯笼一盏盏灭了，赵官人清清嗓子，用最温柔的声音念道：“将军为何一夜之间性情大变？小湄这一走又将去往何方？这二人的感情最终如何了结？请大家等待《怨偶天成》下部，精彩的还在后面！”

台下哭声一片，辛湄擤一把鼻涕，捏着他的袖子摇了摇：“陆千乔，你不会要娶什么贵族战鬼，然后抛弃我吧？”

……他的脑袋好疼啊，今晚干脆让斯兰烤点老鼠肉来吃好了。

戏终人散，皇陵里众多妖怪且流泪且叹息地走了，辛湄把东西一件件再装回乾坤袋里，正准备起身，忽见台上灯笼一闪，又亮了两盏，小湄与千乔还在台子上，一个坐，一个躺，衣袂随雪而舞。

千乔，你总是让我等，这一次我等不了你了。

许多人影出现在身后，刀的寒光闪烁，直刺人心。

这次你等我，黄泉路上，奈何桥边。

刀光劈下，鲜血四溅，落在台下两人脚边，灯笼眨眼又灭了，戏台陷入黑暗里。

赵官人从后台探出脑袋，胡须颤动，得意扬扬：“将军，姑娘，怎么样？这是特别给你二人准备的大结局！死了也要爱！感动不？”

辛湄团了一个巨大的雪球丢过去，正中他鼻梁：“好感动啊！”

赵官人捂着鼻子满地打滚，辛湄忙着找药，给他赔不是，陆千乔……在雪上蹭了蹭脚边的血迹，转身走了。

血腥气太浓，他要赶紧洗掉这个味道……

替赵官人可怜的鼻子上完药，辛湄一转头，却发现陆千乔人不见了，赶紧往回跑，刚进院落便见地上丢着一件大氅，正是他方才穿的。

再走几步，是外衣。继续走，门边摔了一双鞋。

辛湄一头雾水地推开门，拐进卧室，没人。拐去旁边的浴池，便见衣服丢了一地，陆千乔整个人埋在热气腾腾的池水里，动也不动。

水汽里弥漫着一股香甜的桂花味，是她平日里沐浴常用的香精，他不知在水里撒了多少，香得简直呛喉咙。

“陆千乔，你怎么了？”她趴在池边，小心翼翼地问。

他慢慢从水里钻出来，水珠顺着清俊的轮廓往下滴。转过身，他忽然抓住她的手腕，一拽，辛湄大叫一声摔进了池里，落水猫似的惊慌失措爬起来，下一刻便被他紧紧抱住。

“你……”

话语被滚烫的嘴唇堵了回去。

一个凶狠的吻。

整个世界都在沸腾，翻滚，跳跃，疯狂。

眼前的一切都是扭曲而血红的，他什么也看不清、听不见，唯有怀里的身体那么真实而柔软。

“辛湄……”他紧紧抱着她，好像下一刻她就会消失不见，“我……我有些……”

他有些不对劲，自己也察觉了，却不能像往日那般迅速找回理智，冷静下来。狂躁的血液在奔腾，他甚至说不清，被血腥味激起的，究竟是高昂的情欲，还是漫天的杀意。

他就这么抱着她，一遍一遍，用手摩挲她的头发、后背。

低头看着她的脸，她正因为吃惊瞪圆了眼睛，黑白分明的眼珠子，细腻柔软的面颊，漂亮的眉形与浓密的睫毛——

他喜爱这张脸、这个人，见到她从心里最深处便觉着无与伦比的愉快。

指尖顺着她的脸颊滑下，她的脖子细而且白，他情不自禁低头吻上去。想要她，想一直这样亲吻她，想……就这样让她美丽的生命结束在自己的胸前。

她的脖子很脆弱，轻轻一捏就会断。这一双肩膀也太过纤细，承担不起什么重压。双手柔软细腻，想必连刀也不会拿。纵然力气比常人大一些……可她，她迟早会成为他的弱点，整个皇陵都将成为他的一个软肋，愈是喜爱，愈是致命。

柔弱的普通人与小妖怪，承担不起一个战鬼的爱。一个完美的战鬼，是没有任何弱点的，无论是外在，还是内在。

吸足水的小袄被剥开，她雪白的身体盛开在他怀里。

多么美丽。

陆千乔深深侵入她，情欲高涨，身体里像有什么东西烧起来似的，一把抓住她的头发，迫使她仰着头，正对着他，他要看着她。大抵因为他从未这么粗暴过，辛湄脸上的表情很有些不满，反手抓住他的头发，把他拉得低下来，额头贴着额头，喘息交融。

即使再美丽，她也将成为他的弱点。她既然为了他活着，那，也应当为了他死去。

他的指尖缓缓摸索在她颈项周围，就这么掐住，轻轻一扭，她便会在这最美丽的时候死去。

一只手抓住了她的脖子。

好像……好像有些不对劲啊！辛湄被掐得眼前阵阵发黑，偏偏两只手被他按在头顶，无论如何也挣扎不开。她勉力睁开眼，试图看清他的脸，他有一只眼如沸腾的血液般鲜红，另一只眼却漆黑如墨，冷酷无情，居高临下看着她。

“陆、陆千乔……”她艰难地叫他。

像是听见她的呼唤，他缓缓低下头，轻启唇齿，给了她一个吻。

辛湄张嘴便咬，她全身上下能动的也就是嘴了，这一口咬得实实在在，他浑身一震，如梦初醒，顿了良久，忽然抬手在唇边抹了一下，指尖沾上一块小小的血痕。再看看被自己推倒在池边的辛湄，她在上气不接下气地咳嗽，脸涨得通红。

唇间小小的血腥味刺激着他，他面色忽然一变，猛然站起来，眨眼便消失了。

“喂！喂喂……”

辛湄一面咳得要死要活，一面又想流泪，这种事做到一半，他、他怎么能就跑了呢？！

匆匆收拾一番回卧房，陆千乔人却不在，撒落门口的衣服也没了，她湿着头发在皇陵里四处找，如果没记错，刚才他的眼睛……是不是有变化？一只眼睛变黑了？他还掐她脖子，莫非又开始变身？可……变身劫应当是过去了呀！

辛湄一路跑到神道附近，忽然听见斯兰说话的声音：“将军，你的眼睛怎么了？”

她急忙绕过那堆石人石马，果然见陆千乔披着大氅，在雪地里缓缓前行，那背影……竟有些陌生。

斯兰问了两遍，他一个字也不答，只是慢慢往前走，他赶紧追上去：“将军要出门？我去牵烈云骅。”

“走开。”陆千乔突然开口，声音冰冷。

斯兰服侍他十年，从未被这般冷语对待过，一时竟然愣住。

“走开。”

伴随着第二句冰冷的话语的，是一道锐利的破空声，黑色长鞭如鬼魅般飞舞而起，沉重地击在他胸前，斯兰哼也没哼一声便喷着血倒飞出去，滚在地上生死未卜。

“陆千乔！”

辛湄惊愕地叫，他居然把斯兰给杀了？！

长鞭在他手里微微发抖，陆千乔忽然转过身，曾经两只红里透光的眼，如今变得一只黑一只红，无比诡异。

他的声音好像也在微微发抖：“你不要过来，回去。”

压抑不住的杀意，和以往都不同，只要再多看一眼，他就会用长鞭将皇陵里所有的人绞成齑末，像是抹杀所有弱点那样，毫不留情。

辛湄缩在一座石人后面，探出一颗脑袋冲他大叫：“你、你是不是又发疯了？！”

“轰”一声，长鞭甩在石人上，瞬间便绞断了那颗巨大的石头脑袋，辛湄兔子般跳起，转身又躲在一座石马后面，惊魂未定。

“……回去。”

长鞭再一次卷起石马的脑袋，狠狠砸在地上，辛湄反应特别快，哧溜一滚，再换一个石马继续躲，这次等了半天，再没有长鞭来削脑袋，她心有余悸地悄悄探出去偷看，却只见神道上满地残雪，两颗悲催的石人石马的脑袋砸出几个大坑来，方才那陌生而萧索的人影，就此消失了。

这……这到底是怎么回事？

她慢慢爬出去，盯着雪地上的脚印看了一会儿，想追，可想到那根可怕的长鞭，又犹豫了。若是他像上次在嘉平关一样发疯，好歹还有石头可以砸，可这次，他的杀气是冲着他们来的，又冷静又高昂的杀意。

虽然不知道是什么原因……

她贸然追过去，只怕就要发生两人都会后悔的事了。

想了半天，辛湄终于转身，走到斯兰身边弯腰一看——还好还好，那一鞭子砸得不重，他估计是断了几根肋骨，晕死过去了。

她一把提起斯兰，转身便跑，一面扯直了嗓子大叫：“赵官人！红莲姐姐！桃果果！快来人哪！斯兰快死了！”

陆千乔就这么突然消失，无数流言蜚语在群妖间盛行，最流行的说法便是：赵官人的《怨偶天成》激怒了将军大人，回想起先前自家老婆和狐仙以及窝囊仙人确实有那么点不清不楚，又发现自己的忠实部下斯兰成了夫人的小白脸，一怒之下把他打个半死，负气走人了。

赵官人不由得老泪纵横、捶胸顿足，后悔写了这么个倒霉戏本。

且说那天白头山新雪未融，傍晚时分又下起雨来，眉山居的院子里，灵鬼们堆了只雪人，被雨点戳得出现许多小窟窿。

眉山君一边喝酒，一边想起那只辛湄做的豆腐眉山，忍不住潸然泪下。

酒意上头，他绞尽脑汁搜索曾经看过的缠绵诗词，想吟诵一番抒发郁闷，想来想去只想出一句“恨不相逢未嫁时”，还完全不贴切。他们俩根本是相逢未嫁时，奈何擦肩过，可怜炮灰命，唯有泪满襟。

他用袖子擦了擦脸，从抽屉里翻出一只金光闪闪的盒子，打开，里面是月饼节的时候辛湄送来的一盒月饼。每一块月饼都被他用水晶的小盒子装好，方便他喝酒的时候抱抱这个，再蹭蹭那个。

灵鬼们趁雨下得还不大，把院里的积雪扫开，省得明晨结冰，不好走路。因见眉山君倚在窗前趁醉带着哭腔吟诗，大家都很有默契地绕开那个窗口，谁也不理他。上次有个灵鬼好心安慰他两句，结果被拉着说了一下午的辛湄，怎么甩也甩不开，从此再也没人安慰了。

“我赌他今天会念叨一个时辰。”灵鬼甲拍出两枚铜钱。

“我赌两个时辰。”

“三个时辰。”

…………

在最后一只灵鬼叫出“十个时辰”的时候，头顶突然传来一阵马嘶声，一匹通体火红的骏马从天而降，刚好落在眉山君倚的窗前，不屑地朝他脸上吐气。

眉山君一个激灵，酒意瞬间便醒了，泪流满面地看着马背上面无表情的男人，颤声道：“将、将军大人……你你你来做客，敝居蓬、那个蓬荜生辉……”

陆千乔从怀中取出一封信递给他，冷冷道：“替我查一下，报酬是十坛酬神敬天酒。”

虽然很想问他辛湄怎么没来，但还是打落牙齿和血吞吧……对着陆千乔那张比平日里冷一万倍的脸，他一个字也不敢说，当下拆开信封，匆匆看一眼，却是要他调查一下，二十年前在琼国曾经叱咤一时的权臣陆景然究竟是怎么死的。

说起来，这个人……他好像死得是挺突然的，当时琼国老皇帝年迈且疑心重，对这位臣子的位高权重很不满意，不过还未来得及下手，他就死了，陆家也就此消失。

而这个陆景然，如果他没记错，好像是战鬼将军的父亲。

眉山君疑惑地看他一眼，忽而对上他冷冰冰的、一红一黑的眼，脆弱的小心脏顿时落下去了。

“我查我查，马上……马上就查！”

他流着眼泪叫出小乌鸦，背着身体用最小的声音吩咐：“乖乖，这次千万别往战鬼一族那边飞，那些战鬼凶得很，手重些你小命就没了。”

小乌鸦鄙夷地飞走了，这次查得很快，不过大半天工夫又飞回来，丢了一个纸团在眉山君手边。

他赶紧缩头缩脑，把纸团恭恭敬敬送到陆千乔手里。

纸团上只有一行潦草的字：

琼·御统三十二年，战鬼郦氏一族有女朝央，年二十五，成就百年难见完美战鬼之身，屠戮夫家上下一百三十七人。此事鲜见，甚是奇异。

第十六章 离家时

将军的表情很平静，看不出任何异常。

眉山君抓心挠肝地好奇着，好想知道纸团里写了什么啊！这就是八卦仙人的悲哀……

陆千乔看了很久，忽然将纸团摊平折好，放进怀里。

“多谢。”

他从乾坤袋里掏出十坛酬神敬天酒，丢在桌上起身便走。眉山君情急之下大叫：“等一下！将军！我……那个……小湄最近好吗？”

陆千乔停下，面无表情回头看他。

眉山君心惊肉跳，鼓足所有勇气，小声道：“我没、没别的意思，只是关心一下……”

就算作为一个普通朋友，他还是有立场和底气这样问候的吧？有的吧？有的吧？

将军还是没有回答，只是黯然地垂下眼睫，默然走了。

那到底是好还是不好啊？眉山君纠结了，剩下那点小勇气实在不够支撑他追出去继续问，只得回头抱住喝水的小乌鸦，讨好地笑：“乖乖小乌鸦，告诉我，那纸团上写了什么？”

小乌鸦继续鄙夷地瞄他一眼，回身跳到桌上，扯了一张白纸过来，爪子上金光一闪，开始行云流水般书写。

眉山君正要凑过去看，忽听外面的灵鬼笑道：“咦？是狐仙大人哪，你来得正巧，方才那个战鬼将军送了十坛好酒来呢。”

眉山君连滚带爬将桌上很是小巧玲珑的十坛酒一股脑抱怀里，怒吼：“这酒太少！绝不送人白喝！”

甄洪生笑吟吟地推门进来：“你这个眉山，怎么总是这般小气？我得了好酒可从没少过你的份。”

“不送就是不送！”

虽说上次陆千乔给了他酬神敬天酒的配方，但里面许多材料都是上古才有的，到如今早已绝迹了。眼下好容易得了十坛，他要留着一个人小口小口慢慢品味。

甄洪生也不生气，慢慢走过来，因见小乌鸦在纸上写字，貌似写的还是战鬼一族的事情，便道：“我刚遇见那位战鬼将军了，好凶的神色。”

而且，他那双眼睛……果然被大僧侣说中了，他们母子二人，还真是不简单。

眉山君将那张纸拿起来，粗粗一看，登时愣住。

甄洪生转着眼珠子：“对了，说起来，辛湄是将军的妻子吧？我看那个将军有些不对劲，这一变身，指不定要把皇陵闹成什么样子。眉山，你好像挺喜欢那姑娘？”

话未说完，眉山君早已丢下酒坛狂奔出去，气急败坏地大叫：“快！把小仙鹤给我牵过来！我要出门！”

甄洪生凑到窗边又加一句：“赶紧吧！我给那姑娘看过手相，最近挺不吉利的。你去迟了，她可能就会丢掉小命……”

眉山君跳上小仙鹤的背，一路风驰电掣地飞走了，连头也没回一下。甄洪生得偿所愿地打开一坛酬神敬天酒，哼哼，眉山如此小气，到后来，这酒还不是他的？酒液缓缓倒入杯中，色如水晶，他细细一品。

“好酒啊好酒，眉山，我就不给你留了。”

陆千乔一直没有再回皇陵，斯兰又被打伤，躺床上成日只是如怨妇般流眼泪，凡开口，必然只有那几个字：“将军……你为什么……”

开始赵官人他们还会安抚几句，到如今已经发展为视而不见听而不闻了。这日辛湄过来送金疮药，刚推门便听见斯兰又在老调重弹：“将军！你好狠的心！为什么为什么？！”

赵官人正俯在桌前写《怨偶天成》的下部，被他吵得头疼，忍不住哀叹：“你看看你！五大三粗，膀粗腰圆！你是个男人，不是戏里被抛弃的女主角！够了啊，给我闭嘴！”

斯兰脑袋上罩着白巾子，闭上眼睛默默流泪。

……怎么说呢，辛湄作为货真价实的女主角，感到负担很重。

“姑娘你还送什么药啊！”赵官人瞅见她，便道，“这家伙是妖怪，断几根肋骨两三天就长好了，根本不用上药。”

斯兰忍不住睁开眼：“老赵，我受的是心伤！”

“所以老子才被迫坐在这里听你唠叨！省得你一哭二闹三上吊！”赵官人把毛笔一丢，大声痛斥，“正写到关键的地方，被你吵得我完全没灵感了！”

“都是你这老东西写的倒霉破戏！把将军气走了！”

“你胡扯！”

“你……”

这两只妖怪吵得不可开交，辛湄看看这个，再看看那个，想了半天不知该不该劝，刚好桌上有一壶茶，她正打算喝点茶继续看热闹，忽听门外有几个小妖怪在叫：“斯兰哪！别装病了，快出来！皇陵外面有个仙人被云雾阵困住了，正大声叫骂呢！”

斯兰闻言立即起身，把罩在脑袋上的白巾子一把丢进水里，随手披上外衣，动作利索流畅，哪里有半点受伤的样子？

虽然将军打伤了他，但他只要有一条命在，就决不会背叛将军！将军人不在皇陵，他誓死也要替将军守住这块乐土！

当下众人赶到云雾阵外，老远便听见一人大吼：“陆千乔！你、你要是敢把小湄杀了，我眉山上天入地也不会放过你！”

辛湄走过去，抬头望着半空中仙风道骨的小仙鹤，好奇地问：“眉山大人，你在做什么？”

眉山君乍一见她完完整整娇娇俏俏地出现在眼前，激动得从小仙鹤背上滚了下来，直滚到她面前，未语泪先流。

“小湄！还好你没事！”

他激动，他号啕，他惊喜万分，他施展男子气概，一把拽住她的袖子，拉了就要走：“你马上跟我走！私奔去！这地方不能待了！”

一拽——没拽动。

继续用力二拽——继续没拽动。

眉山君铆足了劲使劲拖，脸涨得通红，只听辛湄在后面奇怪开口：“你拉着斯兰做什么啊？”

他愕然转身，便见自己牵着一个脸色很不好看的彪形大汉，大汉用深邃的眼神静静看着他，问：“眉山仙人，你要和我私奔去什么地方？”

…………

眉山君平静下来，已经是很久之后的事了，其间辛湄和一群小妖怪席地而坐，喝了一杯茶，吃了两块槐花饼，满足地打着嗝。

“听你的口气，好像知道将军出了什么事？”斯兰递给他一杯茶，帮他顺顺气。

眉山君神情不可捉摸，声音也像一只迷路的小兔子：“就是变身哪，杀人哪之类的……”

那到底是什么意思？

“大概就是母亲杀了父亲，现在儿子又要杀老婆什么的……”

“请你用正常人的话，缓慢流畅地再说一遍。”

……他现在正常不起来——不，以后他也正常不起来了！眉山君流下两行痛楚夹杂羞愧的泪水。

“咦？好热闹，我来得真巧。”

头顶突然响起一个轻浮却又温柔的声音，众人抬头去看，便见几只巨大的极乐鸟穿透云雾而来，后面还拉着一辆气派非凡的长车。一个穿着宽大皂衣的年轻男人蹲在车头，笑眯眯地朝他们挥手。

这人谁啊？招摇得让人生厌。

辛湄啃着槐花饼“啊”了一声：“是那个……什么狐的……什么假僧侣！”

“是真的僧侣，不是假僧侣。”

大僧侣叹着气从车上跳下来，刚好落在她对面，顺手抓了一块槐花饼塞嘴里，喃喃："赶了两天路，饿死我了。"

"你是有狐一族的！"眉山君失神的眼睛此刻终于有了点神采，狐疑地看着他。

他曾有一段时间对这些上古部族后裔很感兴趣，叫小乌鸦查了很多，譬如极西的战鬼一族、南边的有狐一族、靠北的御子一族等等。古老部族的后裔，相互接触不多，像有狐跟战鬼这样两者间有矛盾，一个说自己有天神血统，一个坚决不承认的情况，相当罕见。

比之如今凋零的战鬼，这个族群却壮大得多，南边许多国家至今还为他们建庙宇殿堂，当作真正的天神来膜拜。而所谓大僧侣，又与普通族人有别，据说地位很高贵，是一种极清净极高洁的存在。

眼前这个皂衣男人嘛……普普通通看了就忘的脸，吃个槐花饼还吃得嘴边都是碎屑，什么清净高洁，那是骗人的吧？

"你还真是名不虚传，八卦得很哪。"大僧侣朝他笑了笑，"可惜还不够优雅，和我学学，想叫一个女人跟你走，光流眼泪可不行。"

他塞下最后一口槐花饼，拍了拍手，众目睽睽之下，一掌劈向旁边发呆的辛湄——呃，劈空了，这姑娘反应太快，直接躲过去了。眉山怒吼："这叫什么优雅？！"

"你做什么？！"辛湄嗖一下跳起来，考虑是给他一拳还是踢他一脚。

斯兰直接挡在她前面，黑着脸瞪他："我知道有狐一族！和将军那边有龃龉的吧？趁着将军人不在，你是想乘虚而入？！"

大僧侣笑得很轻浮："他人要在，你们还能活得了吗？"

斯兰登时一愣。

"麻烦让让，别打扰我救人。"

他戴着黑丝手套的手好心地拍了拍斯兰的肩膀，也不知怎么的，斯兰只觉完全无法抵抗，竟不由自主退了一步，任由他把爪子伸向辛湄。

——又抓空了，这姑娘真滑溜，直接躲在树后，像只警觉的小动物。

"乖乖的，过来。"大僧侣蹲在地上，逗猫似的朝她勾手指，"哥哥给你吃好吃的。"

一颗石子儿直直砸过来，他飞快一闪，只听"咔嚓"一声，后面那棵还算粗的小槐树硬生生被砸倒下去。

大僧侣擦了擦额头上的冷汗：战鬼将军，你辛苦了。

终于看不下去的眉山君再次抖擞精神，正要上前一步阻拦，却听他笑道：“来不及了，郦朝央那边消息倒是灵通得很哪。没办法，少不得用点手段。”

他吹了声口哨，拉长车的几只极乐鸟立即高声啼叫起来，霎时间，金光四射，亮得什么也看不见。众人本能地捂住眼睛蹲下去，片刻后，只听头顶又响起大僧侣轻浮的声音：“你们也赶紧走吧，不想死的话。”

眉山君硬生生撑开被强光刺得流泪的双眼，恍恍惚惚，依稀见着辛湄晕倒在那人怀里，被抱上了长车。

不过眨眼工夫，强光，极乐鸟，还有长车，连带着辛湄统统消失不见了。

记得那时斯兰重伤后刚醒来，睁眼看见辛湄站在床边，第一反应是勃然大怒。

“你怎么还在这里？为什么不去追将军？！”

辛湄很莫名其妙：“他要杀我，追上去送死吗？”

“不是让你去送死！”斯兰第一次真正发怒，“你可以不追！你也可以继续假装淡定懵懂！可你不该那么漠不关心！是不是只要将军喜欢你，他这个人变得如何，你都无所谓？！他出什么事，你只要装傻等在旁边，什么也不做，等他回来继续宠你，你就开心了？”

“……斯兰，你好像发烧了，在说胡话，我去叫赵官人。”

她走到门边，听见斯兰冰冷的声音：“其实你根本不喜欢他！你只是喜欢有人疼你，把什么都给你，至于这个人想什么、关心什么，你都不在乎！”

门推开，她直接出去了，赵官人尴尬地端着水盆在门口看着她。

“那个……姑娘啊……”他犹犹豫豫地说，“我不想多嘴，但你这样……成日没事人似的在皇陵里晃，也确实不大好……”

或许她应当像那些戏本里的女人一样，丈夫出了一些事情，立即辗转反侧、寝食不安，乃至泪流满面、痛不欲生，这样大家都会舒服点。

“我……”辛湄想了一会儿，才接着说，“我不是不关心、不在乎。”

那天晚上的事情来得太突然了，以至于到现在她还觉得，可能陆千乔下一刻就会安安稳稳地回来。也不是没想过追上去，可，追上去只会被杀掉，然后留陆千乔一个人后悔痛苦，又有什么用?

“姑娘，你不相信将军哪？”

…………

“说到底，你自我保护得太厉害了。”

她和陆千乔从相遇到成亲，一路顺遂，稍稍有些波澜，也像过眼云烟一般稍纵即逝。她一向自信满满，像老爹说的，世上没有人能欺负她，只有她欺负别人的份。所以，只要她想，陆千乔就一定可以做到。她说他不会死，他就一定可以醒过来。

现在她想，陆千乔一定可以像没事人似的回来。

他怎么可以不回来?

她在梦里都见到他了，一个人孤孤单单提着长鞭在雪地里走，茫然四顾，像是不知要往何方去。

她追过去问：“陆千乔，你去哪儿？怎么不回来呢？”

他掐她脖子、用长鞭削脑袋什么的，她早就不生气不在乎了，她是个大度且贤惠的老婆。

可他说：“辛湄，我无处可去。”

最喜欢的地方，如今却最想把它毁掉；最喜欢的人，如今最想亲手杀掉。

他无处可去。

辛湄惊醒过来，觉得自己一下子明白了他此时此刻的心境，以及她之前从没有想过的，他的绝望。

“醒了？那就劳烦你自己坐稳，咱们要开始上蹿下跳了。”

陌生还有点熟悉的声音在头顶响起，辛湄仰起脖子，还未来得及看清，只觉身下一阵晃动，她整个人从高处滚在地上，再被弹起来摔回去，自觉变成了一颗小石子。

“山……山崩了？！”

她下意识死死拽住手边能拽的东西，对面立即传来痛呼，定睛一看，那位有狐一族的大僧侣正狼狈地伸长了脖子——他一把头发被她死死拽住，扯得面如菜色。

辛湄定定看着他，眨了眨眼睛。他也跟着眨眨眼睛。

一只巴掌瞬间甩在他脸上，直接打掉一层皮……呃，一层皮？！

大僧侣捂住脸哀号："你的力气是不是太大了点？！"

说罢放下手转过脸来，果然左边脸上红肿一片，那张脸和原先的也截然不同，依然普普通通看了就忘，但鼻子嘴巴什么的，完全两样。

"咦，你的脸……"

辛湄凑过去，不顾他羞涩赧然的抵抗，掰开他阻挡的手，严肃且认真地盯着他看了半晌，方道："你戴着传说中的人皮面具！"

大僧侣暗咳一声，很有些不好意思："面具是有的，但不是人皮。"

辛湄掐住他的脸皮，使劲揪，直揪得他惨叫连连。"唰"一声，一张面具掉落，路人甲的脸；"唰"一声，再一张面具掉落，路人乙的脸。

她连着揪下来十几张面具，瞅瞅，感觉后面还有，她终于揪不动了。

"你居然没脸！"她震惊。

大僧侣仰天默默流泪，不，他有脸，他真的有脸……

"姑且不说我已婚了，"辛湄神色一软，变得怜悯且温柔，充满了施恩者和婉拒者的高高在上，"就凭你没有脸，我也不会跟你私奔。"

……他可以从长车上跳下去吗？可以吗可以吗？

身下忽然又是一阵剧烈的震动，辛湄直接滚倒在地，这才发觉他们好像是身处那辆华丽气派的长车之中，车里的东西已经东倒西歪不成样子了，大僧侣面如青菜地陪着她一起在地上滚来滚去。

"车子是你的吧？就这样让它晃散架？！"

辛湄一头撞在车壁上，登时头晕眼花。

大僧侣唯有苦笑："后面有人在追，这种时候就别强求了。"

辛湄使劲撑起身体，一把抓住窗沿，探了半个身体出去，云雾茫茫的高空，依稀看见后面有一匹灵马在追赶，马上人穿着白衣，车子晃动得厉害，看不真切。

一阵大风吹过，迷蒙的云雾被吹散开一些，那身白衣似乎也靠得越发近了。

辛湄望见一双血红的眼。

是战鬼一族的人！

她抬手想打个招呼，冷不防那人架起长弓，尖锐的破空声乍然响起，铁箭离弦而出，直直朝她脸上狂射而来。

辛湄一骨碌滚回去，那支箭擦着车壁疾射而过，硬生生把木头的车壁擦出几道裂痕。

“……是要杀我？”她不可思议地喃喃。

虽然她见过的战鬼族人不多，也就陆千乔他们那一家子，不过根据以往的经验，他们虽然凶悍了些，却很少会这么直截了当地杀到眼前。莫非她又得罪了婆婆而不自知？

“反正不是杀我。”

车子在数只极乐鸟的拉动下疯狂晃动，大僧侣滚到她脚边，认真地抬头看她：“其实我是来救你的。”

“……给个理由先。”

“没问题，不过……能麻烦你把脚稍稍移开一些吗？”

大僧侣指着她踩在自己额头上的脚，苦笑。

事实很简单，郦朝央二十五岁那年的觉醒，成就了十分罕见的完美战鬼之身，随后杀光夫家上下百口人，当时陆千乔由于被送回族内由郦氏一族的人照料，故而逃过一劫。他身为混血，本就处于弱势，族人都以为大小姐回归后会毫不留情杀他，谁知郦朝央只是叫人把他送走，留下了他的命。

他们母子二人向来情分浅薄，偶尔见一面，她也几乎都坐在车中，竹帘隔出两个世界来。

现在想想，完美的战鬼根本没有所谓的感情，她留下他的命，只怕也是抱着一分微弱的希望，因为自己可以成就完美之身，那亲生儿子也是有可能的。

现如今，他真的有希望成了，心中却残留着不舍的感情，宁可一个人悄悄走掉，将战鬼一族的兴衰置之不顾，郦朝央也有她愤怒的理由。

陆千乔不愿动手，那么就由她来动手。

“以上，就是这样。”

大僧侣说得口干舌燥，扯下腰间的竹筒喝了一口水润润嗓子，抬头看辛湄，她完全没反应，正托着下巴发呆。

“没听懂？”他把手在她面前晃晃。

辛湄想了想，摇头："不，我觉得……她不是那种人。"

"陆家上下一百三十七口人被她杀光，这可是事实，我没那个工夫胡编乱造。"

"我的意思是，她是有感情的。"

那天在帐篷里对上的一双血红眼，纵然冰冷且充满杀意，可她没觉得害怕，也没有想躲。她看见郦朝央的手放在陆千乔的脸上，指尖动作流露出一丝惋惜哀伤，身体是不会骗人的。

"那也不是对你有感情，不然我们现在干吗逃命？"

辛湄看着他："是啊，你干吗跟着我一起逃？我和你又不熟。"

大僧侣露齿一笑："那当然是因为我们有狐一族是光明且正义的一群英雄，不允许罪恶的战鬼继续胡乱杀人，我是来阻止他们的暴行的。"

辛湄不说话，只是盯着他看。

大僧侣又笑了："总之……我不会害你，只管放心。"

极乐鸟到底不是凡鸟，比灵马飞得要快，剧烈颠簸了半个时辰之后，终于把后面的战鬼甩脱了。

两人在长车里滚得都有些精神不济，大僧侣疲软地撑起来，往窗外看了一眼，道："我要把你带回族里，到那边就没什么人会来杀你了。"

"我不去。"辛湄回绝得十分快，"送我回皇陵。"

大僧侣简直要哀号："我刚才的话你真的没听懂吗？！"

"回皇陵。"只有三个字。

大僧侣终于收起戏谑的神情，静静看着她："你就是回去，郦朝央不杀你，你等上十年、二十年，他也不会回来。就算他回来，你们见面也只有一瞬间，下一刻他就会把你剁成齑末。死不死是你的事，可族里的任务是叫我保护你，任务完成不了，我也不好过。"

"我有话和他说，一定要说。"

没有什么无处可去，她会在皇陵等他，一直等着他，她活着，这里永远是他的归处。

大僧侣长叹一声："你不必回皇陵，我知道他人在哪儿，且送你过去看看他吧。"

第十七章 长相忆

陆千乔没有回战鬼一族，他人在战场，此时硝烟弥漫，残余的叛军在甲胄兵的包围下四处逃窜。

又是一场胜仗。

当日陆千乔向荣正帝请命，得了圣旨来到长庚关已有十日，这里是琼国最北边的一个关口，近来不光有叛军侵犯，甚至还有海对岸的天原国时常挑衅。听闻天原国有个太子，秉承上天之命，身具妖魔之血，勇猛无匹，野心勃勃地向四方诸国发起攻势，已有不少小国被其吞灭了。

好在琼国四面不是崇山峻岭便是汪洋大海，隔着山与海，对方不敢擅自出动大军，只不过和叛军互相勾结，偶尔来小打小闹一下，试探实力。

风卷起硝烟，血腥味扑面而来，陆千乔闭上双眼，感觉整个身体在微微发抖。

他喜欢这种味道，这样提着长鞭，纵马奔腾在战场上，像是把整个生命都从牢笼中解放，甩脱所有纠缠他、令他不安且苦恼且不舍的那些人与事。

“追上去！一个也不要放过！”

烈云骅发出高亢的嘶声，撒开四蹄凌空跃起，第一个冲上前追赶残兵。黑色长鞭犹如飓风一般席卷而来，所过之处只有飘洒的血雨。

他从未像现在这样喜爱追逐与杀戮，遗憾的不过是对手太过弱小，战鬼的本能在渴望着更加强大的敌人。

怀里有个硬邦邦的东西抵在甲胄上，陆千乔下意识地掏出来——是天女大人的人偶，秀丽的脸上已经染了些血迹，模模糊糊，不太好看。

他觉得陌生又熟悉，从心底不自觉泛起一股温柔的情感。

每天他都会带着这个人偶上战场，以前所有的事情他都记得，只是不能理解自己曾经为什么会那么软弱而迷惘。他为什么会不喜欢打仗？为什么没事要做那些无聊的人偶？为什么……会不想杀了那个小白兔一样柔软的姑娘？不想杀了那些猥琐而无用的小妖怪？

他不理解为什么，可身体里仿佛记着一个绝对的命令，每当兴起杀意，想要回到皇陵杀个干净的时候，便会把人偶拿出来摸一摸，杀意渐渐也就平息了。

烈云骅不太明白为什么背上的主子忽然停下动作，疑惑地回头用鼻子撞他的腿。

“……算了，回去。”

陆千乔收起人偶，掉转马头，鸣金收兵。

他不喜欢这个人偶身上沾染血迹，要把它洗干净才好，否则，她看见了会生气的。不过，她或许一辈子也不会看见了吧？

他心里隐隐约约掠过一丝疼痛，很快又消失不见。

“你看见了，他现在已经快要变成完美的战鬼，等于完全变了个人。你跟他说什么都说不通的。”

华丽的长车隐藏在云后，大僧侣抱着胳膊摇头叹气。

“还是跟我去有狐一族吧，你家那边也有我的族人守着，一起带回去。”

辛湄捧着下巴蹲在车前发呆，完全没听他说话。

陆千乔一定没有好好吃饭休息，才几天不见，他就瘦了，本来脸上就没什么肉，还风尘仆仆的，都不好看了。

对了，他刚才好像在看天女大人的人偶，怪不得她在皇陵找了很久都没找到，原来被他拿走了。居然也不和她说一声，害她难过了一晚上。

她摸了摸身上，将军大人的人偶丢在皇陵，她没带来，荷包里只有一只他送她的木雕小兔子，大半巴掌那么大，长耳朵被她摸得光可鉴人。

“那边有个悬崖，我要过去。”

她指着对面与长庚关有一崖之隔的悬崖峭壁。

“做什么？”大僧侣狐疑地看她。

“当然是去看他啊！”

辛湄看白痴似的看回去。

……早知道这姑娘如此难缠，他就不应当答应下这破任务！

大僧侣绿着脸把长车落在对面悬崖上，却见她并没什么出人意料的举止，只是下了车，坐在树下摩挲那只木雕的小兔子。

不是要看陆千乔吗？她就这样看？

大僧侣无聊地在车里打盹，一等就等到月上中天，天顶的小月亮像被天狗啃了一块，倒是亮堂堂的，可惜不怎么圆溜。

辛湄突然站起来，大僧侣立即睁开眼，见她走到崖边，把手拢在嘴边——

“陆千乔——！我来看你了——！”

她大声喊叫，甜蜜绵软的声音在山谷里回荡不休。

“你是个男人，就赶紧给我出来！躲躲藏藏不是好汉——！”

声音继续回荡，回荡……

真是个乱来的姑娘啊！大僧侣瞠目结舌。

“陆千乔！你怎么可以始乱终弃？你出来——！把话说清楚——！”

长庚关里一阵骚乱，士兵们脸色古怪地望向主营帐。这个……长官的私事，他们也不好管，不过，始乱终弃什么的……也还是太过分了点……骠骑将军虽然没来几天，但关内众人对他只有敬畏，想不到哇想不到，藏在他冰冷外表下的，居然是一颗放荡火热的心！

在窃窃私语达到最顶峰的时候，主营帐的帐帘终于被人一把揭开，陆千乔将军披着外衣散着头发走了出来，面沉如水，看不出任何表情。

他朝悬崖方向走去了，手里还提着长鞭——那可怜的姑娘！该不会被恼羞成怒的将军杀掉吧？！

辛湄还把手拢在嘴边大喊："快出来——！我在对面崖边等着你——！"

下一刻，一个冰冷的声音便顺风自对面悬崖上传了过来："为什么要来？"

她一下停住，狂喜地凝神望向对面，月光还不够亮，看不清他的脸，只有他那只红眼在黑暗中熠熠生辉，野兽般狰狞。

"你抢走了我的天女大人！"

晴天霹雳似的一句指责，炸得后面的大僧侣、对面的陆千乔都是一愣。她第一句话应该是"我很想你，为什么要走"，再不济也应当是"你放心，我会等着你"之类，怎么会冒出这么莫名其妙的一句？

"不过没关系，我宽宏大量。"她摆摆手，"天女大人就送给你了！"

天女大人……陆千乔下意识地摸向怀内，人偶没有带出来。对面山崖虽然不远，却也看不清她整个人，依稀见到她淡蓝的裙摆随风而飘。

为什么会来？为什么要来？他不明白，可是身体因为她的到来在微微颤抖。

她就在对面，用尽力气一跃就可以过去——过去杀掉她！

他捏紧长鞭，因即将到来的腥风血雨而兴奋得撑开重瞳。

"陆千乔，你要好好照顾天女大人，把她当作我来照顾。"辛湄冲他做手势，"每天帮她洗澡，不要弄得脏兮兮，衣服要经常洗，头发也别忘了梳。睡觉前记得亲她一下，这个最重要！"

"……说完了？"

伴随着他的声音，过来的还有舞动长鞭的利风，她身后不知什么人，在崖前架起无形结界，他无法跳过来，只有甩动长鞭，试图用利风撕裂她。

纵然有结界阻挡，尖锐的风声还是穿透而来，"嗤"一声响，她锁骨附近的衣服被撕裂一道口子，鲜血极缓慢地渗出，渐渐染红衣襟。

辛湄继续说："你自己也要好好吃饭！别光顾着杀人！这世上有很多比杀人好玩的事情！你成天那么跩，要是输给什么血统啊本能啊，你就太丢人了！还有，要按时睡觉，不然早上起不来又要赖床，出门在外，赖床是很幼稚的！"

又一道风声，腰腹被击中，她系在腰上的荷包落在了地上，里面的木雕小兔子滴溜溜滚出来，她赶紧捡起，拍拍上面的灰。

“……陆千乔，其实我有很多话要和你说。”她低头想了想，皱着眉头笑了笑，“我们在一起时间其实不算长，我对你……一直也不怎么温柔体贴……”

洗手作羹汤什么的，也就新婚那几天，其后照顾人的事情还是落到斯兰身上，辛苦了他，从照顾一个人变成照顾两个人。

“不过，不过有些事我是怎么也不会交给别人的。”她捏紧那只小兔子，“过两天我还会来看你，很多的话，分次说给你听好了。你要是打完仗，也要记得回家。我会——会在家里一直等你。”

回家……

陆千乔挥舞的长鞭停了下来，隔得不算远，他仿佛一瞬间能够把她看清楚，淡蓝的衣服上染着血迹，不过她在笑，雪白而柔软的脸颊，黑白分明的湛亮双眼，笑得无邪。

“嗯，那我走了。”

辛湄冲他摆摆手：“后天晚上，月亮爬上天顶的时候，崖边老地方见。”

这样看着她走，真的好吗？心底有个声音轻轻问他。

……不知道，我不知道。陆千乔捏紧长鞭，心里那种隐隐约约的痛楚又浮上来，眼睁睁看着她的身影消失在树林里，充斥血液里的杀气霎时消失得无影无踪，他笨拙地感到无所适从。

好像回味起些许甜美的片段，他曾专注地为她雕琢人偶，她微凉的长发落在手背上，香且微醺。

真的要抛弃那些？

明月夜，残雪崖，无人回答他。

将军回到营帐里，亲了一下天女大人，茫茫然入睡。

月亮已经爬上天顶了。

陆千乔坐在粗陋的栏杆上，不知怎么的就突然想起这件事，心里一瞬间涌上一股期待夹杂着思慕的情感来。

……她说今天来，她会不会来？

为什么要期待？为什么又觉得心慌？他记得自己深爱过她，可现在再看曾经的情感，觉得朦朦胧胧，像是一个不可踏入的领域。

他的心里没有“喜爱”这种东西，可他知道，自己喜爱她，想杀又舍不得杀掉她。

他是一个趋向完美的战鬼，应当回到战鬼一族，接受属于他的荣耀与责任。

但他好像就是不想回去，无处可去，他只有提着长鞭在战场上奔驰。

天女大人的人偶被他洗得干干净净闪闪发亮，因手指头那边有些磨损，他想也不想便熟练地从乾坤袋里取出小刀，细细修补。

他为什么又要在这种时候做这么无聊的事呢？

冰冷的夜风卷着残雪飞舞，下一刻，那个甜蜜又柔软的声音便顺风飘来。

“陆千乔——！你这混账怎么可以爽约——？！”

不！我没有爽约。小刀从手里掉了下去，陆千乔霍然起身，大步流星地朝崖边走去。

她就站在崖边，今天换了一身浅红色的小袄，领口还系着两颗小球球，发髻上面簪着同样毛茸茸的球，看上去……看上去——真想把她揉碎。

他下意识地摸向腰间，本能地寻找长鞭，一摸之下却是空。

今天他没把长鞭带在身边。

比昨日收敛许多的杀意在体内纵横，陆千乔皱了皱眉头，不太习惯这种古怪的感觉，他盼着她，好像不是为了杀掉她。

辛湄从怀里掏出一个威风凛凛的人偶，晃了晃：“你看！我今天把将军大人带来了！”

将军大人……是他为她做的另一个人偶吧？那么华丽丽的盔甲，还有夸张又不实用的长刀——看上去真蠢。

辛湄盘腿往崖边一坐，端着将军大人，指着天上残缺的小月亮：“将军，月亮代表我的心！”

……什么意思？

她说：“你只是性情大变，又不是狗血失忆！少在那边给我懂装不懂啦！你敢说你不记得了？”

他记得，那时候他是多么迷惘而懦弱，看不见未来，还喜欢自欺欺人。

那时候……那时候，她似乎醉了，柔软的身体紧贴上来。

第一个压抑而不敢见光的吻。

他心里陡然生起一种似熟悉似陌生的怪异感觉，薄冰般的双眸终于有了一丝松动，犹豫了一下，学她盘腿坐在崖边，手里捧着天女大人。

“陆千乔，你还记得我们第一次见面，是在哪里，然后我们都在做什么吗？”

他想了想，答：“皇陵外围的森林，我杀虎妖，你路过。”

“错！”

辛湄翻个白眼：“第一次见是在皇陵里！我抽晕桃果果，你打我一掌！”

所以说，男人哪，一点也不细心，没记性，粗疏不体贴！他就算性情大变，也没变成更好的男人。

“陆千乔，你知不知道，一开始我特别讨厌你？”她摸着将军大人的衣服，声音终于软下去，“抢我灵兽，还打我。我好心给你送钱袋，你还抓我，凶得要命。我那时候想，就算嫁给路边叫花子，也绝对不会嫁给你。”

是……这样吗？他一开始做人真那么失败？

“不过这种事真是没道理，最后我们还是成夫妻了。”

她抬头，对着他微微一笑：“和皇上赐婚没有关系，是我自己想嫁给你，还逼着你娶我，你那时候，有没有生气？”

没有……看见她穿着残破的嫁衣出现在皇陵里那一瞬间，他是喜悦的，这绝不是说谎。

“我知道你喜欢我。”她多么自信满满，毫不忸怩，“所以我才逼你的。你不会怪我，对不对？”

沉默。

“说话，别装哑巴。”

“……对。”

辛湄笑得合不拢嘴，不知想起什么，面上百年难见地浮现出一丝羞涩来，垂头斟酌半日，方道：“虽然我们做夫妻也有几个月了，现在说这种话有些怪……但我还没和你说过吧？陆千乔，我也喜欢你。我从来没有想过，要嫁给别人。”

他没有说话，静静坐在对面，任由夜风拂起长发，一只红眼在黑暗中熠熠生辉。

她吸了一口气，又从怀里取出同心镜，这玩意还是她从赵官人那边偷过来的。怕出什么意外，就算有云雾阵，但将军不在总归不放心，皇陵的妖怪们又一次躲进了地宫。

她没进地宫，就是悄悄拿了一些东西，给赵官人和斯兰留了张字条，叫他们别担心。

把同心镜举起来，她问："还记得这个吗？被同心镜照出来的两个人，可是有天定姻缘的。咱俩就照出来过，你要不信，咱们再照一次。"

借着天顶亮堂的小月亮，她将同心镜对准他，自己一弯腰也凑在镜前——镜面一片模糊，黑黝黝的，半点反应也没有。

"呃……"辛湄有点尴尬，拍了拍镜面，"是坏了吧？还是没对准？"

陆千乔忽然起身。

"夜已深，我走了。"

他转身便走。

"那我过两天再来看你！"

辛湄使劲拍了不中用的同心镜一巴掌，它流着眼泪被塞回包袱里。

"你……"他停下脚步，回头望着她，"我不想再……"

"不想再什么？"她跳起来，撑圆眼睛瞪他，"你敢说出来？你敢再说一遍？"

你以为我那么好骗？！你这一套老娘在戏本子里看过不知道多少遍了！你敢再说一遍不喜欢我？！你敢？！

她激烈的声音回荡在脑海里。

那天，她说："我就是那么想嫁给你！"

陆千乔垂下眼睫，觉得身体在微微发抖，无关本能，不是杀意。

"你抬头，看着我。陆千乔，我就在你对面，看过来！"

一红一黑的双眸对上她的。

"好了，现在，你想说什么？"辛湄眨眨眼睛，问他。

他沉默了很久，藏在内心、被茧深埋的蝴蝶蠢蠢欲动。

他说："下次……早点来。"

辛湄露齿一笑，笑得一点也不矜持：“嗯，我知道了。”

他忽然长袖一扬，一件物事被轻轻抛过来，却撞在崖边结界上，好在他用的力气不大，东西没弹多远，辛湄上前一步抬手便捞住了。

是他们辛邪庄的金疮药，他一直带在身边。

“……伤口，记得上药。”

他记得前天用长鞭把她打伤过，虽然有结界阻拦，不至于伤筋动骨，但破皮流血是肯定的。

辛湄点点头：“好，你也要按时吃饭休息，别太忙了。”

陆千乔朝她身后茂密的森林里望了一眼，虽然隐藏得很深，但树林里传出一股令他极其不喜的气息，战鬼的本能令他想要撕碎结界，将那人削成碎片。可是，辛湄也在。不知道为什么，不想让她见到自己杀人。

他走了。

辛湄笑眯眯地蹦回去，捧着那瓶常见的金疮药，像捧着个宝贝。

大僧侣正坐在长车边扶着脑袋打瞌睡，没精打采地问：“说完了？”

“嗯，后天早点来。”她跳上车，继续捧着金疮药当宝贝，觉得那苦涩难闻的味道比什么美味佳肴都来得香。

还要来！大僧侣无声哀号。

“现在是非常时期，你还动不动在这两个危险的地方来回跑，真是不要小命了？”

她愕然：“什么非常时期？”

“郦朝央派了战鬼在到处找你吧？”

辛湄想了想：“最近不是根本没见他们吗？她追杀我什么的，也只是你说的而已。”

这些天除了陆千乔，不要说战鬼，就连战鬼的毛也没见过一根。现在想想，那天遇到的战鬼未必是来追她，也有可能是追这个没脸的假僧侣，他们有狐一族不是跟战鬼一族有点龃龉吗？

大僧侣神情怪异地盯着她看了半天，喃喃：“真是好心当作驴肝肺……”

“少啰唆，回皇陵去。”

辛湄躺下来，把金疮药的瓶子放在鼻前——好像可以闻到陆千乔身上的味道，分开的时间并不长，她却觉得久违了。

——她是不是把他当作跑腿的车夫了，还是不要钱的那种？一定是的吧？是的吧？！

大僧侣仰望残缺的小月亮，怅然得想流眼泪。短短几天，他被这姑娘折磨得心口都疼。

好想念有狐一族啊，那清澈而明亮的泉水，那四季如春的花园，还有那些美貌又虔诚、温柔又可爱的姑娘。

姑娘们，你们可亲可敬的大僧侣眼下遭受着如此非人的蹂躏，究竟是为哪般哟！

锅里的鱼汤已经烧滚，浓白似牛乳的一颗颗泡泡翻上来，小小的厨房里弥漫着浓郁的香气。

辛湄低头拿刀，凝神在豆腐上雕琢。豆腐泡在冷水里，寒冬腊月的，她的手冻得发红，也有些不利索，只好慢慢勾出脸庞的轮廓，屏息静气，生怕出一点差错。

今天已经是正月初一，晚上老时间，和陆千乔崖边相会，她要做点好吃的给他带过去。思前想后，还是决定雕个豆腐辛湄，这样比较有情趣。

记得前几次去见他，他每次都姗姗来迟，好像并不怎么情愿，后来才变成早早在悬崖边等她来，话也渐渐变多，不会像刚开始，她说十句，他回不到两个字。

……快要成功了吧？

辛湄心花怒放地把雕好的豆腐放蒸笼里蒸，灶台上还放了另外两只蒸笼，早已热气腾腾，都是些小包子小烧卖之类的糕点，是留给皇陵里众妖怪的。因为陆千乔不在，斯兰根本没心思做饭，妖怪们虽然不用吃东西，不过好歹是过年，冷冷清清的多难受。

“好香啊好香啊！”

闷在地宫里埋头专心写《怨偶天成》下部的赵官人偶尔也会出来透气，嗅到香气垂涎三尺地奔进来，对着那些圆乎乎白嫩嫩的糕点眼冒绿光。

辛湄笑眯眯地给他盛了一碗鱼汤，再送上几个包子：“赵官人，你尝尝看味道如何。”

“姑娘亲手做的，怎么会不好吃！”

赵官人半张脸都埋在碗里，吃得满胡须碎屑，忽而又想起什么，抬头看向辛湄。

“姑娘，你今晚还要去长庚关找将军说话？”

“当然。”这件事是风雨无阻的。

“那麻烦你帮我们也带个话给将军吧。”他在皱巴巴的袖子里掏啊掏，掏了半日，终于取出一个皱得不成样子的信封，郑重其事放在她手上。

“大家都在上面写了名字，每人还给将军偷偷说了句话。”赵官人剔着牙缝里的碎屑，“前几天就说要给你，但你一直没来地宫也没碰上。总之，大家都很想他，什么战鬼啊变身哪完美啊，咱们做妖怪的不懂这些，相处了这么久，一句话也没留下说走就走，还把不把这里当家了？”

辛湄拆开信封，只见里面塞了一张折了许多道的白纸，上面密密麻麻都是妖怪们的名字。桃果果和他弟弟不会写字，每人就附了一根黄澄澄的羽毛在里面，弟弟还拍个肥硕的掌印在纸上。

“斯兰本来吵着闹着要跟你一起去看将军，不过被大家拦下来了。”

赵官人冲她猥琐地笑：“这花前月下甜甜蜜蜜的二人世界，怎么能叫他去煞风景？姑娘，你叫将军赶紧回来，《怨偶天成》下部我快写好了，就等他回来咱们开始演。这次我又改了许多，保准不会再发生上次的惨案。”

“又是一死一疯？”辛湄怀疑地看着他。

“不不，这次绝对不同！是你们再也猜不到的结局！”赵官人神秘兮兮地摸着胡须，凑过去小声道，“我让将军的母亲患上必死重症，母亲临死的心愿就是让将军娶一个战鬼贵族小姐，将军忠孝两难全，于是你只得黯然退出。五十年之后，将军站在你的坟前默默流泪，拔剑自刎随着你去了！”

……她怎么就没看出有什么不同呢？

辛湄一把抢过蒸笼里仅剩的几个包子，一股脑全塞自己嘴里。这乌鸦嘴的老货，好东西果然不能给他吃。

眼看辰时将过，从皇陵去长庚关路途遥远，辛湄赶紧用盒子盛好饭菜，小心翼翼提在手上便要出门。

赵官人一直把她送到云雾阵的边缘，笑道：“姑娘，现在这样不是很好吗？你也变了不少，没那么孩子气了，赶紧变成个更好的女人，把将军抢回来。”

“我本来就是好女人。”

辛湄嘻嘻一笑，转身出了云雾阵。

出乎意料，平常只要她一出云雾阵，必然能见到大僧侣坐在华丽的长车上等她，虽然至今不晓得此人为什么要一直粘着自己，但他的长车飞得快，又不用露天受冷风吹，当个免费的车夫真是太完美了。

可他今天不在。

辛湄在附近绕了一圈，怎么也没找着他的长车，只好从怀里取出秋月栖身的符纸，正要唤出秋月，忽听头顶响起极乐鸟悦耳的啼鸣声，大僧侣衣袂飘飘地落下来，笑嘻嘻地给她道歉：“不好意思，今天来迟了，好在你没先走。”

她从偌大的食盒里抽出五盒糕点塞给他：“送你一盒，新年好。剩下四盒麻烦你帮我送去辛邪庄。”

大僧侣笑得两眼发亮：“真是多谢，难为你还想着送我。不过我若去辛邪庄送糕点，谁又送你去长庚关呢？”

辛湄想了想：“要不我先骑秋月去，你送了糕点后记得追上来。”

……果然！果然是把他当车夫外加仆人哪！大僧侣摸着发疼的心口，忍得面如菜色。

“假僧侣，你今天是遇到什么好事了吗？”

辛湄看着他的脸，随口问了一句。

大僧侣目光微闪，笑了笑：“怎么这样问？”

“你今天看上去特别开心。”

虽然他平日里也是嬉皮笑脸，但今天……怎么说呢，和平常截然不同，有一种说不清道不明的愉悦从内心里发出来，眼神是不会骗人的。

他又笑了笑，将食盒放进车里，道：“嗯，等了这么久，总算没白费，也算是个大好事吧。不过成不成，还要看天意。”

到底是什么好事？她有点好奇。

“虽然我是僧侣，但也是个男人。男人的秘密，是不会告诉女人的。”他跳上长车，吹个口哨，极乐鸟拍起翅膀飞上了天。

“那你先去，回头我就追上来。”

这个人还真是神秘兮兮的。

辛湄骑在秋月背上，拍拍它的脑袋：“好秋月，咱们去长庚关。”

正月初一，一犯再犯的叛军没有来袭，想来大家都在过年，肃杀的长庚关也难得温情一次，士兵们依着各自家乡的习俗，或包饺子或做八宝饭，饭食的香气把终年不散的硝烟味与血腥味掩盖了下去。

陆千乔坐在主营帐里看方舆图，手边放着一盒八宝饭、一笼蒸饺，都是士兵们送的。

挖一口红红绿绿的八宝饭，放嘴里——太甜。

吃一个蒸饺——太淡。

他难得有些心浮气躁，抬头望望日色，估计还有一两个时辰才到黄昏，那时候辛湄才会来。他饿着肚子，却什么也不想吃，只因她说今天会亲手给他做饭。

好像……很久都没尝到她的手艺了。

他终于领悟了一丝怀念的味道，只盼日头赶紧掉下去——他想她，他想早点见到她。这一次，他想试试跃过悬崖，站在她身边，摸摸她的脸颊。

心里的杀意早已渐渐消失，那时常隐隐作痛的胸膛，也很久没有疼过了。

她不来，整个长庚关好像都是黑白的，血腥味不再令他兴奋难耐，他更想……更想再一次切切实实嗅到她的味道。

拥抱她，好像已经是上辈子的事了。

他放下方舆图，把一直放在桌上的天女大人抓起来，一会儿整整袖子，一会儿梳梳头发，一会儿再取出小刀，将磨损和不光滑的地方修整一下。

营帐外忽然响起士兵们惊惶的叫声，紧接着帐帘被人一掀，许久不见的郦闵夹杂着一股寒气走了进来。

“将军！他、他擅闯……”

守门的士兵结结巴巴。

“没事，出去。”陆千乔放下人偶，站了起来。

郦闵走到他面前，见着他一红一黑的眼睛，神色又惊喜又复杂，立即双手合在一处给他行礼：“少爷！你果然继承了夫人的高贵血统！”

陆千乔没有看他，只面沉如水问他：“什么事？”

“夫人早已知晓少爷的事情，碍于最近有狐一族时常挑衅，她一直不敢擅离族里。今日终于有了空隙，她正在十里外的骊山顶等着你。”

陆千乔依然没有看他：“我不会回族里。”

郦闵也不急：“夫人交代，她虽然很想看到少爷你能维持理智，不会杀掉所爱之人的样子，但她也不介意亲自出手，替少爷解决这个烦恼。”

他终于回头，薄冰般的双眸对上他的，郦闵心中一凛，不由自主退了一步，垂头不敢再冒犯。

“她……杀了父亲，如今还要用辛湄来威胁我？”陆千乔伸手，拿起放在榻上的黑色长鞭，转身走出营帐，“我可以去见她，你不想死，就别跟来。”

……他们这对母子，到底还是免不了要打杀一场吗？

郦闵默然看着他走远，顿了顿，也跟着出去，不敢与他同方向，自己退到东面的山头等候。

第十八章 亲人殇

骊山顶上白雪皑皑，郦朝央的衣服却仿佛比冰雪还要白。

她今天没有坐马车，而是静静站在积雪的树下，背着手不知在想什么。

啸风骊远远地站在雪地里啃草根，忽然察觉到动静，抬起头，便见烈云骅悄无声息地降落下来。

“……千乔。”

郦朝央声音很低，很空洞，唤了他一声，转过身，漆黑的眼对上他的。

陆千乔一直走到她面前，缓缓下跪：“母亲。”

她似乎对他如今的模样十分满意，如冰似雪的面上破天荒浮现出一丝笑意，不过瞬间又消失了。

“不愧是我郦朝央的儿子。”

他变身失败的时候，她极其失望，强忍杀意回到族里，甚至打算忘掉自己有这么个独子的事情。对战鬼一族来说，她四十五岁的年纪并不算老，再嫁他人，再生一个纯血的孩子也不是什么难事。族里长辈也时常劝说她再嫁一个门当户对的纯血战鬼，曾经她都是置之不理，陆千乔变身失败后，她不得不把这事拿出来认真考虑了。

不过……毕竟是她和他的孩子，陆千乔终于没让她失望。

“不只是你的，还是陆景然的。”

陆千乔站起来，声音淡漠。

郦朝央没有发怒，只定定看着他：“你已经知道了，是我杀了陆家上下，你父亲最后一个死，我亲眼看着他在我手中断气。”

她十七岁遇见陆景然，恋得极苦；十八岁顶住族里一切沉重压力，嫁给他做妻子；二十岁生下陆千乔，一家三口，很团圆，很美好。

可她始终学不会说那些甜蜜而温暖的话，不会为他缝补鞋袜衣服，不会洗手作羹汤，不会逗自己的孩子玩。在战场与危机中，她可以放弃自己的生命来保护所爱的男人，可是在安逸烦琐的日常生活里，她什么也做不了，不是他心目中的好妻子。

陆景然一直在怀疑她的爱，正常的女人都不会是她那样，或许，她永远也做不了一个正常女人。

后来到了二十五岁，她开始渡变身之劫，却觉醒成了百年难遇的完美战鬼之身。

当她挥舞方天戟，血洗整个陆家之后，陆景然便站在血色的围墙下，对她奇异地笑着。

那么奇异的笑，又温暖，又伤心，又恍然，又解脱。

她直到现在都忘不了，甚至杀死他的那种悲伤都快要记不起，唯独忘不了那个笑。

“没事了，过来。”他说，张开手，像是以前要抱住她的样子，“朝央，给我个痛快的，让我解脱。”

他只想要一个解脱。

方天戟顺从他的心愿，挑开皮肉，刺穿身体，将他整个人钉在墙上。

她双手捧着他的脑袋，亲眼看着他在手里断气，心里隐隐约约的疼痛是什么，她不理解。

他解脱了，她也解脱了，回到族里，凭借完美战鬼强悍的实力，将郦氏一族的地位提升不少。新帝即位后亦有心拉拢，封她做了夫人，还将当时年仅十三岁的陆千乔也收来，封了个车骑将军，十五岁他立战功，再进骠骑将军。

她杀了所爱的男人，也曾想过要杀掉那男人和自己的儿子——一个混血战鬼，渡过变身劫的希望本就不大，何况是蜕变成完美战鬼?

可她下不了手，甚至自己也不理解其中的缘故。

或许是因为千乔的鼻子像那人，又或许是因为他偶尔流露出的神情像那人。她……是不是在后悔杀了他?

族里长辈时常提出要为她再寻婚配，帖子送来，她一一束之高阁。

为了振兴战鬼一族，她什么都可以做，婚事按理说也应当答应下来。嫁给一个纯血的战鬼，生几个纯血的孩子，她最该做的就是这个。

可她不能。

就是不能，没有原因，没有理由。

"我曾想过要将那姑娘杀了。"郦朝央背着手转身，缓缓向前走，"可是千乔，你比我强，你没有动手。说实话，我也不想再见到这种事，所以，我不会对她和皇陵出手。"

杀掉所爱之人的事，一次就够了。她和他的孩子，她不能给他什么至高的幸福，却也不想让他体会自己的孤寂。作为一个不称职的母亲，她能做的也就这些。

"不过，我不出手，不代表我会默许你任性妄为。"她停下脚步，回过头，双目已然变作血色。

"我给了你和她，还有那个时常捣乱的有狐僧侣大半月的时间。我不会再给你什么，一天也不行。你必须随我回族里，见不见她是你的事，这段婚事保不保留，也是你的事。但你要回去，有狐一族近来实在可恶，我已无法忍耐，必须想办法灭之。"

不过是一群毛皮畜生，居然胆敢声称自己是天神后裔，甚至放话出来，战鬼一族自上古便是服侍天神的，所以他们理应归顺，为有狐一族效力。

战鬼不惧怕任何挑衅，也不会容忍任何挑衅。

陆千乔始终没有说话，捏紧长鞭的手缓缓松开了。

他曾想过，或许会战得惊天动地，不是她死便是自己死，也想过，她会在他提起"陆景然"三个字时勃然大怒。

却没想过，事情会发展成这样。

郦朝央的侧脸沐浴在夕阳的红晖里，他看不懂她脸上的表情，是悔恨，是庆幸，还是……别的？

转过身，静静望着天边渐落的太阳，落日熔金，云层染血，他想起辛湄无忧无虑的笑靥。

鸭蛋黄似的太阳终于沉下去了，辛湄站在崖边，搓了搓冰凉的手。

到底是陆千乔今天来迟了，还是她来得太早了呢？对面悬崖上半个人影也没有。她是怕食盒里的饭菜冷掉，虽然里面铺了一层热炭，但时间过太久也会冷掉的，冷掉的豆腐辛湄可不怎么好吃啊！

倒是辛苦秋月了，被她一个劲催着往长庚关赶，累得它落地就团成一团睡觉，怎么也叫不醒。

崖边冷风夹杂着残雪席卷而来，辛湄冷得实在受不了，只好跳来跳去。

真见鬼了，陆千乔没来，有狐的那个没脸假僧侣也没来，眼看天色越来越暗，长庚关内火光通明，各类饭菜佳肴的香气伴着士兵们谈笑的声音传来，她又冷又饿，实在忍不住，只好把手拢在嘴边，开始采用古老而实用的战术——大嗓门吼叫。

“陆千乔——！你怎么又迟到了——？”

没有人理她，没有人来。

“陆千乔——！”

她再叫一声。

头顶突然响起骏马长嘶的声音，辛湄急忙抬头，便见久违的啸风骊四蹄踏着雷电，高高在上。马背上那个穿白衣的女人，好像……好像是她那个脾气不大好的婆婆哎！

她哧溜一下躲进树丛里，比兔子还快。

她是来杀她，骂她，拆散他俩，还是……还是什么她不知道的别的？

马上的战鬼夫人并没有看她，也没有下来，更没有说话，只是抛下一块巴掌大小的物事，刚好落在辛湄脚边，发出清脆的响声。

是一块古老的长满铜绿的青铜牌子，上面雕琢着古老而质朴的花纹。

辛湄小心翼翼抬头看看她，再低头看看这块牌子，斟酌着拿起来，搞不懂婆婆到底是啥意思。

“大门钥匙。”

郦朝央言简意赅地说了四个字，充分说明这块铜牌的作用。

什么什么大门？辛湄还没来得及问个清楚，啸风骊便长嘶一声，转身跑远了，只留她一头雾水地缩在树丛里，追也不是，不追也不是。

“辛湄。”

对面崖上，陆千乔的声音终于响起，辛湄一骨碌滚出去，却见他并不像以往，散着长发一派睡前姿态来这里。

他身上披着漆黑大氅，头发束得整齐，长鞭佩在腰间，最重要的是——他居然骑着烈云骅！

“陆千乔……你、你要走了？”

她愕然。

陆千乔深情看着她，今天她穿着浅黄色的罗裙，显得有些单薄。悬崖上寒风阵阵，她双颊被吹得嫣红一片，嘴唇还有些发白。

他默然解下大氅，扬手抛过去，刚好落在她肩上。

“……你早些回去。不要受凉。”

大氅又大又长，带着他身上的温暖和味道，辛湄下意识地裹紧，茫茫然还是问：“你要走？去哪儿？”

“我回族里。”他看了看她手里的铜牌，犹豫了一下，“那是大门的钥匙……这样你来族里，不会有人拦你伤你。不过……你最好别来。”

什么大门二门钥匙，她已经不想管了。

“怎么……怎么突然就要回去？”

那以后都不能有崖边相会了？她今天还特意做了豆腐辛湄……还穿了新做的罗裙……她到现在还没能摸摸他消瘦的手和脸……

“族里有些事。”

他静静凝视她，好熟悉的眼神，那种她看不懂的、令人透不过气的凝视。

辛湄想了想：“那你什么时候能回来？”

沉默，他终于开口：“或许……要很久。”

“很久是多久？一个月？半年？还是一年？”

“……我不知道。”

“那你能一个月回来一次吗？我在皇陵等你。”

他看了她好久好久，比之前所有的沉默时间还要长，久到她以为他不会说话了，他突然说：“……好，我争取。”

辛湄渐渐笑开，忽然想起什么，从袖子里取出赵官人给的那封皱巴巴的信，朝他晃了晃：“一定要回来！大家都在等着你呢！这是他们让我给你带的信！”

他面上的神情变得柔软：“替我留着，下次……回家看。”

“好！那你一定、一定要回来啊！”

“嗯。”

烈云骅扬起前蹄，从崖边一跃而起。

郦朝央还在前面等着他，拖得越久，也会越舍不得，离别一向是这样的，唯有速速一刀切之，方不会优柔寡断。

可，他不想让烈云骅飞那么快，飞一段，他回头看了眼，她还提着食盒，在雪地里追着，使劲朝他挥手。过长的大氅疲软地搭在她肩上，好像随时会掉下来。一串模糊的脚印在积雪上蔓延了很长。

“陆千乔——！你一定要回来啊——！”

她用力大叫。

她总是这样连名带姓叫他，不见缠绵，却又刻骨铭心。

嘴边的白雾模糊了他的双眼，铁石一般的身体里有一股无法抑制的冲动。

没有办法往前，我不可能再往前走一步了。心底的声音轻而坚决。

烈云骅激烈地嘶叫，转身便往回跑，堪堪落在林边。

辛湄骤然停下追赶的脚步，睁大眼睛，看着他跳下马背，慢慢地，渐渐又加快，最后变成飞奔。

寒气夹杂着久违的他身上的气味，扑面而来。

他张开双臂，紧紧抱住她。

暌违三十个秋天的拥抱。

“……跟我走！”

他哑着嗓子，一把将她抱起来，大步流星往崖边走去。

郦朝央没有追来。

事实上，谁会追来，谁会阻拦，他已经完全不在乎。

悬崖对面便是长庚关，十几丈的距离，他轻轻一跃便过去了。跳起的时候，可能太突然，也可能辛湄终于反应过来，“哎”了一声，食盒从手里摔出去，她顿时哀叫：“啊！豆腐的我……”

长鞭无声无息甩出去，牢牢卷住食盒，再一扯，它便稳稳地落在他手里，然后默默递还给她。

辛湄愣了一会儿，抬头看看陆千乔，他眉头微微蹙起，带着点期盼，还有些犹豫，没有说话，还是那么静静凝视着她。

她是会哭，还是会继续扑上来抱紧他?

辛湄定定打量他，最后慢慢露出一个笑意，把他的手轻轻拉住，说：“走，吃饭去。”

主营帐里点了温暖的火堆，没有点灯，光线有些暗。她揭开食盒，用手探了探，还好还好，尚有余温，豆腐之类的素菜这样吃着也成，只是鱼汤和肉菜得再热一下。

扭头看看火堆，上面架着一只简陋的小铁锅，里面半锅水正在翻泡泡，湿漉漉的温暖水汽让干燥的营帐显得舒适些。

她把锅里的水倒掉，将鱼汤放在里面重新热，再从火堆里找两根烧透的木炭烘着食盒，不一会儿，营帐里便飘起饭菜香气。

她走到哪里，陆千乔便默默跟到哪里，像只无声的尾巴。

大约是方才在崖边吹了太久冷风，眼下又被营帐里的暖气一熏，辛湄刚把饭菜重新热好，就忍不住打了好几个大喷嚏。

身后的尾巴终于走到面前来，一只手罩在她额头上。

“……受凉了，过来。”

陆千乔打来滚烫的热水，替她脱鞋，用热水浸泡冰凉的双脚。军营里有士兵感染风寒，大多用这个土法子驱寒，若是症状严重，还会往水里丢几块生姜。

“……冻青了。”他捏着她雪白柔软的脚，皱眉。

脚指甲泛出青紫的颜色，摸上去像冰块。抬头看看她身上单薄的浅黄色罗裙，他再皱眉。

“穿得太少。”

……真是半点风情没有的评价啊。

辛湄嘟起嘴：“这是新做的衣服，你就这个评价？”

陆千乔再抬头看看，捏了捏裙摆，继续皱眉：“料子太薄，冬天不该穿这个。”

“你除了这些还能再说点别的吗？”

他终于仔仔细细认认真真打量她，这时才发觉这件新裙子十分漂亮，纤长的腰带坠在床边，上面挂着两颗小银铃，衣角上还绣了十分华丽的牡丹。她虽然未涂脂粉，但原本就天生丽质，肤色又白，这件衣服实在是将她衬得好看至极。

他动了动嘴唇，想说点什么，却又为难地说不出来，耳根渐渐红了，只垂头把热水轻轻浇在她脚上。

一只冰冷的手摸在他发烫的耳朵上，紧接着几颗豆大的水滴也落下来。

陆千乔愕然抬眼，却发现她摸着他的耳朵在掉眼泪。

“……怎么了？”他有些慌，手足无措地把她的脚放进盆子里，胡乱擦了擦手，一把揽住她的肩膀，想了半天才有些结巴地说：“衣服……衣服很好看，很漂亮……”

她大约是因为没得到夸奖才哭，他想。

结果她却“哇”一声大哭起来，哭得更厉害了，一头撞进他怀里，使劲抱住，什么也不说只是大哭。

他捧着她的后脑勺，手指伸进头发里，细细摩挲，隔一会儿，听她含含糊糊哽咽：“耳朵……耳朵还会红……还是原来的……没变太好了……”

终于可以放肆大哭了。

他用手指抹去她脸上乱七八糟的眼泪，低头在额上吻了一下。

想念她的气味，像是隔了几千个秋天那样，情不自禁，吻又落在鼻梁上、湿漉漉的眼皮上。

陌生而熟悉的感觉，仿佛生平第一次触碰，隐隐约约的冲动，不可自抑。

她潮湿的眼睫毛扬起来，瞬间又如蝶翅般落下去，陆千乔的胳膊遽然收紧，发烫的嘴唇重重落在她微凉的唇上。

纠缠，摩擦……他怎么也不能像曾经那样温柔而笨拙地去吻她，且噬且吸吮，探出舌尖近乎凶猛地与她绞在一起。

辛湄像是被吓到了，吃惊地往后一缩，他顺势压上来，修长的手指深深插进她衣服里，衣带随着他有些粗暴的动作一根根断开了。

她模糊地叫："别撕！我……就穿了……这一件！"

撕破了她可没衣服穿了！

他喉咙里发出沙哑低沉的声音，抱歉……他做不到。滚烫的吻从敞开的领口往下蔓延，他的手滑下去，利落地撕裂那条很漂亮的腰带，上面的银铃叮叮响了两声，落在地上，那只手也从腰间往下探，显得急切而笨拙。

"等一下……"辛湄僵硬地睁开眼，突然捏住他的肩膀，剧烈喘息，"……我的脚……还在洗脚……"

他的小腿一钩，她两只湿淋淋的脚便搭在床上，裙子轻飘飘地褪下去了。

这次她似乎完全没有压倒他的可能，她、她还没把观音坐莲练好，而且……她好饿，根本没力气……饭菜热好了……待会儿可能还得再热一遍……

她胡思乱想，忽然不知被他触碰到何处，整个身体一颤，脑海里乱七八糟的事情瞬间全飞走了。

撩拨的手指先时生涩，渐渐便熟练了，他的额头抵在她额头上，湿润而灼热的吐息交织，她已经完全准备好……够了，他已不能再等，否则下一刻就是死亡。

或许是又冷又饿又累，也可能是他不够温柔，进入的时候，她发出有些不适的轻哼，手指一下便掐紧了他的胳膊，近乎迷乱地喃喃："慢……慢一点……"

慢不下来……他已经快要沉溺，说不出口的话，没有说的话，无论是誓言还是情话，他都没有给过她，只有身体是真实的，可以让她明白自己内心隐藏的东西。

他一直都这样笨拙且固执，还未曾给她什么甜蜜，便一而再再而三地离开。

为何追逐他?

为何等待他?

为何……爱上他?

豆腐将军，豆腐辛湄……在他盲眼的那个夜晚……它们的滋味他是一生都不会忘记的。

“辛湄……”

他本能地唤她的名字，激烈而不可停止的动作里，贴上她的脸颊，紧紧圈住她。

他再也不能失去她，再也不能。

郦朝央不是没想过陆千乔会忍不住回去，她只是没想到，他掉头回去得那么坚决，像是完全忘记了她还在前面等着。

也可能，他就是记起，也不会在乎。

漆黑的双眸瞬间变红，她说过，一天时间也不会再给他，甚至还将大门钥匙给了那姑娘，默许她他日前往战鬼族。

她从来不会一句话说两遍。

高举手里的方天戟，她作势要抛出，忽听后面一个轻浮却又冰冷的声音说：“你是郦朝央？”

想也不想，方天戟在空中飞舞，瞬间便向后扎去。

没有听见痛呼，也没有听见身体被刺穿的声音——对她来说，这实在罕见。

郦朝央猛然转身，只觉眼前人影一花，紧接着又有一抹怪异而刺眼的红光正对着她闪烁，方天戟顺着人影横扫过去——依然没有听见击中的声音，对方溜得比老鼠还快。

抬手召回方天戟，定睛再看，对面夜色苍茫，寒风凛冽，哪里有半个人影？风中不过残留些许令战鬼一族厌恶不已的气息，是有狐一族的人。

她鄙夷地冷哼一声，双腿一夹，驱使啸风骊顺着味道追去，谁知平日里温顺的灵马却浮在半空一动不动。

她眉头皱起：“走！”

还是不动。

郦朝央低头，骇然看见啸风骊四条腿已经被晶莹剔透的冰块给冻住！它发出痛苦而恐惧的嘶声，双眼流下泪来，无助地看着背上的主人。

冰块还在往上蔓延，不过一瞬间，它的腹部、胸口、脖子……全部凝结成了坚实莹润的冰！

郦朝央反应极快，当即脱身而出，在空中一翻，直直往下坠去。不过啸风骊比她坠得更快，它已经完全变成了一只冰雕，狠狠砸在地上，发出沉重的碎裂声。

她生平第一次感到震撼，落地后飞奔过去，刚跑了几步，忽觉不对，低头一看，这才发觉自己的双足也已经被冰块冻住，牢牢钉在地上，接下来又是膝盖、大腿……她还未来得及发出愤怒的吼声，冰雪早已覆顶。

大僧侣缓缓从林中走出，左手上的黑丝手套不知何时取下，右臂断了半截，断臂就被他夹在腋下。到底还是没能躲过完美战鬼的第一击，右臂被斩断。他脸色苍白，忽而将左手抬起，对着身旁一株巨树，掌心有鲜艳的红光闪烁，下一刻，那株巨树也变作了晶莹美丽的冰树。

像是松了一口气似的，缓缓戴上手套，再缓缓走到郦朝央身边，他细细观摩这尊战鬼的冰雕。

这是真正死透了。

接近辛湄，频繁送她在皇陵与长庚关之间往来，等了大半个月，果然把她激了出来。不过，要不是所有事情刚巧凑到一块儿，让他等来她独处的这片刻工夫，平日里这位身边总跟着一两个战鬼的夫人还真难杀。他这个本领，人一多就不能发挥。

天意如此。

从腰后的皮囊里取出纸笔，蘸着断臂的伤口的血，匆匆写下一行字：

诛杀郦朝央，任务已成。

早有一只通体漆黑的喜鹊落在臂上，将纸条一叼，拍翅飞走了。

第十九章 逃命去

郦朝央封在冰中的尸首，是在深夜被郦闵送来长庚关的。

那时候辛湄正在熟睡，对周遭一切细微的动静完全无知觉。战鬼之间的感觉极其灵敏，当帐外响起不属于关内士兵的踏雪声时，尚无睡意的陆千乔睁开了眼。

轻轻揭开帐帘，寒风夹杂着细细的雪花扑面而来，陆千乔微微眯起眼，立即望见了伫立不远处的郦闵。他怀里抱着一个巨大的通体幽蓝的冰块，面无表情地对望过来。

“少爷……”他声音嘶哑，甚至充满了绝望，“你为什么要抛下夫人不管？”

陆千乔心中忽然生起一股不安的感觉，紧紧盯着他怀里的冰块——冰块里，是不是有个人？他，好像看见了熟悉的方天戟，还有一截雪白的衣角。

“……我还是悄悄跟去了，我听到了你和夫人的对话。你已经答应回族里！为什么事情又会变成这样？！”

巨大的冰块沉重地飞来，陆千乔一把抱住，正对上冰中人的脸。

郦朝央……她的时间仿佛停在被冰封的那个瞬间，双眼还愤怒地睁大，嘴唇微微张开，像是即将要痛吼出声。

他僵住了。

“少爷，对你来说，少夫人和我们一族的兴亡，到底哪个更重要？”

极度震惊后，陆千乔终于渐渐回神，看了郦闵一眼，对他挑衅的神情视而不见。

“……她还没死。”陆千乔抱着冰块，抬脚往旁边一座营帐走去，“完美的战鬼不会那么容易死。这冰很有些古怪……破冰之后再说。”

包裹在郦朝央身体外面的那些，与其说是冰，倒不如说是一种极狠厉的剧毒咒法，就算放在三伏天的太阳下暴晒，它也不会融化一丝一毫。若不是这咒法瞬间封闭她的五感，那么即使是世上最坚硬的寒冰，也困不住郦朝央一时半刻，她早早便可以脱身而出。

天底下擅长咒法的仙人太多，而这种阴毒狠厉的咒法，唯有有狐一族最擅长。

完美战鬼的存在，对战鬼一族来说意味着什么，不言而喻。而这个神明与领袖般的人物被弄到这种地步，对他们来说无疑是个极沉重的打击。

有狐一族，一开始的目的就是这个吗？

冰块放在营帐正中，陆千乔解下长鞭，轻轻一抛，长鞭仿佛有生命一般一圈圈将冰块裹住，“咔咔”数声，巨大的冰块瞬间裂开，郦朝央软绵绵地摔下去，被郦闵抱住，轻轻放在榻上。

“……为什么夫人不醒？”他这晚受的刺激太多，简直是一惊一乍。她眼睛闭上了，嘴也合上了，身体是软的，可是没有呼吸，身体冷得像冰。

“冰不过是假象，她是中了咒。”

陆千乔在帐里点了火堆，平静地往里面加木炭。

郦闵受不了他这种冷静，厉声道：“少爷！无论如何，夫人都是你的母亲！”

他没有说话。

他对这个女人……一直是没有很多感情的，不像尘世间普通母子那样。她没有把他养大，没有为他做饭洗衣，没有关心抚慰，甚至……他们连面也没见过几次，说过的话更是屈指可数。

到了现在，他快要变成完美战鬼，对她更无所谓感情。

他是有些茫然，她真不该是这个样子……郦朝央应当是高山般的存在，不可打倒，不可磨灭，没有任何脆弱的感情——她是战鬼里最完美的存在。

郦朝央一直是个强者，他不需要对她交代什么、解释什么，因为她是没有感情也不会理解的。他们之间一向如此相处，一言不合就直接动手，动手似乎还简单些。谁也不愿打破这个常规，否则两人都会尴尬。

他原本的打算是，至少要亲自把辛湄送回皇陵，再随她回族里。

对方却找准了这个空隙，成功对她下手。

他想起那天在骊山顶，对着皑皑积雪和似血的夕阳，她脸上第一次有了细微的表情，不是高兴也不是欣慰，而是回忆往事浮现的那种深深的空洞，她连自己在后悔都不能体会吗？

若是，若是她没有露出那样的神情，他也不会答应回族里一同处理有狐一族的事。

那是第一次他们两人相见后没有动手，可她若不醒来，那便是最后一次了。

陆千乔闭了闭眼睛，深深吸了一口气。

“你把她送回族里。”他吩咐，“马上就走。”

郦闵还是不能接受：“少爷，莫非你还打算留在这里，替那个蠢猪皇帝打仗？就为了少夫人？！”

长鞭无声无息捶中他胸口，郦闵跌飞出去，撕裂了帐门。他惊恐地爬起来，嘴角还流着血，却不敢再说一个字。

“郦闵，一来，你没资格这样质问我。”陆千乔收起长鞭，面无表情居高临下看着他，“二来，你若是再用敌对的口气称呼辛湄，我会杀了你。”

郦闵骇然看着他的眼睛，那只漆黑的眼珠，如今正慢慢变红，血一般红，里面充满了冰冷的杀意。

他下意识地俯下身体，表示臣服。

“送她回去，我很快就到。”

陆千乔回到主营帐的时候，辛湄已经醒了，抱着被子瞪圆眼睛发呆，听见他的脚步声，她急忙扭头，怪叫：“陆千乔！大半夜的你居然玩失踪！”

他把身上的雪花掸掉，这才带着一身寒气坐在床边，摸了摸她的头发："我不在旁边，睡不好？"

辛湄翻个白眼："我是饿醒了！衣服都被你撕破，也不好下床热饭！"

他笑笑："我来热，你睡着。"

正月初一的这顿饭，真是多灾多难。当陆千乔把热饭菜从滚烫的食盒里端出来，布好碗勺准备正式开吃的时候，天都快亮了。

辛湄蜷缩在被子里，闭着眼只是虚弱地喃喃："好了没？"

她饿得头晕眼花，感觉自己死去多年的娘亲在黑暗深处朝自己招手。

陆千乔把饭菜放在床头的柜子上，舀起一块鸡腿肉："张嘴。"

她的衣服被撕得破破烂烂，从里面到外面。没衣服穿，只好一直赖在床上不起来，享受一下被将军大人亲手服侍的滋味。

一勺白菜、一勺鱼汤、一勺鸡肉，辛湄一面嚼一面含混不清地问他："豆腐呢？"

陆千乔为难地看了看那碗碎得看不出任何形状的豆腐，它碎得太壮烈了，经过长途跋涉，又摔下悬崖，再被反复重温，终于在他手上碎成了渣渣。

"呃，怎么碎成这样了……"辛湄万分惋惜。

他神情严肃："没事，我会全吃掉。"

她裹着被子起身，用筷子在碗里一顿折腾，终于眼明手快夹起一块看似脑袋形状的豆腐，眉开眼笑地送到他嘴边："头还在，给你吃！"

……为什么这个场景总是一而再再而三地出现？陆千乔木然吞下那颗头，她的豆腐，永远如此销魂。

"陆千乔，你还是要回战鬼一族吗？"

轻松愉快的吃饭时间，她突然随口问了一句。

他喂饭的动作停下，过一会儿，才低声答："嗯……有些事总要了结。太危险，所以不能带你去。"

"那你什么时候走？"

"……明天吧。"

"是说天亮？天亮就要走了？"

"嗯。"

一只温暖而柔软的手忽然抚在他脸颊上，他看着她浅浅一笑："怎么了？已经饱了？"

辛湄盯着他看了半天，胳膊收紧，环住他的脖子，被子也跟着从胸前滑落。那个……春光乍泄。陆千乔顿时觉得自己端着饭碗的胳膊僵硬了。

"你怎么了？好像不太开心？"她凑过来，低声问。

她有时候真是出乎意料地敏锐。

他拽高被子，把她裹紧，春光乍泄是小事，再受凉问题就大了。

"只是有些舍不得你。"他说。

辛湄惊讶地张大嘴，突然伸手摸了摸他的额头，再探头看看外面的天色，喃喃："没发烧……太阳也没从西边出来呀……"

"……"

难得坦露心迹，说一些甜蜜的话，她为什么会是这个反应？

"趁着天还没亮，你吃饭，我把大家写给你的信念给你听。"

辛湄拍拍他的肩膀，转身在乱七八糟的床上翻了半天，好容易才找到那封和梅干菜一样皱巴巴的信，裹着被子开始念："斯兰说：'将军我对不起你！我居然怀疑你！我真是罪该万死啊！不！死一万次也不能弥补我对将军犯下的滔天罪行……'"

后面还有一长串，那么多妖怪，就他的话最多，占了小半张纸。斯兰最近越发得了赵官人的真传。

继续念："赵官人说：'将军你快回来，我一人在皇陵承受不来。'"

他成日好吃懒做，没事就写写风花雪月，到底要承受什么？

"映莲姐姐说：'我住皇陵内，君住皇陵外，日日思君不见君，唯有泪千行。'"

这诗一点也不押韵……

桃果果和他弟弟不会写字，只按了个手印在纸上，弟弟那只肥硕的手印在黑暗中隐隐发光，用手指摸上去，手印上立即浮现出一行闪光字："千乔大哥！记得带好吃的回来！"

他们就记着吃。

…………

长长的信终于念完，天已经亮了。辛湄把信折好，回过头，陆千乔面上的神情难得温柔，好像在出神。

“大家都等着你回来。”她捧住他的脸，用手揪了两下，一本正经，“陆千乔，你要记得时常回家。”

皇陵里的小妖怪们实在是没什么危机感，在地宫里住了几天，个个都气闷，加上想象中的危险没有到来，又全都搬回地面，继续吵吵嚷嚷地打发日子。

辛湄回到皇陵的时候，已经接近黄昏，远远地望见厨房的烟囱里有炊烟升起，想来是斯兰在替大家热包子糕点，桃果果和他弟弟嬉闹的声音隐隐约约，偶尔还夹杂着赵官人的怒吼声——不管外面怎么乱得天翻地覆，皇陵始终是老样子。

“陆千乔，你要过去看看吗？”

辛湄回头笑眯眯地问。

这位将军大人平日里做什么事都挺干脆，一遇到她就变黏糊了，刚开始是说把她送到崖边，走着走着干脆把她抱上烈云骅，说再送五里路。五里走完再五里，最后就变成他亲自把她送进皇陵了。

陆千乔摇头：“不用。你走，我看着。”

相见固然欢喜，但，时间上来算，只怕会来不及。

辛湄收了秋月，下坡走几步，再回头，陆千乔还是静静站在山坡上，黄昏余晖洒满衣襟发梢。

她挥了挥手，高叫：“你下个月回来，我给你做豆腐将军！”

他点点头，眼睁睁看着她欢快地跑下山坡，一溜烟冲进神道，隔了没多久，斯兰惊呼，赵官人大叫，最后又变成阵阵笑声，在炊烟中荡漾开。

豆腐将军……他垂头忍不住笑了一下，牵着烈云骅欲沿来时路返回，因见它也颇有依依不舍的模样，便低声道：“……舍不得秋月？”

说起来，烈云骅自从被当作定情信物交换给辛湄之后，性情就发生了极大的变化。以前一向是自恃血统高贵，除了他之外对所有人都爱理不理，更不要说秋月，在它眼里，秋月就是一只又丑又没用的邋遢鹈鹕。不知辛湄给了它什么刺激，她嫁过来之后，它对秋月简直如胶似漆，成天用崇拜恭敬的眼神看着对方，只恨对方没有马屁股，不然它那口讨好的气可以喷上去。

“下个月还能再见。”

陆千乔拍了拍烈云骅伤感的脑袋，一跃跨上它的背，一人一马如淡烟般消失在云雾阵之外。

天渐渐黑下来，万籁俱寂，狂风把乌云吹过来，遮住了月亮，没一会儿，又开始扑簌簌地掉小雪。雪花从不怎么牢靠的车窗里飘进来，冻得辛雄直打喷嚏，他忍不住问对面那个看上去很不靠谱的年轻男人：“那个……姑爷的府邸还没到吗？”

这轻浮的年轻人前两天突然送来几盒包子糕点，说是辛湄带给他的。刚好最近是过年，辛邪庄没什么生意可忙，徒弟们也渐渐能独当一面了，辛雄便起了个来看女儿女婿的念头。这年轻人又说自己是陆千乔的部下，可以帮忙引路，于是约了时间白天在辛邪庄大门口见，刚出门就被他那辆华丽丽的金色长车给震撼了。

养极乐鸟来拉车，简直是暴殄天物啊！专业人士辛雄对这种行为感到万分痛心。

大僧侣依窗而坐，戴着黑丝手套的左手时不时抚摸一下右胳膊，那条胳膊有点古怪，像木头似的横着，动也不能动。他朝辛雄温柔一笑，说：“辛老板别急，马上就到了。”

长车缓缓降落，最后停在浓雾白雪之中。大僧侣好心地指着某个方向：“辛老板只管往里走，估计走一段你女儿就会发现你了。”

辛雄茫然看着外面黑咕隆咚一大片，再回头看看他：“你、你不送我进去啊？”

他好歹也是一庄之主，能看出外面那片浓雾明显是某种阵法所致，不属于自然天气。要是没人带领，他走个十年八年也走不进去。

大僧侣轻轻把他拽下车，再很有礼貌地推了一把，笑道：“我倒是很想送你老人家。不过嘛，一来，我也破不了云雾阵；二来……你再不走，就危险了。”

危险？

他没来得及问，只听“轰”一声巨响，身后几步远的长车眨眼就被人砸成了渣渣。辛雄骇然张大嘴，忽觉胳膊被人一抓，紧接着整个身体就像腾云驾雾似的朝浓雾中飞去，姑爷的声音依稀在耳边响起：“先进去！”

他双脚不由自主落在地上，顺着对方的劲道往前冲几步，待站定回头再看时，除了茫茫浓雾，哪里还有半个人影！

大僧侣面不改色地望着已成碎片的长车，喃喃：“真是了不起的本事……”

长车上可是附着有狐一族的咒法，水火不侵，刀枪不入，天底下能把这辆车划破，再砸成碎片的，也只有战鬼一族了。

接着旁边又传出马嘶声，一匹通体火红的骏马御风而来，直朝着那几只拍翅啼叫的极乐鸟撞去，一红数金几道光纠缠着冲天而去，估计一时半会儿是回不来的。

大僧侣苦笑："你知道我会来，一直守在皇陵外？"

没有人回答他，黑色长鞭在浓雾弥漫的雪夜里无影无形，霎时便卷到眼前。大僧侣闭上眼，将长袖一震，盘腿趺坐，一层金光将他通体包裹，长鞭卷住他的身体，却拉不动、拽不起，唯有一圈圈将他紧紧捆住，渐渐收紧。

大僧侣面色苍白，勉强笑道："将军，我可是好好把你的岳丈接来，还送进了皇陵呢。"

明明是好意把人质送还。

依然没有人回答，长鞭继续收紧，估计就是块石头也会被勒碎了。

大僧侣表情有点痛苦。

他抬头，向对面深邃黑暗中那个战鬼说了一句什么，下一刻，遍布身体的金光泡沫般碎开，长鞭一抖，他的身体如同豆腐一般，被绞成了碎块，轰然摔在雪地里，鲜血弥漫。

良久，陆千乔自林中走出，走到不成形的尸体前，蹲下看了一阵，忽又偏头向云雾阵中听了片刻，果断起身，瞬间消失在阵中。

彼时被云雾阵困得手忙脚乱的辛雄正破口大骂，原本是满心欢喜来看女儿女婿，如今人没见到，却被困在这鬼地方忍饥挨冻。

他痛骂："那臭小子，我就知道他不是好东西！把极乐鸟拿来拉车，一看就是个坏蛋！"

正骂得起劲，胳膊又被人拉住，他一声惊呼卡在喉咙里，只觉身体又开始腾云驾雾，雪花与雾气扑面而来，一片茫茫然。不过片刻工夫，眼前又豁然开朗，雪白而苍茫的神道出现在眼前。

"往前一直走。"

拉着他的人低声吩咐，那声音，怎么听怎么像姑爷。

辛雄惊喜地转身，身旁空空一片，唯有雪花旋转，那个声音很像姑爷的人又消失了。

长夜漫漫，雪越下越大，很快便将大僧侣惨不忍睹的尸体掩埋住。不知过了多久，一阵细碎的踏雪声隐隐响起，两道漆黑的人影直往尸首处奔来。看到这满地鲜血的凄惨景象，谁也不惊，不过蹲下去，把手一拍，其中一人低声道："大僧侣，他走了。"

隔一会儿，一个轻浮的声音小声响起，还有点怯生生的："……真走了？"

两人用力点头。

被白雪掩埋的尸体忽然一颤，紧接着"嚓"一声变作几块碎石，石头下是他挖的一个洞，大僧侣正蹲在洞里长吁短叹："差一点就死掉……还好，狐狸是会打洞的……"

真庆幸自己是个狐狸，不是白兔灰狼什么的，不然他这条小命今天就丢这里了。

"郦朝央都被你咒住，你还怕那个将军？他还未成完美战鬼吧？"

大僧侣心有余悸地摇头："郦朝央是出其不意，撒手锏只能用一次。第二次再用，人家有了准备，就不灵了。"

那将军看着像个木头似的，没想到贼精贼精，猜到是他对付的郦朝央，这次连面都没出，躲在林子里直接甩长鞭，他就算全身上下都能放咒法，看不到人也是没辙。

"接下来怎么办？听族里长老的意思，还打算继续用这种暗杀的法子对付战鬼一族。你回去领命吗？"

大僧侣嗤笑："暗杀只能用一次，再用就是傻子。我才不去。"

"那你怎么办？以后也不能出现在战鬼族面前，否则还会被追杀吧？你何必多事把人送到皇陵。"

他想了想，抬头望向暗沉的天空，忽然一笑："不送过来，怎么能单独和战鬼将军见上一面……我们去更南边的地方——族里长老迟早也会被迫迁族到那里。我先安家立户。"

"……你打算自己先逃命？"

"逃命什么的太难听，我是热爱和平厌恶斗争的好人。这次挑衅战鬼，必然没好结果，我等着长老们屁滚尿流回来和我哭诉委屈，顺便佩服一下我的先见之明。"

反正他之前劝过很多次，长老们都当作屁一样忽视，逼着他来对付郦朝央。他听话过来对付了。按理说，一般人中了那个咒法是必死的，但，完美的战鬼会不会真的死掉，这种行为会不会激怒战鬼一族而惹来更大的屠戮，他就懒得管了。

“……你其实就是想自己先逃命吧？”

“你们看我像那种人吗？”

大僧侣从洞里跳起来，大义凛然地拍拍衣服，二话不说拔腿就走——

逃命去。

第二十章 终相聚

这世上最遥远的距离，不是生和死，而是我就在你身边，你却不知我爱你。

眉山君记不得自己是从哪本书上念到这段十分有才的话了，当时只觉被击中心窝，眼泪夺眶而出打湿衣襟。

上次凭着一腔少有的激情，他冲去皇陵，想要和心爱的姑娘私奔，阴差阳错之下，又一次错过，他彻底失去了勇气，连各类新鲜八卦也不想管，成日只窝在眉山居里流眼泪喝酒，醉生梦死。

刚巧那日傅九云和甄洪生两人一道来探望他，守门的灵鬼把他俩领到莲花池旁，一脸嫌弃地指着池里被薄冰冻起来的某个邋遢男人，道："他把自己缩在池子里冻了四五天，二位姑且一观吧。"

甄洪生笑着捂住嘴，傅九云折了一截树枝，蹲在池边轻轻捅池中人的鼻孔，一面愕然："好像是死硬了。"

"咔"，薄冰裂开，披头散发的眉山君一把抓住树枝，有气无力："别管我……

我要小湄……小湄……”

“小湄？”傅九云隐约觉着在什么地方听过这名字，一时偏又想不起来。

“就是辛邪庄的那个小姑娘。”甄洪生好心解释。

“哦，是那个小美人。”傅九云恍然大悟，冲眉山君竖起大拇指，“你倒是有些眼光，她的确十分美貌。既然喜欢，怎么不去追？”

这句问话又刺中眉山君的隐痛，他发出一声痛楚的哽咽，钻进池底，咕噜噜滚上来一串泡泡。

甄洪生继续好心解释：“她已经嫁人了——嫁的是个战鬼。”

傅九云了然一笑，一手探进袖子里，朝池里那颓废人影说道：“眉山，你起来，我送你个好东西。”

眉山君探出一张脸，没有神采的双眼好似死鱼眼，定定看着他。

一张柔软的纸被取出，展开，送到他眼前。

死鱼眼霎时放射出惊人的光芒！

“小湄！”

他猛然扑将过来，结果踩着池底的淤泥一滑，摔了个狗吃屎。

那张纸上赫然画着一位活色生香的大美人，笑靥娇痴无邪，双眼明亮而又充满自信，身量修长，容姿端华，活脱脱是个十八九岁版本的辛湄！

傅九云怜悯地看着他，声音出奇温柔：“眉山，作为朋友，我可以帮你，帮你——睹物思人。这张小像就送给你吧。”

眉山君跳出莲花池，甄洪生长袖一挥，他满身的水和薄冰顷刻间消失，连滚带爬地抢过那张小像，恨不得撕开胸膛塞肚子里。

“且让他睹物思人去，狐狸，我们喝酒。这次我带了一车名为‘醉生梦死’的好酒。”

傅九云衣袂翩翩姿态潇洒，笑吟吟地带着甄洪生进屋喝酒。眉山君急得大吼：“等着！我也要！傅九云！死狐狸！你们不许独吞！”

甄洪生只是笑：“你不念着小湄了？”

眉山君把辛湄的小像小心翼翼折好，贴身放在心口附近：“有这个也算是安慰。”

总比成日对着空气发呆来得好。

他三人平日难得能聚在一处喝酒，傅九云带来满满一车的“醉生梦死”，一个上午便被喝得只剩几坛了。

其时三人正说着话，门口忽有灵鬼惊慌失措地跑进来，大叫：“主子！那个战鬼将军又……”

眉山君“咻”一声丢了酒杯，一头钻桌子下，死也不出来。

灵鬼跑到跟前，鄙夷地看着他：“……那个战鬼将军派人送了一封信过来。”

眉山君衣冠楚楚从桌下钻出来，端庄一笑：“我只是捡酒杯。”

灵鬼丢下信，“切”了一声，抠着鼻孔跑走。眉山君面红耳赤地打开信，这次陆千乔查的不是人，而是几样十分罕见的药草，刚巧他都知道生在何处，立即提笔写了回信，叫灵鬼送出去。

甄洪生不知想起什么，笑道：“说到这个战鬼将军，上两个月见过他一次，凶神恶煞，我以为不好。辛邪庄的那个姑娘我曾看过手相，他二人的缘分，也就到变身那段了，我那时还以为将军变身后会杀掉那姑娘，想不到……果然还是玉清仙人眼睛毒一些，这姑娘的克夫命把战鬼将军的命给克住了，他搞得如今一眼红一眼黑，跟混血猫似的。”

眉山君只听到他说缘分断在变身那句上，一时难耐激动，死死攥住他的衣襟：“你是说真的？！他俩以后没缘分了？”

甄洪生转着眼珠子看他：“话也不是这么说……天命这东西也未必可信……”

“你就说是不是真没缘分了！”眉山君大吼。

甄洪生微微一笑：“是啊，当时看手相是如此……眉山，我看那个姑娘未必讨厌你，你什么也不告诉她，只管躲着自己哭，那又算什么？”

“好兄弟！”眉山君感动得热泪盈眶，使劲拍了拍他的肩膀，“多谢你的鼓励！我这就去！”

傅九云抬眼，看着他一溜烟跑到门口，骑上小仙鹤满面红光地飞走，他不由得再回头看看甄洪生，眨眨眼。

甄洪生笑吟吟地拿了最后两坛酒，一人一坛，道：“少一个人喝酒就够分了。”

傅九云点点头，笑容可掬：“你这狐狸——不是好东西。”

早上陆千乔托人送了一封信放在云雾阵外，说二月初三要回来，住两天再走。算算日子，二月初三就在明天，辛湄忙不迭写了满满两张纸的单子，交给斯兰，要他去外面采办。

辛雄一觉睡起，便见自家女儿提一桶水，拎着块抹布，再夹一把大扫把，东擦擦西抹抹，春风满面还外加哼着小曲。

他眼睛登时一亮：“乖宝，是姑爷要回来了吗？”

他来皇陵一住就是一个月，这里风景好，日子悠闲，每日还有女儿亲手给做美味佳肴，比在辛邪庄快活不知多少倍，他都快不想回去了。唯一遗憾的就是姑爷不在家，不过想想，他身为将军应当有很多仗要打，男儿志在四方，成日窝家里那是老头子。眼下他终于要回来，做岳父的很欣慰。

“爹你随便找地方玩，我把屋子打扫打扫。”

辛湄把老爹推出门，“哗”一声将一桶水泼地上，用大扫把使劲刷。

辛雄摸着胡子走出去，没两步便见桃果果和他弟弟嬉笑打闹着奔过来，弟弟背上一双黄澄澄的翅膀，一见到他立即收回去了。

路过莲花池，映莲姑娘半截身子变成莲花，正扎进池水里伸懒腰，他刚靠近，她整个人就神态自然地靠在池边坐着，还跷起二郎腿，仿佛方才那半截莲花是个幻觉。

继续路过赵官人的小山洞，他正木然站在洞口仰头看天——据说是等待灵感的神明光临，一截细细的老鼠尾巴从衣服里伸出来，像拐杖似的撑在地上，时不时还挠挠头发抠抠鼻孔什么的。

一见辛雄走来，老鼠尾巴瞬间消失，赵官人拍拍衣服，给他行礼：“辛老板，你早。”

辛雄含笑还礼，一路走着，走上高台，悠哉悠哉点了一袋烟，抽一口，快活似神仙。

为了姑爷，他们装人装得蛮辛苦，他也不好意思拆穿。妖比人还有情，在这个年代，也算稀奇了。

斯兰回来的时候，除了带回大包小包一堆东西，还拽进来一个人，一个仙人。

辛湄听见动静，从厨房里探出脑袋张望，便见眉山君难得没有痛哭流涕大呼小叫，反而是镇定自若甚至带着些老梅似的孤傲环视四周，脸上表情是志在必得的得意扬扬。

“眉山大人，你来玩哪？”她好心招呼。

他面上一喜，立即跑到近前，张口想说话，忽又扭头，后面一群拉长耳朵想偷听的小妖怪们立即如鸟兽散。

“小湄，你过来，我有话和你说。”

眉山君第一次大胆地拉起她柔软的小手，如置身云端一般，脚不沾地把她拽到风景美丽的神道附近。

神道的樱花已经露出点点浅红，再过一段时间就会开花，温暖的春天即将到来。

眉山君看着辛湄白皙美丽的脸，结结巴巴开口：“小、小湄，我我我我是仙人，可以活很长很长时间……那个，也不在乎俗世间的嫁娶……所以你你你就算嫁人，我我我也不怕……”

辛湄茫然看着他：“眉山大人……”

他的声音那么小，还结结巴巴叽里咕噜，能听清才有鬼。

“你你你和战鬼将军之间……已经没有缘分了……所以所以……”

“什么什么缘分？”

不能再犹豫和懦弱了，眉山！把你的心情、所有的一切，都大大方方说出来吧！是的，喜欢她没什么可耻的！不说出来，成日黏黏糊糊才是可耻！

说出来说出来！

眉山君心潮澎湃地凝视她，大声道：“小湄！我我我我喜欢你！”

……她怎么没反应？他努力收拾一下因为过于激动而涣散的视线，这才发觉她瞪圆了眼睛全神贯注望着他身后。他下意识转身，对上一双一黑一红的眼。

扑通，咔嚓……好像是他的小心脏从万丈高空摔落的声音。

辛湄突然跳起来，飞快扑过去，一头撞进那人怀里，使劲叫：“怎么今天就回来了？不是说明天吗？我的饭菜还没做好！我……”

陆千乔将她抱起，轻轻拍着她的背，淡淡瞥一眼面如死灰的眉山君，道：“……回来得似乎正是时候。”

那一眼、那一眼……他绝对不会再猜错！这次将军绝对是把他当作情敌来对待！

绝对没错了！

辛湄抱着陆千乔的脑袋，使劲亲了几下，这才想起旁边还有个八卦仙人，她随便招了招手：“眉山大人今天留下来吃饭吧。”

陆千乔居高临下看他一眼，道：“……你不用客气。”

……他不想吃饭，再也不想了……他只想化作青灰，消散在这悲催的天地间……

世上最遥远的距离，不是我在你身边，你却不知我爱你，而是……我鼓足勇气说了我爱你，你和情敌却把我当空气！

结果那天眉山君还是没留下吃饭，如同毫不起眼的出场一样，他不知在什么时候又毫不起眼地走了，挥一挥袖子，不带走一片云彩。

没人有空搭理他，陆千乔提前一天回来，让皇陵里热闹得天翻地覆。辛湄抖擞精神，共做了豆腐将军、豆腐辛湄、豆腐辛雄、豆腐赵官人等等七八只豆腐雕塑，一时间筷子满天飞，个个眼明手快心狠手辣，夹了自己的脑袋送到将军碗里。

辛雄高兴得太过，又喝多了，被桃果果和他弟弟连拽带拖地送回客房睡觉。但凡有些眼色的妖怪，也纷纷悄无声息地告退，给他小夫妻俩留下独处的空间，唯独赵官人打着饱嗝挨到近前，从怀里取出改写了几百遍的《怨偶天成》下部，非要念给他俩听。

“将军，姑娘，根据你俩新近的遭遇，我又把后面重新润色修改了。小湄在洒泪离开千乔将军之后，遇见风姿绰约的天神僧侣，僧侣对她一见钟情，从此天雷勾动地火一发不可收拾……”

“咚”一声脆响，打断了他的滔滔不绝，赵官人一头扑倒在地，鼠事不省。

辛湄把手里的凶器——一只木桶，随手丢在地上，对着默然的陆千乔微微一笑：“走，我们回房去。”

房里早有细心的小妖怪们从浴池里打好热水，陆千乔坐在床边，静静看着她拧好热乎乎的巾子，然后过来替他擦脸擦手。

“陆千乔，你是不是又忙得没时间吃饭睡觉？”

辛湄捧着他的脑袋，左看右看，他又黑瘦了一圈，眼睛下面隐隐带着黑色，显见是没休息好的症状。想来他原本是打算明天回来，又心心念念舍不得，索性连夜赶路，可以提前一天与她团聚。

他不在意地笑了笑：“……下次一定注意。”

辛湄铺好床，拍了拍松软的被子：“你现在就应当注意，睡觉吧。晚饭的时候我叫你。”

窗外天色还很亮，她合上月洞窗，再拉好窗帘，回头一看，这位千里迢迢赶回家的将军却不肯睡，和着中衣披着头发坐在床头盯着她看。

“不睡吗？”她问。

陆千乔暗咳一声，有些赧然地别过脸，低声道：“你……要不要一起？”

呃，原来还是舍不得她。

辛湄脱了外衣，一脚踢掉鞋子，跳上床钻进他怀里：“好，一起睡。”

她身上有一种令人怀念而沉迷的味道，不是那种意乱情迷的体香，也不是喧嚣的油烟气。说不上是怎样的，可是一抱在怀里便觉得安心而舒坦，狂躁的战鬼之血渐渐平息，在外的所有致命尖刺都被收进鞘里。

每一次都令他感到陌生、怀念、欣喜、温馨。

“陆千乔，你们族里究竟有什么事？也要天天打仗吗？”

虽然知道他回族里有要紧事，但具体是啥事，她完全不知道，陆千乔也从来不和她说这些腥风血雨的东西。不过见他一次比一次憔悴，她还是蛮心疼的。

“嗯……天天打仗，比给琼国皇帝当将军忙多了。”

做骠骑将军，要对付的只是普通人，回到族里，对付的是整个比他们族群繁盛得多的有狐一族，加上郦朝央至今未醒，他忙得不可开交也是没办法的事。

“那仗什么时候能打完？”

再不赶紧打完，她怕陆千乔就要被折腾成人干了。

他想了想：“……应该快了。”

当日他在皇陵外狙杀大僧侣，大僧侣临死前丢下两个字：“解咒。”其后他在大僧侣破碎的尸体上找到了一颗蜡丸，里面裹着纸条，上面写着各类闻所未闻的药草以及动物的皮毛角筋内脏之类，最后还留了两句话：

你太不优雅了！后会无期！

他立即知道，那只狡猾的狐狸定是寻了个空隙遁逃了，纸条上所写的，兴许正是破解郦朝央所中咒法之关键。

摸不透这个大僧侣葫芦里卖的什么药，稍有点脑子的人，在诛杀完美战鬼之后，都晓得找个隐秘的地方躲好，绝不会大摇大摆出来晃，甚至亲自将辛雄从有狐一族看守的辛邪庄送至皇陵。这种多此一举的做法，简直、简直就像是专门过来见他，顺便送上解咒方法一样。

无论他出于什么目的，解咒方法是真的，郦朝央苏醒也不过是时间上的问题，有狐一族的事情也会很快了结。

辛湄的脸凑过来，瞪圆眼睛问他："很快是多快？半年？一年？"

他笑了笑，摸摸她的脑袋："我想……五年之内一定可以解决。"

她的脸瞬间垮了："五年哪……五年后我都是二十多岁的老太婆了。"

……在她心里，二十多岁已经可以称为"老"了吗？在战鬼一族，五十岁嫁娶生子的也是大把。二十五岁，即将二十六岁的战鬼将军感到很郁闷，这不爽的感觉就像年轻漂亮的妻子指着他的鼻子大吼"你这糟老头"一样。

陆千乔觉着有必要证明一下自己还处于年轻力壮的巅峰，他伸出年轻有力的爪子，对着怀里乱扭的柔软身体，摸之揉之，抱之抚之，热血沸腾之余，还不忘低下那颗年轻俊俏的头颅，要给她一个年轻勃发充满热情的亲吻。

嘴唇没有捕捉到熟悉的柔软，反倒是贴在一块粗糙而冰冷的东西上，他愕然缩头，定睛一看，才发现辛湄怪笑着把久违的同心镜捧在两人之间，难不成……她一直把镜子藏在床上？

"来来，先解决我的疑惑。"

辛湄把同心镜举高，上回在长庚关没照出影子来，她一直耿耿于怀，这次好容易等到他回家，她一定要照个够。

同心镜粗糙的镜面还是久久没有反应，辛湄不耐烦地拍它一巴掌："坏了吧？"

……你可不可以不要那么性急？同心镜泪流满面，片刻后，镜面突然漾起一圈涟漪，细碎的光点如飞舞的萤火虫，在镜面中摇曳。

辛湄大喜："啊！出来了！"

可那些光点只是飞舞不休，再不像曾经那样很快出现两人深情相拥的画面。辛湄屏息等了很久，镜面忽然一黑，紧接着里面只映出她一个人，双目紧紧闭着，神态安详，像是正在酣睡。

镜中辛湄的双手被一团黑云笼着……或者说，她整个身体都被浓黑的云雾笼罩和拥抱住。人形的黑云，还有两只血红的眼在闪烁。这画面实在可怕得令人毛骨悚然。

辛湄惊疑不定地看看镜子，再抬头看看陆千乔，他的神情很平静，声音很低：“别怕……我已经不算普通人，同心镜映不出，很正常。”

不算普通人？

她摸向他的面颊，触手温软，吐息细微，一绺头发还落在额前，她轻轻拈开——他哪里有特殊的地方？根本只是个普通的、有点面瘫，外加寡言少语的男人。

“过来，”她直接把同心镜扔到床下，双臂张开，抱紧他的脑袋，“我们睡觉，晚上给你做鸭血汤。”

他闭上眼，沉溺在她好闻的味道里，不想自拔。

同心镜在地上一闪，镜中辛湄笑了笑，人形黑云的血色双目缓缓合上，画面转瞬即逝。

他和她两个人，早已不需要同心镜来证明什么，曾经纠结在这个问题上的她，真无聊。

“……明天把这破镜子卖掉吧……估计还能赚个几两银子。”

辛湄睡意蒙眬地呢喃。

同心镜在冷冰冰的地板上眼泪逆流成河。

五月，丁香花开，一向忙碌的陆千乔难得没在族里四处奔波，为各支派遣出去的战鬼们筹划如何将狡兔三窟的有狐一族找出来。

他人在几十里之外的城镇上，正面对珠宝斋老板端出的一盒手镯挑来挑去。

那个纯金的虾须镯很玲珑，会不会适合她雪白的手腕？不不，黄金太俗气，还是换一个。

这只羊脂白玉的确很精致，可玉质不纯，有白璧微瑕的遗憾，怎能送给她？

镶嵌了明珠的挺漂亮，但她那么好动，万一把明珠给磕掉了，肯定又要难过几天。

…………

将军很为难，老板很郁闷。

五月初三是辛湄的十七岁生辰，他人时常在外，没办法多陪她，便听从郦闫的建议，决心买个东西送她。虽然郦闫说，他做个人偶可能辛湄会更喜欢，但一来他实在没时间，二来送人偶什么的，好像太廉价了……

陆千乔挑了足有半个时辰，最后摇摇头："……手镯算了，拿簪子过来看看。"

老板流着眼泪收了盒子，这位客人太难缠，几个时辰前就在店里磨蹭了，一会儿看项链一会儿看耳坠，却没一个满意的。要不是看他长了一只血红的眼，一副很不好惹的样子，他早就叫伙计把人赶出去了。

两盒精挑细选过的最新式样的簪子被捧出来，点翠穿花掐丝之类应有尽有。

陆千乔粗粗一看，忽觉眼前一亮，轻轻拈起一支紫晶的发簪。簪身打造的式样与制作的精致姑且不说，那紫晶通体莹润透明，不见半点杂质裂痕，是最上品的。

对了，上个月回去，辛湄好像刚做了一件新衣，正是这种浅浅的紫色，再配上这根发簪，她一定很喜欢……

陆千乔正要掏钱，忽听门外烈云骅长嘶一声，紧接着郦闵飞奔而入，满面惊惶之色在见到他之后终于消失了。

"少爷！"他大步走来，正要说话，忽然又瞥了一眼在旁边翘首等钱的老板，老板被他两只血红的眼吓得连滚带爬，尖叫着冲进后屋，死也不敢出来。

"什么事？"

陆千乔取了两张银票丢在桌上，将那根紫晶簪小心包好，放进怀中。

郦闵定了定神，方道："是夫人！夫人她、她好像快醒了！"

确切来说，郦朝央是"快醒"，但还没有真正醒来。

按照大僧侣提供的解药配方，上面有无数药草陆千乔简直闻所未闻，还是问了眉山君才将之凑齐。把药草放在巨鼎中每日熬制，再用药汁浸泡中咒之人——泡多久没人知道，皮糙肉厚如战鬼郦朝央，这几个月都被泡得皮肤起皱发黄，药汁的那种黄。

陆千乔赶到的时候，她正蜷缩在满缸药汁里皱眉呻吟，双眼紧紧闭着，面上神情千变万化。

郦氏一族的战鬼们挤在屋里，眼睛也不敢眨，只管盯着她。

这样子的郦朝央，也是很难见到的。

她出身于战鬼中的贵族，自小性子就严谨自律，寡于言笑。等二十五岁变身劫后，又成就了完美战鬼之身，更是连眉头也很少皱一下。有丰富表情的郦朝央是难以想象的。

她现在紧紧皱着眉头，像是在梦里遇见什么极难决断的事，片刻后，唇角忽然一扬，居然又笑了起来。

甜蜜的笑。

郦闵他们大气也不敢出。

一块雪白的床单突然铺下，遮住了装满药汁的大缸。陆千乔弯腰倚在缸边，替她拨开额上黏黏的湿发，低声道："都出去。"

无论怎么不情愿，陆千乔毕竟是眼下族里最接近完美战鬼之身的人，对力量有着狂热崇拜的战鬼们绝不会反抗他的话，当下一一走出屋子，把门轻轻合上。

陆千乔端来一桶清水，替她把纠结黏腻的长发解开，细细搓洗，再用牛角梳笨拙地理顺。

她一会儿笑，一会儿皱眉，一会儿悲戚，一会儿释然。

是梦见了生命里最灿烂波折的那段时光？

他对父母之间的事情，知道得并不多，很小的时候曾听人提起过，族里长辈对他二人的结合并不抱什么乐观的态度。再后来就是她杀了陆景然，只身返回族内，摒绝一切脆弱的感情，他们母子二人就此天各一方。

或许……或许，她和陆景然也像他和辛湄那样，是有过一段甜美经历的。和他不同，十七岁的郦朝央在感情上直接又热烈，连后路也未曾考虑过，一心一意嫁给了喜欢的男人，刚开始的时候，也是幸福的。

可惜琐碎的生活消磨了这种幸福，可能在她变身成完美战鬼，将陆景然杀死的那个瞬间，心里也是有着发泄般的解脱。她是输给了本能的杀意，所以余下的只有解脱后的空虚与隐约的后悔。

所以，她才不愿自己的独子也走上同样的路？

陆千乔用软布轻轻擦拭她湿漉漉的脸颊，忽觉她睫毛一颤，滚下两颗豆大的泪珠来，紧接着，闭了近半年的那双眼，终于睁开了。

他的动作停下。

两双眼睛无声地胶着凝视。

“千乔。”

良久，郦朝央说话了，声音沙哑干涩。她看着他，破天荒露出一个笑，有点伤感，还有点疲惫。

“我梦见你父亲了。”

陆千乔抓起她一绺湿发，继续梳：“……他和你说了什么？”

“他说，有话要问我，他会等我。”

她有些茫然地望着不知名的远方，迷惘地眨了眨眼。

“再见到他，我很开心。”

陆千乔愕然抬眼，“开心”这两个字，从她嘴里说出来，真是不可思议。

郦朝央在大缸里撑了一下，却虚弱得连站也站不起，他抬手一扶，却被她握住手腕，吩咐：“东边的那个红木大橱，右边第三个抽屉，把里面的东西拿来。”

他依言过去打开抽屉，里面放着一只绛紫的锦盒，锦盒里封着两枚鸡卵大小的蜡丸，丸中隐隐有璀璨的金光流动，还带着一股幽幽的清香。

他把蜡丸送过去，郦朝央却摇了摇头。

“这是昔年最后一位天神留下的封赏……我郦氏一族代代供奉，在最艰难困苦的时候才敢享用。当日你变身未成，有狐一族又前来挑衅，我曾想服下一枚，以解困境。不过……幸好没有用它。”

有个人还在忘川水边等着她，年年月月，岁岁朝朝，她不会用永恒的仙命来换他的等待，什么也不能让她换。

“我的身体还需要休整几年方能恢复，千乔，这两枚丹丸我今日正式传给你。我希望……你这一生也不会有机会用到它。”

陆千乔低头笑了笑，将两枚丸药收进怀里：“我扶你起来。”

郦朝央所中咒法极其狠毒霸道，加上又在药汁里泡了快半年，再强悍的身体也禁不住这种折腾，一两年之内只怕是恢复不了昔日完美战鬼的风采。大僧侣应当是算过这点的吧？虽然没真正杀了她，但也等于把她拖住几年，给有狐一族喘息的机会，或者说，给两个族群各自冷静的机会。

郦氏一族的人得知郦朝央醒了，自是一番欢天喜地，其他大族的战鬼也各各喜悦庆幸，将近来族里的肃杀之气冲淡不少。

匆匆将身上黏腻的药汁洗干净，郦朝央疲惫至极，很快又沉沉睡去。

月亮爬上天顶，陆千乔坐在床边，一手搭在母亲的手腕上，随时注意她的脉息，另一手不由自主摸向怀内，将那根包得好好的紫晶簪子取出来。

明天就是五月初三，他只怕是回不去了，这根簪子……注定无法在她生辰那天戴在她头上。

…………

将军有些郁闷，还有些愧疚。

“叫郦闫送去皇陵。”

榻上的郦朝央忽然开口，倒让他微微一惊。

她闭着眼，神情平静，又道：“族里近来杀气甚重，不要叫那姑娘来。东西让郦闫送。”

陆千乔犹豫了一瞬：“母亲……”

“我不会阻止你什么，可是人在战场，心中还左右顾虑，必会被人钻了空子。千乔，我要你给我族五年的时间，至少等我恢复后，再回去。”

他沉默了。

“如果思念她，那就尽你所有的能力，把有狐一族的事情在最短时间内解决，没有后顾之忧，这才是男人。”

依然沉默。

“那个姑娘，会等着你。”

是的，辛湄会等着他，他心里很明白。五年也好，十年也好，如果是她，一定二话不说坚定地等下去，等他回家。

他不是一个好丈夫，总是让她等。

可是，辛湄，我一定会回家。

这世间，唯有你的所在，才是我的家。

四年后，五月初三——

又是一个五月初三，辛湄和平常一样，天还没亮就起了，从厨房捏一个昨晚蒸下的肉包子，一边直吹气，一边爬上山坡例行眺望远方。

如果陆千乔要回来，必然会走这条路，今天是她二十一岁生辰，他大概能回来吧？再不回来，她就真成老太婆了。

前天郦闵过来给她送信外加送礼物——陆千乔每个月都会给她写信，还会附上一件礼物，有时是珍珠的耳坠，有时是海边贝壳串起的项链。记得有一次他不知杀了什么妖兽，听人说吃了那种妖兽的肝脏大有好处，硬是让郦闫两手捧着，血淋淋又千里迢迢给她送过来。

结果那副肝脏在煮熟的过程中，散发出冲天的臭气，熏得皇陵里一群妖怪叫苦不迭，连郦闫都脸色发白地捂住鼻子，死也不肯吃。她勉为其难吃了一口，算是给陆千乔一个面子，剩下的挖个洞全埋了。

前天郦闵送来的是一件粉色的罗裙，上面绣满了桃花，据说料子是什么千年难得一见的青蚕丝，除了轻薄华美之外，还会散发香气。

他说："少爷交代了，趁着春光，穿上新衣，指不定他哪天就回来了。"

辛湄皱眉："什么叫指不定哪天就回来？"

"这个我怎么知道，等少爷回来，你自己问他。"

这可恶的男人，四年前她十七岁生辰，在山坡上干等他一天，他都没来，只叫郦闫送了根簪子，外加一封信，信上的措辞也生硬死板："等我，五年内必回。"

他就那么笃定她会等着？眼下过去四年了，他又玩扑朔迷离这招，指不定哪天就回来？

"哦，那你回去替我告诉他，再不回来，指不定哪天我就找小白脸了。"

郦闵完全不为所动："皇陵里都是妖怪，没有小白脸。"

辛湄有些怒："郦闫算是小白脸吧？！下次叫他来！"

郦闵依然很冷静："他最近来不了，二十五岁变身劫到了。"

这些年战鬼一族里的年轻人纷纷遭遇变身劫，前年是郦闵，他顺利过去了，虽然没像郦朝央那样变成完美战鬼，但身为纯血而渡过变身劫的战鬼，相当于一支劲旅。今年轮到郦闫，他也是纯血，变身估计问题不大。

似乎正是因为近期不停有新的战力加入，南边的有狐一族终于顶不住，撤离了居住数代的老本家，隐藏躲避战鬼们的追击。听说前段时间还有人写了求和信，不知是真是假。看郦闵郦闫他们的态度，不再像之前那么紧张，估计这两族的争端也快结束了。

“对了，少爷还有生辰的礼物给你。”

郦闵面无表情地把背后包裹里装着的一只半人高的木盒放在地上，打开，里面是两个栩栩如生的人偶：一个披着甲胄，腰佩长鞭，威风凛凛；一个绾发着罗裙，笑靥如花，手里还端着个豆腐雕的小人。

“哎……”辛湄震惊了。

这两个人偶……不就是她和陆千乔的缩小版吗？！眉毛、眼睛、鼻子……甚至连她那种笑嘻嘻什么也不在乎的神态都一模一样！

“少爷说，这叫……这叫……”

郦闵皱着眉头，很不耐烦说这些肉麻话。

“这叫‘佳偶天成’。”

他的心在滴血：在战场上英明神武冷酷无情的少爷，你怎么能随口就说出这么肉麻这么暧昧的话！

辛湄把两个人偶抱起来，看看这个，再亲亲那个，笑得合不拢嘴，完全把方才要找小白脸的话丢到九霄云外了。

“那你替我告诉他，就说——陆千乔，我想你想得好痛苦好痛苦，我的心每天都在下雨，只有你回来，我的心才会充满阳光……”

“停！”

郦闵忍无可忍，搓了搓身上的鸡皮疙瘩。

“五个字以内的。”

“哦，那告诉他，早点回家。”

…………

不知道郦闵有没有把这句话带到，辛湄照例在山坡上等了一个时辰，人影没见着半个，倒是殉葬坑的厉鬼见到好几个。

辰时过一刻，辛雄在山坡下冲她挥手：“小湄，来吃饭了！”

他两年前就把辛邪庄的生意交给几个徒弟，自己带着夫人的灵牌搬来皇陵和女儿一起住，颐养天年，闲来无事，便教桃果果和他弟弟认字，帮斯兰种种菜，和赵官人探讨一下他的戏要怎么写才能引人入胜。

不过辛湄觉着他最厉害的一点是，成天拉着映莲姑娘劝导人生道理，舌灿莲花，没理说成有理，居然把她说得考虑要嫁给北边那只成天来求婚的熊叔叔了。

关于这个，辛雄很得意："姑爷怎么说也是个血气方刚的年轻人，一个美貌女妖成日暗恋来暗恋去的，保不准要出什么事。乖宝你只管放心，爹帮你解决这些！"

她爹真是个神奇的存在，活了二十一年，辛湄越发肯定这一点。

"姑爷今年还是赶不上你的生辰？"

吃饭的时候，辛雄随口问了一句。

辛湄皱着眉头："不知道，不过也不是第一次，无所谓了。"

辛雄想了想："乖宝，吃完饭，咱们给你娘上一炷香吧。"

辛雄搬来皇陵之后，归花厅北面一个堆放杂物的房间就被他收拾成了摆放香炉灵牌的小祠堂，每日清水鲜花一炷香，辛雄从没停过。

点了两支香，两人站在灵位前默念片刻，他突然开口："你娘是个修仙门派的弟子，行侠仗义，四海为家，厉害得很。"

辛湄一愣，老爹虽然时常在她面前说起娘怎么好怎么温柔，但从未说过她是做什么的。她一直以为自己的娘就是个普通姑娘。

"我们婚后，她也经常不能待在家里，师门常有命令，她一去，短则几个月，长则几年。我不知道她什么时候会回来，每天只好在大门前点两盏灯。绿水镇穷得很，夜里没人会在自家屋前点灯，不过你想，一片黑漆漆的，门前那两盏灯就很显眼了。你娘看见灯，就不会认错路，就晓得我在家里等她。"

辛湄眨眨眼睛，转身欲走："那我到皇陵外点灯去。"

"不是这个意思。"

辛雄赶紧拉住她，擦了擦汗，他这个女儿，沟通起来真费劲。

"两个人相处，总是要互相迁就一些的。你们都还年轻，姑爷又那么厉害，你娘若是像姑爷那么厉害，不要说四年，十四年我也会等。可惜她生你之前受了伤，你生下来，她却熬不过几个月。但我和她婚后那么久，都过得很开心，没什么遗憾留下来，所以你也不要总是想着姑爷怎么还不回来，这样把自己的好日子都想没了。他的家在这里，他肯定也是想早点回来的。你不要怪他。”

辛湄想了一会儿，点点头：“我要是怪他，就不会等着了。”

辛雄得意地摸了摸胡须：“我家乖宝，已经是天下第二的好女人了。”

“怎么不是天下第一？”

“废话，第一是你娘。”

上完香，赵官人把辛雄给拉走了，这些年《怨偶天成》的下部改了又改，始终没能改完。辛湄说要符合事实，辛雄说不喜欢狗血老梗，桃果果说想看打架，映莲要看发人深省的人生道理，斯兰说……他说，让那些无聊的人偶戏去死吧。

赵官人很为难，这些天只好拉着辛雄一起探讨后面的剧情，其实，整个皇陵里愿意跟他探讨剧情的也就剩辛雄了。

眼看两个老人家走远，辛湄伸个懒腰，继续爬山坡。

丁香花开了，樱花杏花还没有谢，到处都绚丽多彩，温暖安详。

这是一个美丽的春季。

辛湄在山坡上唱起小调：“心爱的哥哥哟，你怎么还不来，我等你等到花都快谢了。”

荒腔走板的歌声飞了老远，惊飞无数小鸟。

陆千乔缓缓前行的脚步停住了，他听见了那阵令人抓狂的歌声，眼看小麻雀们被吓得从枝头扑簌簌跌落，他却只想笑。

四年了，他离开皇陵的时间，说长不长，说短也不短，但这段时间已足够令他对这个永远绿意盎然的家乡感到无上的怀念。是的，怀念。战鬼一族的天性令他喜好追逐硝烟与血腥，这四年与族人满天下寻找有狐一族的踪迹，一次又一次摧毁他们的据点，胜利固然让他们欣喜若狂，可是夜深人静陡升的那股寂寥，也唯有自己品尝。

他也曾率领几百族人，踏破夜色突破有狐一族的包围圈，在洒满鲜血的山顶策马停驻，欣赏天边狂肆怒放的晚霞，那血一般美丽的颜色，就像皇陵神道旁如火的花海，春风中的花海甚至是闪闪发光的。

他也曾在彻骨寒冷的雪夜独身一人潜入敌营，无声无息切割下敌方长老的头颅，静静望着雪地上划过一缕血红的线。莽莽雪野一线红，总会让他想起终日盛开的杏花林，夕阳的余晖中，花朵与天际的相连处，便是隐隐约约的一线之红。

他还曾受过伤，流过血，四处征战伴随的不光是恣意，更多的是绝望。那种时候他便时常想起崖边相会，这世上只有一个姑娘会为了他千里迢迢、不顾一切，在寒风凛冽的月夜，一遍遍叫他的名字。他这一生也不会忘记，那时她脸上因寒冷而冻出的嫣红，她手里将军大人的人偶，她身上单薄的衣裳猎猎作响。

再也不会有人像她这样爱他，他也再不可能这样去依赖爱恋其他人。

四年间，他利用空闲时间又做了两个人偶，一个是他自己，一个是她，托郦闵送给远在皇陵的她。人偶的名字叫“佳偶天成”，除此之外，多余的话他没有说，相信她一定会懂。

她一定能懂，天成的佳偶都是在一起的，他很快就要与她团聚，从此再也不分开。

沾满泥土的靴子踏过柔软的草地，小山坡近在眼前，辛湄的歌已经唱到第四遍，她整个人没什么形象地躺在草地上，脖子仰得很高，像一只在晒太阳的猫。

四年了，她还是那样悠闲自在，似乎没怎么变，可是仿佛又变了很多。

他那颗狂澜般的心瞬间便安静了下来。

陆千乔抱着胳膊在坡下看她，她长高了，眉宇间的稚气也少了许多，穿着他送的新衣裳，像个花间仙子。低头再看看自己，满身尘土，连日的赶路让他的衣服都看不出什么颜色了。他自嘲地一笑，随意掸掸下摆，很快便发觉这么做一点用也没有，索性放轻脚步，不要惊动了她，无声无息地靠近。

脏兮兮的靴子停在她身边，他缓缓坐下去，轻轻地摸了摸她的脑袋。

“……我回来了，别再唱了。”

再唱下去，这一片树林里的小鸟从此就不敢安家了。

辛湄腾一下坐起来，瞪圆了眼睛，不可思议又警惕又狂喜地瞪着身旁风尘仆仆的男人。他一红一黑的两只眼一如既往地深邃专注，静静凝视着她。

“陆千乔！”她大叫，一把揪住他的脸皮，左右拉。

是他吧？没错吧？

他微微一笑，伸手轻轻拉住她的脸皮，学她揪了一下：“辛湄。”

下一刻，她便扑进他沾满尘土的怀里，他张开手，紧紧抱住她。

她心爱的人终于回家了。

番外一

怨偶天成

“各位姑娘，各位帅哥，各位有雄伟尖角的、有华美鳞皮的、有虹光般七彩眼珠的妖怪同仁，很荣幸您今晚前来捧场。

“经过很长一段时间的废寝忘食、呕心沥血，我的《怨偶天成》下部终于顺利完成了。在此，我要特别感谢辛雄先生的倾力相助，没有他一遍一遍不厌其烦地为我梳理思路，让我在绝望中触摸到了灵感神明的衣角，今天大家也看不到崭新的《怨偶天成》下部。

“另外，我还想感谢很多人，比如时常撕坏我的戏本，令我被迫重新寻找感觉的桃果果兄弟，再比如最近强烈要求我把男女主角换成熊妖和莲花精的映莲姑娘，还有每天都用刻薄的语言虐待我精神的斯兰先生，以及整个故事灵感的来源——辛湄姑娘。

“没有你们在精神和肉体上摧残我、折磨我，就没有今天全新的《怨偶天成》！也没有一个新生的超越自我的赵官人！

“我想说的话还有很多……”

“闭嘴啦老货！”

一袋瓜子壳罩在赵官人脑袋上，紧接着枇杷核、西瓜皮、茶杯、草鞋之类的纷纷砸上台，赵官人鼻青脸肿地滚到后台，台上灯笼一盏盏熄灭，眉目如画风姿绰约的人偶小湄飘然而现。

眼前是滔滔白浪——上一部里被将军伤透心的小湄，意图跳河寻短见。

跳河前，要先摆好姿势，甩着袖子摇摇欲坠地转两圈，再对着滔天白浪伤心欲绝地吟唱一首哀婉的情诗。

“千乔，我在千寻之下等你：水来，我在水中等你；火来，我在灰烬中等你……”

长袖一甩，遮住倾国倾城的面容，玲珑的身躯在空中划出一道凄美的弧线——她跳了！（辛湄回头把瓜子壳吐出来：像这种死前絮絮叨叨一大堆，还不忘摆个姿势的女主角，十有八九是死不成的。）

千钧一发之际，天边突然传来悦耳的极乐鸟的啼鸣，金光闪烁，一个俊俏到笔墨难以形容的年轻男子腾空飞来，在半空转了一圈，再转一圈，抬手把寻短见的小湄抱个满怀，再继续陀螺似的转着落在岸边。（陆千乔捏碎了一颗核桃：谁去买的新人偶？！谁准你们把大僧侣搞得这么美貌？！）

“姑娘，人生苦短，及时行乐才是要紧。世上没有什么伤心事，值得你寻短见。”

大僧侣爱怜地替她拨开额上碎发，声音温柔如甜酒。

怀里的小湄怔怔看着他天人般的容颜，小鹿乱撞，恍恍惚惚：“世上居然有如此风华绝代的男人……”

她发呆的模样引得大僧侣邪魅一笑，低下头，鼻尖几乎对着鼻尖。

“喜欢你看到的吗？”他问。

（辛湄：其实他肯定长得很丑吧？所以脸上才套那么多面具，不肯面对真实的自己，自我欺骗都到这种地步了。）

小湄被他大胆的举动惊得回过神，红着脸娇羞地奋力挣扎：“放开我放开我！”

大僧侣哈哈一笑，制住她乱动的身体：“我是一个潜心修行的僧侣，愿意听听你心底的伤心事。来来，跟我去车上谈谈。”

说罢不容反抗，强行把她掳上华丽的长车。

小湄在大僧侣半强迫半柔情的攻势下很快便吐露心事，大僧侣不由得又惊又喜，这才真是“踏破铁鞋无觅处，得来全不费工夫”。原来大僧侣所在的有狐一族和将军的战鬼一族世代皆有仇怨，苦于一直没有突破口，眼下将军的女人落在自己手里，绝对是天赐良机。

大僧侣心怀叵测，待小湄百般温柔体贴，诸如亲手绾发、系衣、簪花之类的自不必说，甚至有一次因为小湄生病，大夫说没治了，除非天神之血加持，大僧侣毫不犹豫割腕放了一缸血，连喝带洗澡，总算把小湄从黄泉拉回来了。（陆千乔：要看好赵官人，有朝一日被有狐一族的人看到这部戏，他会没命的。）

小湄逐渐沉沦在大僧侣的柔情下，恋慕将军的心终于开始摇摆。某日，听说小湄被将军抛弃的狐仙和八卦仙人寻人而来，还带来一个让小湄肝肠寸断的消息，原来将军听从母亲安排，将于今日迎娶某位战鬼贵族小姐。（戏台视角切换，出现将军的洞房。）

喜气洋洋、一片火红的洞房内，将军正与新娘喝交杯酒。

画外音：终于还是走到这一步了，母亲用小湄的性命来逼迫，我不得不放弃最心爱的女人，娶一个陌生的战鬼。恨我吧，小湄！我宁愿你刻骨铭心地恨我，也不愿你忘记我！为了延续完美战鬼的血脉，我们不能这么自私……我的肉体虽然属于一个陌生战鬼，但我的灵魂永远与你同在！

揭开新娘的盖头，微醺的将军眼花地发现新娘和小湄长得有几分相像。狂喜之下，推倒之，把喜服撕之剥之……烛影摇红，远方千里之外，放在小湄床头的一枝桃花悄然凋零。

（戏台视角再次切换）得知将军已经迎娶新人的小湄再度被击倒，半夜三更只穿了一件单薄的丝衣，半是诱惑半是颓废，飘飘然爬上高台，又一次转圈甩袖，准备跳楼。

紧追其后的大僧侣再度将她救下，还因此和闻讯而来的狐仙与八卦仙人发生冲突，一时间白光乱闪，三个人在半空斗得死去活来。（辛湄：眉山大人除了被雷劈，还有啥别的特殊本领吗？）

大僧侣果然厉害，以一敌二，把狐仙和八卦仙人揍成破抹布，但自己也受了重伤，奄奄一息。小湄怀着复杂的心情周到地照料他，在照料与被照料的过程中，感情就这样产生了。

“嫁给我，我能给你一个正大光明的名分！忘记那个无情的将军，如果你忘不了，我会将他的头颅带来，为你残余的脆弱感情做个了断。”

大僧侣紧紧握住小湄的手，许下一生的誓言：“我会爱你一生，不离不弃，绝不让你伤心。”

小湄左右为难，大僧侣没有耐心等下去，于是——灯灭了，活生生的霸王硬上弓开始上演。

“不要！我不要！你、你再这样，我就要喊人了！”小湄欲迎还拒地奋力挣扎。

“你喊吧！这里都是我的人，你喊破喉咙也不会有人来救你！”

大僧侣撕破了她的衣服。

小湄流下两行无奈绝望的泪水，眼睁睁看着自己的衣服变成破布，满天飞。

（辛湄：她怎么不叫破喉咙？）

大僧侣深谙此道，用身体明确地告诉她花样百出的技巧，小湄从抗拒变成顺服，流着眼泪，终于从身体到心灵都被完全征服。（陆千乔：是我想多了吗？赵官人真不是在讽刺我？）

下定决心忘记过去的小湄，答应嫁给大僧侣。千里之外的将军不知从何处听到这消息，冲冠一怒为红颜。

画外音：她生是我的人，死也是我的鬼！我宁愿她恨我，也不会让别的男人得到她！

有狐一族与战鬼一族的战争就此展开，为了争夺那个倾国倾城的美人儿，战得如火如荼，血肉横飞，死伤无数。（赵官人在后台狂吼：不许再洒鸡血！快！把调好的朱砂泼出去！朱砂朱砂！）

小湄十分伤心。

画外音：啊，我是罪孽多么深重的女人！这么多无辜的人因我而死，让我如何承受这重负？我不该出生在世上，没有我，你们就不会互相屠戮。是的，如果没有我就好了！这次我一定要做个了断！一定！

小湄只身一人奔赴战场最前线，在那里，两个男人正战得你死我活。许多天没见到将军的她，在第一眼望见他的时候，便落下了伤心欲绝外加狂喜思念的泪水。

将军说："小湄！我已经为战鬼一族留下血脉后裔！从此我自由了，跟我走！"

大僧侣说："你已经是我的妻子，跟我回家！"

小湄咽下苦涩的泪水，含泪走到大僧侣身旁，回头朝将军凄美决绝地笑："千乔，我们的一切都结束了。曾经你总是让我等你，可我现在累了，再也等不下去。你就放过我吧。"

说罢扶着大僧侣转身便走。

将军惊怒之下，挥舞长鞭卷向心神激荡毫无防备的大僧侣，小湄舍身飞扑而出，无情的长鞭绞断了她的脊椎骨，她像一朵飘零的小白花，风中凌乱如魔似幻地转了许多圈，最后楚楚动人地落在地上。

"不——"

两个男人伤心欲绝的声音同时响起。

台下此时哭声一片，这一段高潮乃是赵官人的得意之作，他悄悄从后台探出脑袋，想看看将军跟辛湄的反应，谁知最前排正中的两个座位居然是空的！

赵官人大惊失色，一把抓住边上一只妖怪："将军呢？！什么时候走的？"

那妖怪一边抹泪一边哽咽："血流成河的时候走了。"

难道，这部戏又让将军不痛快了？！赵官人惴惴不安。

让他惴惴不安的两个人正窝在厨房，陆千乔在揉面，辛湄用揉好的面捏饺子，两人满手的面粉。

"不看后面的没关系？"

陆千乔有些惭愧，他早上吃得不多，结果方才肚子饿得叫了一声，恰好被辛湄听见，她便强拽着他来厨房做东西吃。他知道她很喜欢看人偶戏，看到精彩的地方，往往废寝忘食。

"闹腾腾的，没什么好看。"

辛湄笑眯眯地用面团捏了一只小白兔，捧到他面前献宝："你看！好看不？这个蒸熟了给你吃。"

他笑了笑，犹豫了一下，也掐下一块面团努力捏，捏出一只老虎送给她："那这个给你吃。"

辛湄皱皱眉头，盯着看了半天，道："这个……乌龟？泥鳅？呃，挺……别致的。"

"……"

陆千乔默默揉烂了那只可怜的老虎。

辛湄抹了抹脸，一些面粉又沾了上去，陆千乔用袖子擦一下，却越擦越白，正在犹豫要不要洗个手，忽听远处戏台子响起惊天动地敲锣打鼓乒乒乓乓的声音，估计是演到高潮了，妖怪们浪潮般的哭声也时不时传来。

她嘻嘻一笑："外面好吵，还好咱们躲开了。"

说罢搓了一手的面粉，两只手"啪"一声捧住他的脸，两张乱七八糟的脸对视片刻，她哈哈大笑起来。

"调皮。"

陆千乔扬起嘴角，用手指在她额上弹了一下。

外面还在吵，有人打架，有人哭，有人笑有人闹，让外面的人闹去吧，爱恨情仇也好，族群矛盾也好，国破家亡也好，这些和他们已经没什么关系。什么都比不上两人一起做的饺子下锅煮熟的片刻愉悦。

那都是其他人的故事了，与他们无关，与皇陵无关。

"……辛湄，你已经吃了三十个饺子。"

"我还没饱啊。"

"……我们一共就包了三十个。"

"呃……"

"继续包？"

"好啊，继续包。这次你先吃。"

…………

躲在窗外偷窥的赵官人长长出了一口气，擦擦额头上的冷汗，突然灵机一动：决定了！马上动笔写《怨偶天成》下下部！

一个水饺引发的爱情血案！

番外二 眉山仙人

在新晋的灵鬼们眼里，眉山君是个还算稳重可靠的主人，除了偶尔抽一下风，喝醉酒哭着叫两声不知是谁的名字，其他时间都还挺好的，起码可以用一句“傲如瘦梅”来形容。

基本上，眉山是个可以令新晋灵鬼们骄傲自豪的主人。眉山居虽然不能和那些大门派相比，但每日求访的人也是络绎不绝，大多是求他查什么机密。

眉山君办事不收金银珠宝，来访的人唯有在酒量上战胜他才行。除了每天要拖出去一堆烂醉如泥的来访者，整个眉山居的小日子是很平静很安宁的。

这种平静安宁结束于某个黄昏。

那是一个层林尽染、火云如织的美艳黄昏，一只巨大而丑陋的鹈鹕悄无声息地落在开满红白花的木桥上，吓掉了守门灵鬼的下巴。

鹈鹕背上跳下一个姑娘，穿着浅紫色的罗裙，身量修长，容姿端华，是个出色至极的美人。守门的灵鬼一年换一批，谁也不认识她，因见她笑吟吟地往门前走，只好拦下来。

“天色已晚，姑娘若有事相求，明日请早。”

美人儿微微一笑，递过来一只偌大的食盒：“那麻烦你把这食盒带给眉山大人，我有两三年没来看他老人家了，盒子里装的是之前欠下的两三年的月饼粽子糕点包子，叫他慢慢吃，有空我再来看他。”

她说两三年，莫非是眉山君的老相识？

灵鬼们不敢怠慢，早有人进去通报。其时眉山君正与最后一个来访者拼完酒，神清气爽地用茶漱口，一面吩咐灵鬼们把醉鬼丢出去，一面不屑一顾：“这帮没用的东西，两坛酒都喝不下去，还敢来求我。都剥光了丢出去，给他们一个教训。”

因见守门的灵鬼捧着一只硕大的食盒，站在门口发呆，他皱了皱眉头。

“你不好好看门，抱着这破烂盒子做什么？”

说罢走过去随手揭开盒盖，里面整齐排放着几排看相很不错的包子糕点，他捞了一个菜包子塞嘴里，眉开眼笑地赞道：“味道不错！谁送的？”

“哦，是一个美女。说两三年没见你了，所以把这两三年间的包子粽子月饼什么的都给你补一份……”

咬到一半的菜包子“噗”一声掉在地上，眉山君手忙脚乱，失魂落魄，先抢过那只硕大的食盒，再捡起菜包子，实在没地方放，情急之下只得把食盒顶在头上，一路脚不沾地狂奔至大门。

夕阳余晖中，他心爱的、许久没见的那位姑娘还没走，如同当年第一次光临眉山居一样，她正扶着木桥的栏杆，看着下面吐泡泡的鲤鱼。

眉山君眼泪滂沱如潮水，一下子就打湿了衣襟。

“眉山大人！”

辛湄友好地冲他挥手，笑眯眯地走到跟前来，她比十几岁那会儿稳重许多，不会再跑跑跳跳，唯独脸上那无忧无虑的甜蜜的笑容一点都没变。不管外面世道变得多乱，辛湄始终是辛湄，乱世中一曲逍遥清新的小调。

“你又瘦了，皮包骨头似的。听说现在好多地方在打仗，粮草死贵死贵，八卦仙人也吃不饱饭吗？”

她上上下下打量他，目光所到之处，眉山君就筛糠似的抖一下。

“那个食盒里的东西是用来吃的。”辛湄看他把食盒放在头顶，不由得怜悯地眨了眨眼，这世道太不容易了，几个包子月饼就让他欢喜得恨不得供起来，“要不我帮你做点饭菜？”

“好……好……”

眉山君像是一只脖子被掐住的鸡，声音又细又尖。他浑身僵硬，顶着食盒一步一抖，领着辛湄进门，眼泪流了一路。

辛湄安慰他：“不要急，不要哭，我马上就做饭。”

…………

守门的灵鬼们把掉下来的下巴小心翼翼再扶上去，听说眉山居里有一个辈分比较老的专门扫地外加照料竹林的灵鬼，他们决定晚上找个空好好把这件事问问。

厨房还是那个厨房，豆腐还是那个豆腐，辛湄挽好袖子，洗好手，抓起菜刀，回头问：“眉山大人，你还是想吃豆腐眉山？”

眉山君浑身发抖：“可可可可以吃……吃豆腐辛湄吗？”

哎，这些年的磨炼果然有用，他终于可以说出这么大胆的话了！眉山君害羞地捂住脸。

辛湄毫不犹豫：“好。”

……老天！这绝不是做梦吧？不是吧不是吧？！如果是做梦，那就让他一辈子不要醒！

结果那天辛湄做了四尊豆腐，分别是豆腐眉山、豆腐辛湄、豆腐傅九云、豆腐甄洪生。眉山君木然看着她飞舞筷子，眼明手快心狠手辣一气夹了三颗脑袋放他碗里，一面说：“眉山大人，这是你和你朋友们的脑袋，给你吃。”

……好销魂。

他咬牙切齿将其他两人的脑袋啃碎，眼角余光不停往豆腐辛湄上瞥，想要伸筷子吧，还有点不好意思，不管吃哪里，都让他心有戚戚焉，好像真在吃她豆腐似的。

犹豫磨蹭中，那只豆腐就被辛湄自己吃掉了，眉山君背过去抹掉后悔莫及的泪水。

“我有好久都没出来逛，原来外面变了那么多。今天去崇灵谷，大虎哥居然都做上管事了，还娶了老婆。”

毕竟是她第一眼看上的男人，知道他娶了老婆，辛湄有点惋惜，一代美男哪……

“大虎哥说狐仙大人闭关修行，这辈子是不会出来了，是真的吗？”

眉山君愣了一下：“仙人一闭关少则百年，多则数百年，怎么会一辈子不出来？”

辛湄垮下脸：“一百年后我早死了。”

原来这辈子不出来，指的是她的一辈子。

这么多年，眉山君仿佛才突然醒悟过来，对面他心爱的姑娘是个凡人，而自己是个仙人。几百年对他来说，白驹过隙，不过眨眼的工夫，对她来说，可能都不知轮回几辈子了。

他艰难地咽下豆腐，赶紧表明心迹：“小、小湄，就算你白发苍苍鸡皮鹤发，我也喜欢你！”

辛湄大为感动：“眉山大人……你真是好人，我下辈子也要跟你做好朋友！”

“好、好朋友？”

“下下辈子也是好朋友！”

“呃，好……好……”

被朋友卡和好人卡打击得泪流满面的眉山君只有埋头猛吃，这销魂又痛楚的一顿饭，吃得他又一次把肚皮弄成圆球，痛苦地瘫在椅子上哼哼。

辛湄熟门熟路去外面温泉沐浴更衣，回来的时候，他已经披上宽大的外衣将肚皮遮住，摆出平生最英俊潇洒的姿势，斜斜倚在海棠树下，手里还捏着一支玉箫，长发飘飘衣袂翩翩，仰头望月。

“小湄，既来之则安之，眉山居随你住多久都没关系。”

他将玉箫潇洒地一转，给她一个洒脱的笑：“千万不要客气。”

辛湄微微一笑：“好啊，那我就住一段时间。”

……咦？这么顺利？顺利到眉山君自己都觉得有些不对劲了。说起来，以前小湄也来过几次眉山居，但每次不是送完东西便走，就是和那可怕的战鬼将军同行。这次是怎么回事呢？

他转着眼珠子，试探地问：“那个……将军，最近还好吧？”

辛湄的脸瞬间就板下来了，声音淡淡的：“哦，他怎么会不好。”

看神情，似乎是两人闹矛盾了。眉山君登时狂喜，手里玉箫转得似风车，连忙岔开话题："今夜月色如此美妙，长夜漫漫无心睡眠，小湄，不如我们聊一聊人生理想什么的？"

"明天聊吧，我困了。眉山大人也记得早些睡，明早我再给你做早点。"

辛湄朝他挥挥手，转身走进客房。

眉山君难抑激动，提着衣摆狂奔乱跳，遇见一只灵鬼便大叫："听到了吗？她要给我做早点了！做早点哪！"

"一早在饭香中起来，是丈夫才能享受到的特权啊！"

"小湄要亲手给我做早点哪——！"

躲在竹林里偷偷八卦的几只灵鬼探头看了看："主子好像疯了。"

最老资格的那只灵鬼抠了抠鼻子，一派淡定："不用理他，过几天就会泪奔了。我们继续说，关于他的泪奔暗恋史……"

那天晚上，眉山君做了有生以来最幸福的一个梦，他梦见自己收了辛湄做弟子，传授她修行之法，从此再也不惧怕凡人与仙人的鸿沟。两人朝夕相处，情愫渐生，终于在诸天神面前，上演一段惊天动地的禁断师徒恋。

现在，把时间往前推，推到皇陵的清晨。

天刚亮了一点，皇陵里暂时还一片和谐。辛雄一如既往起个大早，在屋前打拳练气；映莲和熊叔叔夫妻继续恩爱着；一夜未睡的赵官人站在山洞前等待灵感的神明大驾光临；斯兰在厨房里为早点忙碌；桃果果……桃果果在陆千乔和辛湄的房前徘徊，急得团团转。

敲门，还是不敲，这是个难题。

自认为不再是小孩子的桃果果明白，一大早乱敲夫妻的房门是很不好的，他很可能打断一些什么，而某些因为打断而造成的严重后果很可能就会被报复在他身上，比如从翅膀上揪几根毛什么的。

可是，他等不及，再这样下去，他或许就要犯下大错了。

"吱呀"，门开了，陆千乔披着外衣黑着脸在门前瞪他。

"……什么事？"语气不大好。

桃果果一喜："千乔大哥！我、我……那个……"

事情要简单从头说，昨天调皮的桃果果和他弟弟一如既往在云雾阵的边缘玩耍，皇陵里的妖怪，除了斯兰，没有人能出得了云雾阵。这阵法既是保护皇陵众妖不被外人发觉，也是约束群妖不许随意出去捣乱。所以对许多成熟的妖怪来说，有事没事都不会靠近云雾阵，唯有童心未泯的桃果果兄弟才会把那附近当作捉迷藏的圣地。

昨天他们欢快地玩着捉迷藏，然后就遇上不明就里误闯云雾阵的凡人——这种事也不罕见，挽澜山皇陵下是挽澜镇，历代看守皇陵的人们都住在那里，偶有上山砍柴打猎的人误入云雾阵，都是斯兰给打晕了再送回去。眼下斯兰不在，桃果果和弟弟很紧张，缩起翅膀躲在树后面偷看——

一个穿着简陋布衣的小小少年正慢慢靠近，看他的神色，也是对周围弥漫的云雾感到茫然无措。

桃果果回头吩咐弟弟："你回去叫斯兰来，我在这边看着他，不许他闯到里面。"

弟弟向来听话，拍着嫩黄的翅膀就要飞走，谁知那少年听见了声响，警觉之下一把抛出砍柴的斧头，大吼："什么人？！"

铮亮的斧头擦过弟弟的小脸蛋儿，他一骨碌从半空摔下来，"哇"一声哭了。那少年急忙上前抱起弟弟，一边用袖子给他擦眼泪一边低头琢磨这到底是个什么，说他是人吧，他长着鸡翅膀，说他是鸟，他有手有脚，还会哇哇哭。

"这……难道是……传说中的——鸟人？！"少年震惊地推测。

桃果果勃然大怒，他对"鸟人"这两个字深恶痛绝，捡了块石头就丢过去，正中对方脑门子——他把人家给打伤，顺便还给打晕了。

于是斯兰赶来之后把他痛骂一顿，勒令给人家包扎好再送出去。

再于是，一段孽缘就这么产生了……

"千乔大哥！他赌咒发誓，非说要报恩，要娶我！我跟他说我是个男妖怪他死也不相信！他还说、还说如果我今天午时之前不去挽澜镇找他，他就跳崖自杀！"

桃果果委屈得一把鼻涕一把眼泪。

"一条人命啊千乔大哥！他就这么死皮赖脸把命赌在我身上！他要是真死了，老天爷肯定把这笔账算我身上吧？肯定的吧？！那我以后就没办法修行成大妖怪了！我一辈子就毁了！"

陆千乔揉着发疼的额角，想了想，安慰道："这笔账不会算在你头上的。"

“可他真跳崖了怎么办？算是我间接害死他的吧？！千乔大哥，你帮个忙，在我身上也种个和斯兰大哥一样的咒法，让我出云雾阵看看他好不好？我保证一次搞定！”

陆千乔坚决地摇头：“不行，镇上人气重，你撑不住人形，会有麻烦。”

“我保证一定能撑住！”

“不行。”

“求你了千乔大哥！”

“……不行，皇陵的规矩就是这样。为你一人破例，日后怎样服众？”

“千乔大哥……”

桃果果泪流满面。

“一大早吵什么啊？”终于被吵醒的辛湄揉着眼睛出来了，因见桃果果满脸泪水，她一愣，“怎么了？”

陆千乔过去替她把衣服裹紧，头发理理，低声道：“好了，一起去吃饭吧。”

辛湄被他拉着走了几步，回头再看，桃果果还在那边流眼泪，用弃狗般的眼神望过来。她好心走近，问：“到底什么事？”

桃果果哭哭啼啼把事情又说了一遍，她立即笑了：“吃完早饭，我送你出去吧。”

“辛湄，”陆千乔皱起眉头，“不可以。”

她愕然：“我送他去，再接回来也不行？”

“不行。”拒绝得十分干脆。

辛湄上上下下打量他：“陆千乔，我有没有和你说过，你最近好威风哦。”

“……”

“上次我几个师兄师姐来看我爹，你也冷着脸说不许。再上次，我想出门逛逛，你还是不许。我想吃螃蟹你不许，想喝点酒你继续不许，昨晚我想在上面你依然不许，你……”

“喀，辛湄。”某个年过三十看上去依然年轻英俊的将军面红耳赤打断她的话。

辛湄对他一笑：“我今天想出去玩，你要不要不允许一下？”

“去哪里？我陪你一起……”

“不要你陪，那边的鸟人，过来，我们去吃饭。”

一把拽过强忍怒火的桃果果，她转身就走。

“辛湄。”

陆千乔近乎无奈地挡在前面：“不要赌气。”

“一句话，让不让我出去？”辛湄瞪圆眼睛看他。

他黑着脸走了，什么也没说，背影有点萧索。

俗话说，远香近臭，这句话绝对是个真理。和陆千乔在皇陵形影不离住了两三年，大矛盾没见着，小矛盾很常见。记得婚前很多事，他还是会适当让一下步的，比如喝酒问题。婚后却老霸道了，上次在地窖里发现几坛酬神敬天酒，她开了一坛稍稍尝个鲜，他的脸立即就比锅底还黑，抽了看守地窖的妖怪两鞭子，还偷偷摸摸自己把酒都喝了，再骗她没了。

她知道自己喝酒会发烧，所以每次只敢喝一点点，是不是在陆千乔眼里，她永远是个不懂自我控制的小孩？当夫君把你当成小孩一样来对待的时候，就是个十足的危机，那证明你在他眼里根本没有女人味。

深深感到危机的辛湄决心要展现一下自己的女人味，于是昨天晚上她反扑了，一次不成功的反扑，还没来得及推倒他，就被反推倒了。其间她多次试图翻身做主人，都被强行阻止，此等霸道不给情面的行为，还逐渐有增多的倾向。

床笫间的事情姑且不说，这家伙连她吃什么喝什么穿什么，甚至和什么人说话都管上了。

这不是个好兆头，要趁它迅速发展之前立即扑灭。

辛湄抱着硕大的食盒，领着桃果果，骑着秋月，潇洒又利索地飞离皇陵云雾阵。

她要出门逛逛，谁也不许拦。

秋月在挽澜镇附近找了一圈，快午时的时候，才在附近山头某悬崖边瞅见了一位准备跳崖的清秀少年。少年身后站了密密麻麻一圈看热闹的镇民，热情的小贩在人群中时不时喊“五香豆腐干”之类的话招揽生意。

桃果果吓坏了，从秋月背上连滚带爬跳下来：“他他他真准备跳崖啊！”

辛湄安慰他：“不要紧，你过去，把翅膀给他看，一切误会都解决了。”

……好馊的主意。

桃果果羞愤地朝人群中狠狠吹了一口气，带着妖力的风卷起飞沙走石，风中还隐约传出鬼哭声——装鬼吓人是他的老本行了。看热闹的镇民纷纷捂住眼蹲下去，他瞅个空当，一把攫住崖边发愣的少年，气急败坏地钻进林中。

辛湄在后面鼓励他："不要怕，把翅膀给他看，还不行就把衣服脱了让他看个够！"

桃果果只留给她一个绝望而悲愤的眼神。

具体他二人在林中说了什么，目前已不可考，辛湄在林外等了良久，其间吃了两块肉月饼、一个三鲜包子，这些年见惯风月与恩怨情仇的秋月分外淡定地打着瞌睡，直到那位清秀少年先从林中漫步而出。

他脚步显得那么轻飘飘，秀气的脸庞上，神情是那么迷惘而无助，简直像一只迷失方向的小鹿，令人心生怜爱。

"……你没事吧？"辛湄小心翼翼问他。

少年缓缓摇头，面上浮现出一抹奇异的红晕，喃喃："原来……原来世上真的有长着翅膀的鸟人！老天多么不公平呀！给了他翅膀，偏又给他绝顶美貌！既然给了绝顶美貌，为什么不给他一个女儿身呢？！"

桃果果？绝顶美貌？辛湄充满疑惑地探头朝林中望，某位罪魁祸首正黑着脸剥树皮，圆圆脸圆圆眼睛，怎么也无法和绝顶美貌扯上关系啊？

"我不会放弃的！"少年突然回头，指向林中发傻的桃果果，义正词严，"你既然是妖怪，一定可以使用什么我不懂的法术！其实你是个女人吧？！我绝对不会相信你今天说的！明天午时，你我还在这个地方见，把话说清楚！你不来我就跳崖！"

说罢捂着脸狂奔而去。

桃果果绝望地流下两行泪水。

辛湄拍了拍他的肩膀："你努力搞定他，我走了。"

"你、你要去哪儿？"桃果果使劲攥住她的袖子，无助的圆眼睛饱含泪水地看着她，"你就这样把我一个人丢下？"

"你也不是小孩子了。"辛湄掰开他的手，语重心长，"用你的男人气魄征服他，成天哭哭啼啼，怪不得人家把你当女孩子。"

"你真的忍心抛下我一个人？"他眼里的泪水更多了。

"忍心。"

辛湄点头，拍拍秋月的脑袋，它顺从地飞了起来。

"努力啊！"

她好心地挥手道别，把抱着脑袋大叫的桃果果丢在原地，往崇灵谷方向飞去。

随后便是遇到娶了老婆的张大虎，被告知甄洪生闭关了，这辈子也不会出来。再然后，她就来眉山居，被好心又热情的眉山君留下做客。

波澜壮阔的一天就这样过去了。

隔日眉山君起个大早，十万火急地往厨房方向奔跑，果然刚进门便闻到一股菜肉粥的诱人香气，他心上的姑娘挽着袖子，抓着一把汤勺搅拌锅里的粥，浑身上下充满了圣洁的白光，回头对他温柔地笑。

“眉山大人，你脸色很不好，还是适当吃一点肉吧。我做的是菜肉粥，并不油腻。”

书上有个成语是怎么说的？心花怒放？眉山君这会儿才真正明白什么叫心花怒放，像有几千万只花骨朵在胸口蠢蠢欲动，齐齐叫嚣着春天的到来，哪怕下一刻有人叫他上天做天神，他也不会去了。

“我看这里没什么小菜，只好热了几个包子，就着菜肉粥吃也不错。”

她盛好粥，再递过来一笼热气腾腾的包子。

喝一口粥，再咬一口包子，什么叫幸福？这就叫绝顶幸福！眉山君流下欣慰的泪水，开始正式思考昨晚那个梦，其实收她做弟子真是个不错的想法，这样就可以名正言顺地和她日夜相处长相厮守……

“眉山大人，味道怎么样？”

他忙不迭点头：“人间美味！天上地下举世无双！”

“你喜欢就好。”她笑了。

胸口的几千万只花骨朵瞬间变成破茧的蝴蝶，沙沙扇动翅膀，在胸膛里翩跹翻飞，弄得他心里又痒又麻又酥又软，忍不住清清嗓子，尽量一本正经地问她：“小湄啊，我看你面相，是个有仙缘的。你、那个，要不要跟我修行啊？”

辛湄塞了满嘴包子惊愕地看着他：“跟着你学怎么收集八卦吗？”

“不……不是……”冷静冷静，“修行啊，就是做仙人。”

辛湄更愕然：“做八卦仙人？”

“不是……”

眉山君哽咽了，原来在她心里，自己真的是一个只会收集隐私的八卦仙人哪……

正绞尽脑汁考虑怎么给她解释清楚，忽听大门处响起阵阵清脆的敲鼓声，那是安置在大门处的小皮鼓，专门给来访者用的。这些天外面情势不大好，听说天原国正对琼国虎视眈眈，勾结了琼国内部的叛军，打算来个里应外合，所以来求他搜集天原国和琼国隐秘事宜的人特别多。

眉山君不耐烦地挥手，唤来灵鬼，打算吩咐下去今天一概不见客，却不防辛湄先一步起身了。

“眉山大人，你忙你的，我自己在眉山居里逛逛，这里风景不错。”

她伸着懒腰往外走，眉山君左右为难，只得小心跟上去，斟酌着问：“你、呃……不要我陪你玩陪你说话？”

其实我一点也不想见那些俗人，我只想陪着你啊啊！

可这话太唐突，不好说给她听。

眉山君用充满暗示的眼神渴望地看着她，期盼她能看懂。

她一点都没看懂，利落干脆地闪人了。

眉山君木然转身，对着灵鬼们怒吼：“给我准备一车烈酒！今天来的人喝不完这一车，我什么都不告诉他们！”

已经走远的辛湄听见他说喝酒，回头招了招手：“眉山大人，喝酒伤身。”

他急忙笑着点头，伸长脖子看着她消失在竹林尽头，这才依依不舍地去正厅接客了。

眉山君这辈子都没像今天这么幸福过，辛湄那一句“喝酒伤身”一直回响在耳畔，喜得他酒量大开，一早上足足喝了几十坛子。午饭时间吩咐灵鬼把大厅里的醉鬼们剥光了丢出去，这才兴冲冲地往厨房奔，他心爱的那个姑娘哟，早已备下美味佳肴，温柔地等待着他。

要是每一天都能这样过，他宁可做个凡人，和她一起生老病死……不，生老病死还是算了吧，要做就做神仙眷侣，红颜绚丽，沧海桑田永恒不变。

那天的来访者有幸见到了传闻中冷傲嗜酒的眉山君的另一面——他一面喝酒一面傻笑，脸上像要蹦出桃花似的，对所有来访者都异常和蔼，有问必答，将先前的规矩抛到九霄云外去了。

然后，傍晚，久违的傅九云领着一个美貌姑娘来了。

眉山君对傅九云和那位姑娘的事情略微了解一些，对老友的这段感情，他是不以为然的。当然，傅九云也对他和辛湄的事情不以为然，趁着那位姑娘还在洗温泉，两人很是互相讥讽一番。

“有什么事趁早说，今晚你就是搬出一百车醉生梦死，老子也不陪你喝。”

眉山君心不在焉，很想马上把他俩打发走。

傅九云看着他只是笑，笑得他浑身发毛忍不住暴跳：“你笑什么？！”

傅九云淡淡道：“我笑某个快要变成猪头的窝囊仙人。”

“你你你说什么……”

“战鬼夫人在你家？”

“你你你怎么知道……”

“原来真的在。”傅九云继续笑，“不怕战鬼将军把你打成猪头？”

眉山君绿着脸逞强：“他敢！这里是我的地盘！”

傅九云点点头，懒得搭理他：“那你努力，我去外面接覃川。东西准备好，回头你输了酒不许耍赖。”

“你才会输！”他一气急只会跳脚，忽又一愣，“覃川？那姑娘改名了？”

傅九云没有回答，方才笑吟吟的神色黯然了一瞬，转身走了。

以前他提起这姑娘，总是笑逐颜开的，及至大燕国亡，傅九云足有两年没露出过一丝笑意，前段时间和他喝酒聊天，言谈中依稀感觉到那姑娘又有消息了，笑意才重新回到他眼底，可方才，他的神情真令人不舒服。

还是小湄好啊……眉山君长叹一声，那个叫覃川的姑娘太能折腾人了，一般人消受不起。

那天晚上傅九云估计是大享了一番艳福，眉山君喝醒酒茶的时候，听见灵鬼们在外面窃窃私语：“……那叫一个销魂，窗外的芭蕉精都羞得跑走了。不愧是九云大人，咱们主子跟他差了足有十万八千里，人家来这里都住了两天，连个手都没摸上。”

他红着脸跑过去斥责：“都闭嘴！我乃堂堂正人君子，少拿那个糜烂的登徒子和我比！”

新来的灵鬼们吓得跑走了，唯有那时常抠鼻孔的老灵鬼翻个白眼：“你明明是不敢。”

“话说从前我就怀疑了，到底我是你主子还是别人是你主子……”

“少岔开话题。”

“我和小湄是纯洁交往！”

“其实就是你单恋人家，人家只把你当空气。”

眉山君气急败坏冲出去：“都说了是纯洁的……”

“自欺欺人。”

眉山君含着眼泪跑了：“你等着！今晚就让你看看我的手段！”

灵鬼们从树丛里探出脑袋，带着敬佩与后怕，抬头望向那个大胆的前辈：“……前辈你也太直白了，好歹要给主子留些面子。”

前辈灵鬼弹了弹鼻屎，发出一声用心良苦的喟叹：“玉不琢不足以成器，我激他，都是为了他好啊。你们看，他不就要行动了吗？”

眉山君的冲劲只维持到了辛湄的客房外，她还没睡觉，开着窗户坐在旁边，手里把玩着一个有些老旧的人偶，人偶甲胄铮亮，手里还捏着一把威风凛凛的长刀，很是精致。

见他站在外面，辛湄笑眯眯冲他招手：“眉山大人，你找我玩？”

眉山君瞬间就软下去了，浑身像泡在春水里似的，脚不沾地飘过去，声音发抖：“今晚……今晚花好月圆……小湄，我们聊聊……呃，要不要聊聊人生理想什么的？”

花好月圆？辛湄抬头看看乌云密布的天，外面还下着小雨，他衣服都湿了半幅，花和月连个影子也没有。

“外面下雨，眉山大人进来吧。”

她大大方方打开门，将这位有些失魂落魄的落汤鸡仙人迎进来，搬了张凳子给他，顺便还好心倒了一杯热茶。

眉山君呷一口茶，小心翼翼抬眼看着她。

烛火刚好一跳，她半垂着脸，秀丽的睫毛微微颤抖，目不转睛看着手里的人偶，神情柔和。双颊依旧丰盈洁白，眉眼依旧灵动含笑，和他记忆里那个十六岁的辛湄并没有很大的出入。

可他又觉得她其实还是变了许多。

十六岁的辛湄是随意自在的，也是鲁莽粗疏的，还带着孩子的稚气，这种蕴含真正女人柔情的神采是不会在她脸上出现的。她手中那个人偶虽然服饰光鲜，但明显已经旧了，五官都被摩挲得看不出来，油彩更掉了大半。可她偏偏就是那么喜欢，甚至看得入迷，也不知道想起什么，还笑，笑得眉毛乱动。

眉山君想起一直被他贴身存放的辛湄小像，他曾为傅九云对女人细腻而深刻的理解而膜拜，画中的辛湄分明比曾经的她大了两三岁，五官一模一样，神采却截然不同，充满了自信和女人的温柔，就和现在的她一样……不，现在的她比画上的还要光彩照人。

他很明白，这种光彩是什么人带给她的。

反正不是他。

眉山君失落地垮了双肩。

“眉山大人你怎么不说话？不是想找我玩吗？”

辛湄终于回过神，抬头充满期待地看着他。

……总觉得如果自己继续窝囊下去，会离想要的东西越来越远，眉山，鼓起你的勇气，就像当年成仙渡雷劫一样！挺起胸膛熬着，什么都会过去的。

眉山君清清嗓子，难得在她面前凝神静气，露出严肃认真的神情：“小湄……你觉得，我是个怎么样的男人？”

先了解自己在她心里到底处于什么位置，才好对症下药。

辛湄想了想：“比我祖爷爷还老的仙人。”

“……”

两行凄楚的眼泪滑下他的脸庞。

原来如此，他懂了。祖爷爷……

什么都不用再问，也不用再说。他怅然起身，打算回房修补一下自己破碎的心。

“眉山大人，你是不是有喜欢的人了？”

辛湄突如其来的一句问话，像阴霾中的一丝阳光，又给了他一丁点希望。眉山君颤巍巍地回过头，哽咽着问：“你、你终于看出来了？”

辛湄点头：“会在意自己在别人眼里的形象，赵官人说，这就是发春了。”

好吧，比起发春，他更喜欢“春天来了”这四个字，只不过，他的春天来得太慢，冬天实在太漫长。

“你知道我喜欢的是谁？”眉山君低声问。

辛湄神秘一笑：“是狐仙大人吧？”

“……”

谁……谁来救救他？他的心……碎裂的心好像又碎了一次。

“你们是仙人，不用在乎那些世俗眼光。其实从第一次见到你们，我就觉得你们很配。你放心，我支持你，虽然我这辈子是看不到狐仙大人了，但你们都是仙人，下次他出关，你要记得把心意大胆表达出来……咦？眉山大人？眉山大人？”

怎么说着说着他人就不见了？辛湄疑惑地四处张望，难道他是在害羞？

眉山君正在雨水中狂奔，冰凉的雨水打在脸上，和滚烫的泪水混在一起，从颊边滚落。

“天雷啊——！”他跪倒在池塘里，向天张开双手，绝望恸哭，“下来一道天雷把我劈死吧——！”

天雷没有出来，雨也渐渐停了，乌云散开，反倒露出滚圆银白的月亮。

那一夜，池中狼嚎阵阵，鬼哭声声，简直闻者伤心，听者落泪。

“……外面是有狼妖闯进眉山居了？”

某客房中，睡不着的覃川忍不住发问。

傅九云捂住她的耳朵：“不用管，是某个人在庆祝他的一百零一次失恋。”

被狼嚎声骚扰了一夜的辛湄没睡好，在床上辗转反侧，也可能是因为已经不习惯一个人睡了。低头就着月光看那个将军人偶，虽然后来陆千乔又做了许多人偶，可她最爱的还是第一个将军大人，哪怕五官已经模糊，她就是爱不释手。

没有熟悉的怀抱抱着她睡觉，只好抱着这个人偶了。

辛湄低头在将军大人的鼻尖上亲了一下，喃喃道：“陆千乔，你怎么还没找到我？”

她已经习惯睡觉的时候窝在他怀里，也习惯他头发和衣领中的味道，习惯他身上的热度、低沉的嗓音，没有这些，她睡不好。现在不知他人在何处，是骑着烈云骅不眠不休地找自己，还是也在睡觉？他可能也睡不着吧？是不是也在想念她的味道？

皇陵里的小妖怪私下里爱笑话他俩粘得紧，连赵官人也说，夫妻间需要一点距离，距离产生美。现在他俩距离是有了，可美在哪里？她反正没发现。

“你要改正错误。”辛湄指着将军大人的鼻子细细教训，“以后不能那么霸道不讲理，我是你老婆，不是你女儿。”

将军大人不会说话，辛湄叹了一口气，快天亮的时候才蒙蒙眬眬睡过去。

不知睡了多久，被外面的嘈杂声给弄醒，她揉着眼睛还没来得及起身，房门便“砰”一声被人踢开，昨晚在她梦里抱着她睡觉的某位战鬼将军真真实实站在门口，手里还捏着一根长鞭，将那些一惊一乍的灵鬼逼退。

“啊，陆千乔。”辛湄睡意蒙眬地唤他一声。

终于找到老婆的陆千乔黑着脸走过来，拦腰将她抱起，掂了掂，确定没短斤少两，没伤春悲秋，这才松一口气，傲然转身出门，将外面那群灵鬼当成空气。

“你找来啦？”辛湄把脑袋往他温暖的衣领里钻，哎，果然还是自家相公身上的味道最好闻最有安全感。

他生闷气不说话，这两天他马不停蹄，从辛邪庄找到崇灵谷，恨不得把每一寸土地都翻过来看，还是后来才想起世上有个叫眉山居的地方，好像曾经有个很窝囊很八卦的仙人还说过喜欢辛湄——果然在这里找到人了。

一种不祥的警觉陡然生起，战鬼的本能被点燃，有谁爱慕她是一回事，他可以不在乎，但引诱她骚扰她就是另一回事了。

陆千乔翩然走到正厅前，回头冷峻地瞪了一眼——没瞪着眉山君，他似乎缩在桌子下不肯出来。连壮胆一战的本事都没有，他鄙夷地走了。

“……下次不许来这里。”

骑上烈云骅，他丢下一句话给辛湄。

辛湄睡得正稀里糊涂，被这句依然霸道不讲理的话给弄醒了，显然，他根本没在反省。

“陆千乔，”她抬眼看他，“你要搞清楚，我不是你女儿。我们俩是平等的，你不应当和我说不许，我是自由的！”

他不说话。

辛湄推开他便要下马，手腕却被捉住了。

“……抱歉。”

紧紧抱住她，把脸埋在想念许久的头发中，他深深吸着她身上的幽香。

他并不擅长和女性相处，除了郦朝央的缘故，更因为他原本血统驳杂，在族中地位很低，根本没有异性愿意接近。十五岁开始领兵打仗，军中讲究铁律，男儿热血，为家为国，更没有什么旖旎缠绵情致。后来遇见她，刚刚成婚他又要去对付有狐一族，过惯了铁血杀戮的生活，习惯发号施令，习惯寡言少语，不知不觉对她也用上了这一套。

其实，他的不许，对她根本没有什么效果，他们都知道的。

他只是……只是不知道该怎样说。

想对她好，想要她过得幸福没有烦恼，把自己认为好的都给她，她大约很讨厌这种强迫吧？

见她不说话，他渐渐松开双臂。

“别动。”她含含糊糊地吩咐，又把脑袋往他怀里钻了钻，“抱紧点，我要睡觉。”

这个怀抱又变得紧密而温暖，辛湄觉着直到此刻好像才能睡个安心觉，忍不住惬意地叹息一声：“想死你了……你想我吗？”

过了好久，这闷骚又害羞的男人才“嗯”了一声。唉，都老夫老妻了，他这毛病只怕改不掉。

辛湄睡了很幸福的一觉，回到皇陵还没醒，所以不知道眉山君追上来，和陆千乔打了一架。

这事还是赵官人告诉她的，不过他说得很含糊就是了，好像就是眉山君为了什么事要和陆千乔一较高下，最后被揍得鼻青脸肿，哭哭啼啼地回去了。

“可怜哪，和将军打架，他简直是自取其辱……”

赵官人对他很同情，还抹了几把眼泪，决定将这个角色继续写入新戏里。

晚上她问陆千乔：“你真的把眉山大人揍成破抹布了？他为什么要和你打架？”

陆千乔先想了想，才道：“他说最近皮痒，要我揍几下，好下定决心。”

辛湄恍然大悟：“他果然是做好向狐仙大人表白的决心了！”

陆千乔很聪明地默认了她的误会，不和她在这个问题上纠结下去。

皇陵中的日子悠闲而愉快，和外面的翻天覆地截然不同。

听说上古神器魂灯被点燃，世间万妖魂魄都被勾了去，好在皇陵里有陆千乔坐镇，保住了数百只小妖怪的性命，失去妖力的外界变得暗淡无光，小妖怪们对外面的世界也没了什么兴趣。

眉山君又来过一次，这次是求陆千乔救人，听说因为魂灯被点燃，那位叫作傅九云的男子魂飞魄散了，他心爱的姑娘覃川也因为遭受狠毒的咒法，奄奄一息。据闻战鬼一族有世代流传的仙丹，他在走投无路的情况下，只得厚着脸皮来求陆千乔。

辛湄想起当年在酒楼之上，那谈笑自若偏又带着一丝忧郁的泪痣男子，不由得感慨万千，也不知那两人最后有没有在一起。倒是陆千乔拿出仙丹救人，私下里似乎还和眉山君约定了什么，此后几次她送包子糕点月饼之类去眉山居，他都不在——也不知是真不在还是假不在。

桃果果这两年一直在学习变身术，问他到底要变成什么，他只是红着脸不说话。后来有次辛湄路过斯兰的房间，听见他向斯兰请教怎么把自己变成姑娘家，个中缘由实在难以想象，鉴于这是人家的隐私，她夫妻俩也不好过问，随他去了。

又没两年，听说施行暴政的荣正帝被起义的农民军推翻，里面好像还掺杂了天原国的势力。为了泄愤，农民军将帝后二人的脑袋挂在城门上示众三日，辛雄还为此感慨了一番。

不过，最令人感慨的应当是琼国至宝“神之眼”湖公主。听说农民军攻陷皇宫后，这位公主便失踪了，有许多国家偷偷派人四处探访搜索，始终都没得到她的消息。直到后来魂灯被人重新熄灭，妖力再度回到人间，才有风声传出是她灭了魂灯，似乎还成了天原国二皇子的老婆。

是是非非，小道消息，众说纷纭，谁也不知真相是什么。不过，对皇陵里的人和妖来说，那些都不重要。

外面有国破家亡，有离人幽怨，有心机重重，有强取豪夺。在时而疾时而徐的时代变迁和朝代更换中，腐朽的终将逝去，新生的也终会腐朽——只有皇陵永远是那么清新而自在，有八卦，有欢笑，有煽情，有狗血。

他们不过是一群世外看客，闲来无事，清茶一杯，欢乐的岁岁朝朝便这样过去了。

番外三 夫妻之福

“恩爱的夫妻成亲后五年，一般会面临什么样的问题？”

今天早上，赵官人拿着这个问题，把皇陵里的妖怪挨个问了个遍。

斯兰的回答很没好气：“我又没成亲过，怎可能知道？”

映莲姑娘正和熊妖夫君在调情，含情脉脉地对视着，深情回答：“只要有爱，五百年也不会出现问题。”

桃果果龇牙咧嘴想了半天，斟酌着问：“床上生活……出现问题？”

辛雄作为特别嘉宾，回答得最标准：“新鲜感过去，剩下的就是磨合了。”

赵官人在所有人的回答后打了个巨大的红叉，怒吼：“错错错！没一个正确的！将军和夫人眼下面临着最严峻的问题！你们一个都没看出来吗？！”

“什么问题？”桃果果虔诚发问。

赵官人一言不发埋头在纸上唰唰数笔勾勒，片刻后将白纸一扬，上面赫然画着一个圆乎乎粉嫩嫩的小孩儿。

“是生孩子啊生孩子！成婚五年都没子嗣，才是绝顶严重的问题！”

众人恍然。

辛雄摸着胡子陷入沉思：“说起来还真是……怎么成亲五年了还没生孩子？”

在他眼里，自家女儿一直是个还没长大的小孩子，所以女儿生孩子的想法他几乎就没想过，不过今天被赵官人一提，好像还真是那么回事儿。

“莫非是姑爷他……呃，那个方面……不行？”辛雄怀疑得结结巴巴。

桃果果顿时怒了：“一定是那坏女人不行！千乔大哥怎么可能有问题？！”

赵官人得意地捋着胡须，示意猜测的众人安静下来，清清嗓子，才又道：“鉴于这个问题不太方便拿到台面上来问，所以我们只好暗地里观察。我这几天分析了一下，我们无非要从以下几个方面入手。一，成亲五年，夫妻是不是同床异梦了？众所周知，只是单纯的同床，睡个一百年也不会有孩子的。二，将军身体上有缺陷，很难让夫人怀上孩子。三，夫人身体上有缺陷，很难受孕。我们就从这三个方面分别下手，斯兰和桃果果就负责去找药草偏方，给将军、夫人滋补医治身体。他们夫妻之间的问题，就留到晚上由我亲自出马，趴在窗前观察个清楚……”

“去死吧！色鬼老货！”

群妖被他的无耻激怒了，草鞋瓦片之类的东西如潮水般飞来，赵官人瞬间被砸得鼻青脸肿，拼命摇手解释：“好好！我不偷看！绝对不偷看！”

怀疑他们夫妻同床异梦，也不过是随口一说，没有人比皇陵里的妖怪们更清楚，辛湄和陆千乔是多么恩爱的一对。一年前，结束了与有狐一族的纷争后，陆千乔便再也没有离开过皇陵，他二人有很长一段时间几乎是如胶似漆形影不离，直到最近才渐渐没那么黏乎。

如果这样的夫妻还能叫同床异梦，天下的夫妻只怕都是仇人了。

那结果也只有两个——辛湄身体有问题，或者，陆千乔身体有问题。

辛雄先前还不太在意这问题，被赵官人这一提醒，他反倒急了，再也无法安静坐下来喝茶，当日左思右想一番后，终于下定决心找女儿谈谈心。

这谈心还有点难度，不能让女儿发觉他的意图，万一毛病是出在辛湄身上，她心里必然不好受，更有可能姑爷得知后还会嫌弃她，如果他这个做爹的还七问八问，只怕会伤了女儿的心，他得有点技巧。

刚巧神道上新栽的梨树开了花，辛雄索性沏了一壶好茶，邀女儿过来赏花。

“小湄啊，你看这梨花，开得多好。”他挖空心思拼凑语言，“你看，天下万物都逃不开这个过程。花开得再好，也会凋谢，就好比夫妻再恩爱，也总有互相厌烦的一天。但花谢了会结果，夫妻也是这样，结了果子呢，就不会寂寞，不寂寞就不会胡思乱想……”

辛湄仰头看看雪白的梨花，再回头看看满头大汗的老爹，十分迷惘：“爹，你想说什么？”

辛雄擦了擦汗：“就是结果的问题……这是个和丰硕收成有关的问题……”

辛湄瞬间悟了：“哦哦！你是说梨树结果子，然后就能吃到梨子了是不是？”

“不……呃，是，是梨子……”

辛雄泪流满面，他的谈话技巧，果然还不到家啊！

另一方面，赵官人也花了一夜时间将问题斟酌了几遍，第二日奔去归花厅找陆千乔。

其时陆千乔正迷上了练字，因为辛雄有次提过，练书法是修身养性的好法子，令人精神专注，心平气和，所以他想借着练字将身体里战鬼本能的杀意收敛收敛。

赵官人凑过去看他写字，刚好他写到“身”这个字，赵官人清清嗓子，故作随意地开口：“将军这个字写得果然是龙飞凤舞走笔不凡！关键‘身体’的‘身’字那里面的深意已经被你彻底写出来了！”

陆千乔诧异地看了他一眼，赵官人平时没事都窝在洞里写戏文的，今日真是难得跑来自己这里扯皮。

“一个字有什么深意？”

“当然是有的！”赵官人舌灿莲花，“你看，身子是一个人最重要的东西，身子不好呢，就会歪，没精神。将军的‘身’字写得挺拔笔直，这就说明将军的身体十分好，没有什么不可告人的隐疾，这是福气啊！”

陆千乔皱起眉头，不太能理解：“你想说什么？”

“哦，说到福气呢，不由得想起‘夫妻’二字。夫妻，福气。夫为阳，妻为阴，阴阳相合，风调雨顺，所以才能丰收……”

一只伸过来的手打断了赵官人的滔滔不绝，陆千乔摸了摸他的额头，蹙眉：“你发烧了？回去躺着，别再废话。”

赵官人急得跳脚：“没发烧没发烧！将军你听我说完……”

将军没耐心听他说完，直接把人丢出去了，赵官人趴在窗前，不禁泪流满面。

显然，通过谈心这个步骤问到答案是不可能的了，赵官人在“谈心”这两个字上打了个大叉，又唰唰写了几个字，再画个圈，和辛雄二人研究半日，都觉得这第二个计策十分完美。

过了没几日，辛雄忽然病了，具体是个什么病，连赵官人也说不上来，反正只是每日恹恹地，没胃口，没精神。

辛湄熬了小米粥去看老爹，便见他脑袋上缠着一圈白布，形容萎靡，拽着她的手腕只是絮叨：“乖宝，爹这病皇陵里治不好，你送我去绿水镇找那个张大夫，他一手好针法爹爹十分想念……”

辛湄当即收拾一番，唤了秋月出来，带老爹去久违的绿水镇找大夫看病。陆千乔本来想陪着去的，但赵官人一句“这病可能会传染”，让他不得不留下把被褥之类的东西清洗一遍。

战鬼不用担心会染上传染病，皇陵里大妖怪也不用操心，但一些体弱的小妖怪就难免了，辛湄更危险，要不是临走她吞了一颗赵官人给的药丸，他绝对不放心让她一个人带着岳父去看病。

说清洗，其实也只是斯兰一个人在忙，陆千乔收拾了一会儿便拿着树根开始雕人偶。赵官人四处瞅瞅，只觉此时时机正好，立马凑过去一本正经地说道：“将军，你虽然是战鬼之身，但这病也不是玩笑，且让我替你诊诊脉，看脉息如何。”

陆千乔随意笑了笑，将胳膊递给他，赵官人到底是有几分真才实学，凝神切了很久的脉，左手换右手，右手再换左手，眉头越皱越深。

“脉象如何？”陆千乔随口一问。

赵官人神色凝重：“将军身体康健，并无染病迹象，不过为保险起见，还是让老夫脱衣彻底检查一遍……”

陆千乔怀疑地看了他一会儿，赵官人被看得心虚不已，忍不住把脑袋垂下去了。

“老赵，你最近很怪。”陆千乔摇摇头，“是得了什么病吗？”

很怪、得病……赵官人抹了一把辛酸泪，还不都是为了你们这对冤家？！

“到底为了什么事？”陆千乔直接问。

赵官人长叹一声，他早知道，想糊弄辛湄容易，糊弄将军绝对没那么容易。没想到，这么快就被发现了。

这边厢辛湄领着老爹去绿水镇看大夫，刚到了医馆门口，辛雄便像打了鸡血似的，健步如飞蹿进医馆，生怕女儿跟着一起进来似的，急忙交代：“那什么……爹现在有点胃口了，乖宝去替我买些茶果子吃吃。”

辛湄愕然：“你、你刚刚路都走不动，要一个人进去啊？”

“没事了没事了！”辛雄使劲摆手赶她，“快去快去！”

辛湄只得一头雾水地去买茶果子，因不知他要吃哪种，索性大包小包买了一堆，还可以带回去跟陆千乔两人慢慢吃。

回到医馆的时候，老爹不知道跟张大夫说了什么，见到她进门，两人心照不宣地对笑一下，笑得辛湄背后一阵凉意。

“小湄过来这里。”辛雄亲热地唤她，“既然来了，顺便让张大夫也替你切个脉吧。”

辛湄摇头：“不用吧，我身体好得很。”

“你这孩子，叫你过来就过来嘛！”

辛雄使劲把她拽过来，手脚利索，精神矍铄，半点病人的影子也看不到。

这……这到底怎么回事？辛湄迷惘地看着突然精神起来的老爹，再看看埋头专心诊脉的张大夫，怎么也搞不懂他俩葫芦里卖的什么药。

张大夫诊了大约有两炷香的时间，辛雄大气也不敢出，翘首等待结果。最后，张大夫放下手，面露笑容，向辛雄摇了摇头。

辛雄有点急：“张大夫，您真的诊清楚了？小女真的没什么……隐疾？”

辛湄吓一跳：“我怎么可能有隐疾？”

张大夫摇头：“令爱体质极好，在下实在没看出什么隐疾。”

辛雄心里那块大石头好歹放下了一半，一会儿开心自家女儿没病，一会儿又担心问题出在姑爷身上，真是为难死老人家了。

回去的路上，辛湄还在问：“爹，你病好了？怎么突然就精神了？”

辛雄只得支吾一番应付过去，待回到皇陵，第一件事便是去归花厅看姑爷，谁知不光姑爷在，连赵官人也在，唯唯诺诺地在后面朝他打眼色，大意是说：坏了！事情败露了！

辛雄大为尴尬，站在门口一时不知如何是好。

陆千乔含笑走过来，先接过辛湄递上来的大包小包茶果子，替她擦了擦汗，柔声道：“先去洗把脸，换个衣裳吧。”

辛湄对他一笑，乖乖出去了。

陆千乔这才温言：“岳父，小婿任性，令你老人家担心了。”

辛雄有点结巴：“也、也没什么……是我、我想得太多……”

“关于子嗣一事，是小婿疏忽，应当尽早和岳父说个明白。”陆千乔亲自倒了一杯茶，毕恭毕敬递过去，“其实崇灵谷的狐仙曾替辛湄诊过脉，也看过相，说是辛湄的身体要到二十四岁后再生育才合适，她命中子嗣，也是在二十四岁后方有。算算日子，应当是两年后。”

辛雄有些惊讶：“竟有这种说法？”

“据狐仙说，是辛湄在二十四岁才能毫无危险地受孕。小婿不敢拿爱妻的性命当儿戏，自然是宁可信其有了。”

辛雄长长松一口气：“如此说来，不是你俩身体有啥毛病……”

陆千乔尴尬得耳朵也红了：“应当、应当不是……”

辛雄摸摸鼻子，瞅见正要偷偷溜出去的赵官人，登时气不打一处来，都是这多管闲事的老货！危言耸听，没事找事！

“老赵！”他怒吼，拍桌而起，拔腿便追了上去。

陆千乔低头喝了一口茶，不防身后珠帘被人揭开，辛湄笑眯眯地凑过来。

“原来老爹是在操心这事。”她从后面抱住他的脖子，忽然对着他的耳朵吹一口气，“陆千乔，你想要女儿还是儿子？”

可怜的将军身体突然遭受挑逗不说，心灵上也猛然遭受撞击，一口茶不受控制地喷了出来。

儿子？女儿？

他之前真的没怎么想过这些，可是不知为何，今天她忽然提出，他便觉得心底有什么东西暖融融的，像是被填满的那种充实感。

“男女都好。”他依然有些羞赧。

剩下那句说不出口的话，是：只要是你生的孩子，我都会当作最珍贵的宝物，捧在掌心。

而辛湄，你则是我在这世上最最珍贵的宝物。

图书在版编目（CIP）数据

佳偶天成 / 十四郎著 . — 杭州 : 浙江文艺出版社，2020.11

ISBN 978-7-5339-6242-5

Ⅰ . ①佳… Ⅱ . ①十… Ⅲ . ①长篇小说—中国—当代 Ⅳ . ① I247.5

中国版本图书馆 CIP 数据核字 (2020) 第 189739 号

佳偶天成

十四郎　著

责任编辑　陈　园
特约策划　柯　伟
特约编辑　王　甜
封面设计　80 · 小贾
版式设计　笛卡特
封面绘图　RedMatcha

出版发行　浙江文艺出版社
网　　址　www.zjwycbs.cn
联系电话　0571-85152727（发行部）
经　　销　浙江省新华书店集团有限公司
印　　刷　北京盛通印刷股份有限公司
开　　本　710 毫米 ×1000 毫米　1/16
字　　数　306 千字
印　　张　18.5
版　　次　2020 年 11 月第 1 版
印　　次　2020 年 11 月第 1 次印刷
书　　号　ISBN 978-7-5339-6242-5
定　　价　49.80 元